Hilary Freeman · Mein schönes falsches Leben

Hilary Freeman

Mein schönes falsches Leben

Aus dem Englischen übersetzt von Ulrike Köbele

Loewe

ISBN 978-3-7855-8448-4
1. Auflage 2017

Originally published in the English language as When I was Me by
Hot Key Books an imprint of Bonnier Zaffre, London

Aus dem Englischen übersetzt von Ulrike Köbele
Umschlagfotos: designed by Freepik, © iStock.com/lutavia
Umschlaggestaltung: Ramona Karl
Printed in Germany

www.loewe-verlag.de

Für meine Nichte und meinen Neffen, Chantelle und Eytan,
und all die Menschen, die ihr vielleicht einmal werdet.

Inhalt

Erwachen *12*
Wiedererwachen *16*
Als ich *ich* war *31*
Beunruhigende Entdeckungen *35*
Verloren *44*
Argwöhnische Blicke *55*
Mein wunderschönes Gehirn *66*
Vater, Mutter, Kind *77*
Einhundertfünfundfünfzigtausend Menschen *91*
Noch mal von vorn *95*
Narnia *114*
Fremde Freundinnen *122*
Ein unlösbares Rätsel *139*
Meine gar nicht so böse Stiefmutter *150*
Daniel *170*
Reinkarnationen *182*
Termin bei Mrs Schlamm *200*
Quantenkleider und goldene Schuhe *214*
Die Geburtstagsparty *226*
Eine allmächtige Schöpferin neuer Universen *235*
Ringkampf mit einem Oktopus *250*
Zeig mir die Mumie *255*
Zurückweisung *268*

Mörderin aus Versehen *276*
Als Einzige noch übrig *288*
Will *299*
Entscheidungen *304*
Intervention *313*
Ein Sprung ins Ungewisse *319*
A. Danach *323*
B. Danach *329*
C. Danach *332*
Danksagung *335*

Auf der Anzeigetafel steht, dass mein Bus erst in fünf Minuten kommt, also setze ich mich neben eine jungen Frau, die gerade mit dem Handy telefoniert, auf die Plastikbank. Nach einer Minute oder so gesellt sich eine alte Dame dazu, die einen knallroten Strickschal um die Schultern trägt. Sie geht über einen Einkaufswagen gebeugt, den sie halb schiebt, halb als Gehhilfe benutzt, und so langsam, dass es scheint, als bedeute jeder Schritt eine gewaltige Kraftanstrengung für sie. Ich stehe auf, um ihr meinen Platz anzubieten, aber sie weicht vor mir zurück. Dann starrt sie mich an. Ihre Augen sind so blass und wässrig, dass sie beinahe durchscheinend wirken, doch ihr Blick ist hart und kalt, sodass es sich anfühlt, als würde sie mich damit durchbohren. Unwillkürlich erschaudere ich. Weil ich keine Ahnung habe, wie ich darauf reagieren soll, wende ich mich ab und tue so, als würde ich den Busfahrplan studieren.

»Du bist das!«, verkündet sie. »Du!«

Ich lächle nervös und trete etwas näher an sie heran. »Was haben Sie gesagt?«

»Du! Ich kenne dich.« Das klingt alles andere als nett und freundlich. Es klingt wie eine Anschuldigung.

»Wie bitte? Ich fürchte, Sie irren sich …« Ich schaue Hilfe suchend zu der jungen Frau hinüber, aber die ist immer noch

in ihr Telefonat vertieft und hat entweder nicht mitbekommen, was hier gerade vorgeht, oder tut so, als wäre nichts.

»Ich kenne dich«, wiederholt die alte Dame.

»Nein, das glaube ich nicht. Vielleicht haben Sie mich einfach früher schon mal an dieser Bushaltestelle gesehen. Oder Sie verwechseln mich mit jemandem.«

Sie schüttelt den Kopf, beugt sich vor und zieht den Einkaufswagen näher zu sich, als fürchte sie, ich könnte ihn klauen. Ein verkrümmter arthritischer Finger streckt sich mir entgegen und hält wenige Millimeter vor meiner Brust zitternd inne. »Ich kenne dich. Ich weiß, wer du bist. Ich weiß, was *du bist. Du bist gefährlich. Halt dich von mir fern, hörst du? Komm mir bloß nicht zu nahe!«*

Entnervt werfe ich der jungen Frau einen weiteren flehenden Blick zu, aber sie weicht mir aus, als fühle sie sich durch mich gestört.

»Komm mir nicht zu nahe … Bleib mir vom Leib. Hast du gehört? Lass mich in Ruhe!«

»Ich will doch gar nicht …«, setze ich an, doch die alte Dame schlurft bereits weiter, weg von mir, all ihre Habseligkeiten vor sich herschiebend. Als sie das andere Ende der Bushaltestelle erreicht, dreht sie sich noch mal um. »Komm mir ja nicht nach! Hörst du? Verschwinde!«

»Ich will Ihnen doch gar nichts tun … Sie verwechseln mich mit jemandem …«

Jetzt sieht die junge Frau mich an und schüttelt den Kopf. Sie schnalzt mit der Zunge. »Freak.«

»Ja, echt gruselig«, erwidere ich und ringe mir ein Lachen ab. Dabei ist mir überhaupt nicht zum Lachen zumute, son-

dern ich habe Angst. Ich fühle mich bloßgestellt. Wer war diese alte Dame und was glaubt sie, was ich getan habe? Ihre Worte hallen mir in den Ohren: »Ich kenne dich.« Irgendetwas sagt mir, dass sie viel mehr als eine verrückte Alte ist; sie weiß wirklich, wer ich bin – wer ich in Wahrheit bin. *Ich spüre, dass sie mich auf eine Weise wahrnehmen kann, wie es sonst niemand vermag. Sie scheint erkannt zu haben, dass etwas mit mir nicht stimmt und dass ich nur so tue, als sei ich wie alle anderen. Vielleicht weiß sie ja auch, was wirklich mit mir passiert ist.*

Erwachen

Etwas stimmt nicht.

Ich habe die Augen gerade mal zur Hälfte geöffnet und kann trotzdem schon erkennen, dass ich nicht da bin, wo ich sein sollte. Das Licht, das ins Zimmer sickert, ist zu warm, zu rosa, und als ich mich auf die rechte Seite drehe, stoße ich gegen eine massive Wand. Eine Wand, die dort nicht hingehört.

Verwirrt taste ich nach dem Schalter meiner Nachttischlampe, kann ihn aber nicht finden. Ich kann nicht mal den Nachttisch finden, der im Lauf der Nacht woanders hingewandert zu sein scheint. Weit weg kann er nicht sein, denn ich kann den Radiowecker hören, aus dem gerade eine Stimme, die ich nicht erkenne, verkündet, dass es sieben Uhr am Montagmorgen ist. Sieben Uhr: Um die Zeit muss ich aufstehen, damit ich rechtzeitig zur Schule komme. Wenigstens das ist also wie immer.

Aber alles andere ist verkehrt. Meinen Augen kann ich nicht länger die Schuld geben, denn die sind inzwischen ganz offen und ich habe auch schon den Schlaf herausgerieben und sie mehrmals weit aufgerissen und wieder geschlossen, weit aufgerissen und wieder geschlossen, sodass ich sicher weiß, dass sie richtig funktionieren. Ich fühle mich desorientiert, so, wie wenn man bei einem Freund übernachtet und morgens beim Aufwachen für einen Moment vergessen hat, wo man sich befindet. Nur vergeht dieses Gefühl normalerweise nach ein paar Sekunden, während das Gefühl, das ich jetzt habe, diese Beklemmung, wächst und wächst. Alles, was ich sehe, wird immer fremder und seltsamer.

Ich stemme mich hoch, setze mich auf die Bettkante und versuche, meine Umgebung aufzunehmen. Das Zimmer hat die gleiche Form wie meins: Es ist genauso groß und die Tür und das Fenster befinden sich an derselben Stelle. Doch die Details stimmen nicht, die Möbel und Farben, die Dekoration und die Einrichtung.

Ich bin mir sicher, dass ich nicht bei jemand anderem übernachtet habe. Denn ich kann mich noch erinnern, wie ich gestern bei mir zu Hause, in meinem Zimmer, in meinem eigenen Bett schlafen gegangen bin. Ich erinnere mich, wie ich unter meine Decke geschlüpft bin und meine Nachttischlampe ausgeschaltet habe. Es war Mitternacht. Ich erinnere mich auch daran, dass ich noch drei Mal auf meinem Handy nachgesehen habe, ob ich irgendwelche Nachrichten erhalten hatte. Hatte ich nicht. Dann habe ich mein Handy unters Kissen geschoben, so wie jeden Abend. Und jetzt kann ich es dort nicht mehr finden. Es ist weg.

Mein Bett steht an der falschen Stelle, direkt an der Wand, obwohl es eigentlich mitten im Zimmer stehen müsste, mit Blick aufs Fenster. Die Decke, die ich gerade beiseitegeschoben habe, ist nicht meine Decke. Der Bettvorleger, auf den ich gerade meine Füße gestellt habe, ist nicht mein Bettvorleger. Genauso wenig sind es meine rosa

Wände und meine Vorhänge. Mir gehört weder dieser Stuhl noch dieser Schreibtisch oder dieser fuchsiafarbene Frotteebademantel, und diese grauenhaften Pantoffeln, die aussehen wie riesige haarige Katzenpfoten, würde ich nicht mal tot anziehen.

Langsam bekomme ich Angst, um nicht zu sagen: Panik. Ich verstehe nicht, warum ich einen Pyjama trage, wo ich doch sonst immer im T-Shirt schlafe. Es ist mir ein Rätsel, wie mein Haar – über Nacht – anscheinend lang genug geworden ist, dass ich es zu einem Pferdeschwanz binden kann, und doch spüre ich eindeutig das Gummiband, als ich mit den Fingern über meinen Nacken streiche. Die langen, dichten Strähnen, die es zusammenhält, wirken fremd, aber als ich daran ziehe, tut es weh.

Alles ist verzerrt, nicht ganz real, wie in diesem Gemälde mit den schmelzenden Uhren, das ich mal in einem Buch gesehen habe. Das hier ist mein Zimmer und gleichzeitig auch nicht. Das hier ist mein Körper und doch wieder nicht. Ich weiß nicht, wo ich bin. Ich fühle mich, als wäre ich nicht ich selbst. Ich weiß, ich sollte das Licht einschalten und die Vorhänge aufziehen, doch ich habe zu große Angst. Denn ich will nicht riskieren, beim Vorbeigehen in den Spiegel zu blicken, weil es ja sein könnte, dass mir dann jemand anderes entgegenblickt.

Manche Leute träumen so lebhaft, dass sie das Gefühl haben, sie seien wach. Das muss es sein: Ich schlafe bestimmt noch und schlafwandle bloß, während die Geräusche des Radios bis in meine Träume dringen. Das hier ist nur ein Albtraum. Nicht real. Es geht vorbei.

Vielleicht sollte ich mich einfach wieder ins Bett legen, die Augen schließen und versuchen, mich zu entspannen. Und in ein paar Minuten wache ich dann auf und alles ist wieder normal.

Wiedererwachen

»Ella …«

Das ist mein Name. Die Stimme meiner Mutter. Ich wache auf.

»Ella!«

Schwer zu sagen, wie lange ich geschlafen habe, aber es scheint funktioniert zu haben: Allem Anschein nach bin ich zurück in der wirklichen Welt. Sobald ich die Augen öffne, wird alles wie immer sein. Meine Mutter steht vor meiner Zimmertür und ihr nörgelnder Tonfall klingt genau wie sonst auch. Gott, ich habe mich noch nie so gefreut, ihn zu hören, wie in diesem Moment.

Jetzt hämmert sie gegen meine Tür. »Steh auf! Du kommst viel zu spät. Ella!«

Ich stöhne. Ich fühle mich wie benebelt, meine Arme und Beine sind vom Schlaf noch ganz schwer und lassen sich kaum bewegen. Das Radio ist nicht mehr zu hören, was bedeutet, dass ich entweder die gesamte Stunde verschlafen habe, die mein Wecker es laufen lässt, oder dass es gar nicht erst angegangen ist. Vielleicht habe ich das ja auch geträumt. In den Nachrichten kommt doch sowieso jeden Tag das Gleiche: Kriege, Bomben und schimpfende Politiker. Und die Musik ist auch immer dieselbe. Wäre also nicht so schwierig, mir eine komplette Sendung einzubilden.

»Okay, okay, gib mir fünf Minuten.« Ich gähne und recke mich, strecke meine Zehen und anschließend meine Arme, erst nach oben und dann zur Seite. Ich mag das Gefühl, das Knacken der Gelenke, wenn sie sich dehnen und in ihre natürliche Position zurückspringen. Ein gutes Gefühl.

Und dann stößt mein rechter Arm gegen etwas Hartes. Eine Wand. Die Wand, die dort nicht hingehört.

Unwillkürlich reiße ich die Augen auf, auch wenn es mir davor graut hinzusehen. Das passiert gerade nicht wirklich, rede ich mir ein. Das ist unmöglich. Es kann einfach nicht wahr sein. Doch meine Augen, meine Hände, all meine Sinne versichern mir das Gegenteil: Ich befinde mich immer noch in dem Zimmer, das nicht ganz so ist, wie es sein sollte, und das demnach auch nicht mein Zimmer sein kann.

Mein Rücken krümmt sich und mein Magen verkrampft. Bittere Galle kommt mir hoch. Instinktiv rolle ich mich auf die linke Seite und würge. Ich übergebe mich auf den Bettvorleger. Jetzt ist das schreckliche rosa Teil ruiniert. Seit ich das letzte Mal etwas gegessen habe – zumindest, soweit ich mich erinnern kann –, müssen gut und gerne zwölf Stunden vergangen sein, sodass das meiste, was ich ausspucke, bloß Flüssigkeit ist. Aber es stinkt. Eine ganze Weile liege ich reglos da und sehe zu, wie es trocknet, wie die Teppichfasern zu festen Büscheln zusammenklumpen und matt werden. Schließlich, weil mir nichts anderes einfällt, rufe ich um Hilfe.

»Mum! Mummm!«

Ich bin siebzehn und größer als meine Mutter. Wir haben auch kein besonders inniges Verhältnis, aber in diesem Moment fühle ich mich so hilflos wie ein kleines Kind. Sie wird mir eine Antwort geben können, eine Erklärung. Sie wird alles wieder in Ordnung bringen, denn dafür sind Mütter nun mal da. Doch sosehr ich auch versuche, mir das einzureden, es fällt mir schwer, das wirklich zu glauben. Was für einen logischen Grund sollte es schon dafür geben? Sind böse Elfen in mein Zimmer eingebrochen, während ich geschlafen habe, und haben alles umgeräumt und neu dekoriert? Haben genau diese Elfen mir vorher einen Zaubertrank ins Essen gemischt, der mein Haar über Nacht um mehrere Zentimeter hat wachsen lassen, mir dann das T-Shirt aus- und einen Pyjama angezogen, mein Handy versteckt und mir zu guter Letzt einen schlechten Stil verpasst? Das klingt so bescheuert, dass ich glatt darüber lachen würde, wenn ich nicht so verängstigt wäre. Und wenn mir diese Erklärung nicht so viel lieber wäre als die, die deutlich wahrscheinlicher klingt: dass ich schlicht und einfach dabei bin, den Verstand zu verlieren.

»Muuuum!« Ich glaube nicht, dass sie mich hören kann. Wahrscheinlich ist sie nach unten gegangen, um Frühstück zu machen, oder sie steht gerade unter der Dusche und das Rauschen des Wassers übertönt meine Rufe. »MUUUUM!«

Ich fühle mich seltsam, mir ist kotzübel und ich habe viel zu große Angst, um aufzustehen und selbst nach ihr zu suchen. Was, wenn sich der Rest des Hauses ebenfalls verändert hat? Vielleicht gibt es draußen vor meiner Zimmertür kein unteres Stockwerk, keine Dusche, kein Garnichts? Vielleicht gibt es auch kein Haus, nur mein Zimmer, das durchs Weltall schwebt, und die körperlose Stimme meiner Mutter ist nichts als ein Echo aus einer anderen Zeit. Vielleicht bin ich letzte Nacht gestorben und das hier ist so eine Art Leben nach dem Tod, eine Strafe für all die schlimmen Dinge, die ich getan und gesagt habe. Was habe ich getan? Was habe ich gesagt? »MUUUUUM! HILFE!«

Ich höre Schritte. Wunderschöne, vertraute Schritte, der Beweis für einen festen Boden draußen vor meinem Zimmer. Sie hat mich gehört, sie kommt und wird mich retten.

Sie stürmt herein, ohne anzuklopfen, und schaltet das Licht ein, bevor ich sie darum bitten kann, es auszulassen. Zu hell. Zu rosa. Instinktiv schließe ich die Augen.

»Ella, was ist los?«, höre ich sie fragen. »Warum bist du noch nicht auf? Was ist passiert? Bist du krank?«

Ich nicke und lege mir eine Hand vors Gesicht. Die Augen immer noch fest zugekniffen, vergrabe ich meinen Kopf unter der Bettdecke und deute nach links. »Ich … ich musste mich übergeben. Tut mir leid.«

»Ach herrje, Liebes! Und du hast es nicht mal bis zum Klo geschafft?«

Ich nicke erneut. Wie soll ich ihr auch erklären, dass ich zu große Angst hatte, das Zimmer zu verlassen, weil ich nicht wusste, ob es draußen überhaupt ein Klo gibt?

»Dir ist aber nicht schon wieder schlecht, oder? Ich kann dir einen Eimer bringen, wenn du willst.«

Ich schüttle den Kopf. »Nein, nein, ich glaube nicht.«

Dann höre ich, wie sie den Bettvorleger wegzieht und zusammenrollt. Ich spüre, wie das Bett leicht federt, als sie sich neben mich setzt. Sie nimmt meine Hand. Ich fange an zu weinen, so erleichtert bin ich, dass ich nicht allein bin.

»Ist ja gut«, sagt sie. Sie muss denken, dass ich weine, weil es mir nicht gut geht. Wie ein Baby. Ich lasse sie in dem Glauben. Alles ist einfacher, als zu versuchen, ihr den wahren Grund zu erklären. »Ist ja gut, Liebes.« Ihre vertraute Stimme beruhigt mich. Sie zieht mich an sich und streichelt mir den Rücken. Selbst durch die dicke Decke hindurch fühlt sie sich wie meine Mum an, warm und weich, mit dem kleinen Speckröllchen, das über ihren Hosenbund hervorquillt. »Keine Sorge, das ist nicht schlimm. Den Teppich stecken wir einfach in die Waschmaschine, dann ist er wieder so gut wie neu.«

Ich habe mich inzwischen so weit beruhigt, dass ich trotz der Tränen lachen muss. Wie es aussieht, werde ich dieses abscheuliche Teil nicht mehr los, ganz egal, was ich auch anstelle. Doch dann kommen mir erneut die Tränen, als mir auffällt, dass Mum nichts an dem Bettvorleger seltsam oder merkwürdig findet – von der Kotze mal abgesehen. Sie glaubt, dass es meiner ist. Sie schien auch kein bisschen überrascht darüber, wie sich mein Zimmer verändert hat. Oder gar, wie ich mich verändert habe. Sie streicht mir über das auf wundersame Weise gewachsene Haar, als hätte sie das schon tausend Mal gemacht. Wieder steigt Panik in mir hoch und mein Herz beginnt zu rasen.

»Wenn du dich besser fühlst, solltest du mal unter der Decke hervorkommen und versuchen, dich aufzusetzen.«

»Okay«, antworte ich, auch wenn dies das Letzte ist, was ich gerade tun will. Übergeben muss ich mich wohl nicht mehr, aber besser fühle ich mich trotzdem nicht. Ich atme ein paarmal tief durch.

»Wir sollten sichergehen, dass dir nicht schwindlig ist. Kopfschmerzen hast du keine, oder?«

»Nein. Ich fühle mich bloß irgendwie … komisch.«

»Ist wahrscheinlich nur eine Magen-Darm-Grippe. Na, komm.« Sie steht auf, stellt sich neben mein Bett und schlingt die Arme um meinen Rücken. »Setz dich langsam auf und öffne die Augen.«

Ich folge ihren Anweisungen und krieche unter der Decke hervor, doch die Augen halte ich weiter fest geschlossen, bis ich ans Kopfteil gelehnt sitze. Dann schlage ich sie ganz langsam auf, erst das linke, dann das rechte. Ich drehe mich zu ihr um, in der Erwartung, dass sie mich anlächelt und ich mich allein dadurch ein bisschen besser fühlen werde. Stattdessen überkommt mich bei ihrem Anblick ein erneuter Brechreiz.

Mums haselnussbraunes Haar ist fast vollständig *weiß* geworden.

»Oh mein Gott, Mum!« Die Worte sind heraus, bevor ich sie zurückhalten kann. »Was zum Teufel ist mit deinen Haaren passiert?«

Sie macht einen Satz zurück und fährt sich über den Kopf, als wolle sie sich vergewissern, dass ihre Haare noch da sind. Nachdem das geklärt ist, tastet sie sie vorsichtig ab. »Was meinst du?«

»Die Farbe … Ich verstehe nicht …«

Sie lacht nervös. »Ja … und?«

Ich weiß nicht, was ich sagen soll. Die nackte Panik in meinem Gesicht kann ihr nicht entgangen sein; ich bin außerstande, sie zu verbergen. Jetzt wirkt sie ebenfalls verängstigt. »Ich weiß nicht … Ich meine, sie sind, äh, ein bisschen anders. Ich denke …«

Aber *ich* denke gar nichts, zumindest nichts, was ich laut aussprechen kann. Ich denke, ich habe Angst. Ich denke, dass dies vielleicht nicht meine echte Mutter ist. Sie klingt wie meine Mutter und sieht – bis auf die Haare – auch aus wie meine Mutter, aber sie kann es nicht sein. Und das liegt nicht daran, dass sie irgendwie älter wirkt oder so. Ihr Gesicht ist noch das gleiche. Sie muss eine nicht ganz perfekte Kopie sein, hier auf diesem fremden Planeten, auf dem ich mich anscheinend befinde.

»Du weißt doch, dass sie schon lange immer grauer geworden sind«, erklärt sie und sieht mich an, als wäre ich hier das Alien. »Schließlich warst du es, die meinte, die natürliche Farbe würde mir viel besser stehen.«

Ich kann mich nicht erinnern, das jemals gesagt zu haben. Nein. Ich *weiß*, dass ich es nie gesagt habe. Sie lügt. Ihr Haar war gestern noch braun. Ich bin mir so gut wie sicher, dass ich ihr letzte Woche erst geholfen habe, die Reste der Tönung auszuspülen, weil der Ansatz mal wieder rausgewachsen war.

»Ach ja? Oh. Dann muss ich das wohl, äh, vergessen …«, setze ich an, bevor ich unvermittelt anfange zu kichern. Ich gebe mir alle Mühe, es zu unterdrücken, aber bald kriege ich mich vor Lachen gar nicht mehr ein. Mein ganzer Körper bebt und ich japse nach Luft.

»Was ist so lustig, Ella?«, erkundigt sich Mum ungeduldig. Sie sieht aus, als könne sie sich nicht entscheiden, ob sie sauer sein oder sich doch eher Sorgen machen sollte.

Ich versuche, die Kicheranfälle in den Griff zu bekommen, indem ich mich räuspere. Mühsam bringe ich hervor: »Ach, nichts.« Nichts ist lustig. Das alles ist so dermaßen unlustig, dass es wirklich zum Schießen ist. Wahrscheinlich sollte ich so tun, als sei das mit den Haaren ein schlechter Witz gewesen, oder mir irgendeine Ausrede einfallen lassen, aber dafür fehlt mir die Energie.

Unbehagliches Schweigen. Jetzt wäre es mir lieber, wenn sie wieder gehen würde, meine *nicht ganz richtige* Mutter, doch ich weiß nicht, wie ich ihr das sagen soll. Ich brauche etwas Zeit für mich, um rauszufinden, was hier eigentlich vor sich geht. Ich würde dieses Zimmer gerne gründlich durchsuchen, um vielleicht mein Handy wiederzufinden oder irgendetwas anderes, was mir bekannt vorkommt. Außerdem habe ich immer noch nicht in den Spiegel geguckt. Ich muss wissen, dass ich, abgesehen von den langen Haaren, nach wie vor aussehe wie ich selbst.

»Ich glaube, ich sollte mir mal die Zähne putzen und duschen gehen«, sage ich schließlich.

»Ja, natürlich. Solange dir nicht schwindlig ist.«

Warum will sie ständig wissen, ob mir schwindlig ist? »Nein, ist es nicht. Mir geht's gut. Ich hab bloß einen total fiesen Geschmack im Mund und brauche dringend eine Dusche.«

»Na schön«, meint sie. Richtig überzeugt wirkt sie nicht. »Ich komm nachher wieder vorbei und schau nach dir. Jetzt ruf ich erst mal in der Schule an und geb Bescheid, dass du heute nicht kommst. Melde dich, wenn du mich brauchst.«

»Okay.«

Den Bettvorleger im Gepäck, lässt sie mich allein. Ich warte noch eine Minute ab, bis ich sicher bin, dass sie nicht wiederkommt, und klettere dann vorsichtig aus dem Bett. Die grauenhaften Katzenpantoffeln lasse ich links liegen und tappe barfuß zur Tür, um sicherzustellen, dass sie ganz zu ist. Dabei fällt mir auf, dass ein Schlüssel im Schloss steckt, was seltsam ist, weil ich genau weiß, dass Mum mir den Schlüssel weggenommen hat, als ich ungefähr zwölf war. Wir haben uns sogar deswegen gestritten: Ich warf ihr vor, sie würde mir nicht vertrauen, und sie behauptete, es sei zu meiner eigenen Sicherheit. Sie habe gelesen, dass ein junges Mädchen bei einem Brand ums Leben gekommen sei, weil es die Tür zu seinem Zimmer abgeschlossen hatte. Wie immer zog ich am Ende den Kürzeren.

Ich wappne mich, bevor ich zum Schminktisch rübergehe, um einen Blick in den Spiegel zu werfen. Wer weiß, wessen Gesicht mir dort entgegenblicken wird? Also sehe ich erst einmal an mir herab und betrachte die Teile meines Körpers, für die ich keinen Spiegel benötige: die Figur, die sich unter dem Pyjama abzeichnet, meine Hände und meine Füße. So weit scheint alles normal zu sein. Das sehe ich mir nachher unter der Dusche genauer an. Aber es ist auf jeden Fall schon mal beruhigend zu wissen, dass ich nicht plötzlich total dick oder klapperdürr bin, dass meine Brüste die gewohnte Größe haben und dass mir wenigstens kein zusätzlicher Daumen gewachsen ist oder irgendwo ein Zeh fehlt. Ich habe immer noch absurd große Füße. Meine Zehennägel könnten mal wieder eine Feile gebrauchen und auf den Fingernägeln entdecke ich verblichene Spuren eines rosa Nagellacks, den ich eigentlich nicht benutze, aber sonst ist alles, wie es sein sollte. Dieser Körper sieht aus und fühlt sich an, als würde er zu mir gehören, und er reagiert auch auf mein Kommando: Er geht und bewegt sich, wie ich es will.

Und jetzt das Gesicht … Ich hole tief Luft und werfe einen zaghaften Blick ins Spiegelglas. Zwei müde wirkende graue Augen sehen mir entgegen, vor Angst weit aufgerissen. Darunter befinden sich eine Nase, die ein kleines bisschen zu lang ist, volle Wangen und ein Mund mit einer geschwungenen Oberlippe. Gesichtszüge, die ich nur allzu gut kenne – meine Gesichtszüge. Alles ist da, wo es hingehört, und ist auch seit gestern kein bisschen gealtert. Erleichtert atme ich auf. Es ist vielleicht nicht das hübscheste Gesicht, aber es ist *mein* Gesicht. Beunruhigend ist nur, dass die Details nicht stimmen. Meine Augenbrauen sind viel zu buschig und man könnte meinen, sie seien noch nie zuvor gezupft worden. Die straßenköterblonden Haare sind viel zu hell und ungefähr fünfzehn Zentimeter zu lang und der Pony ist auch weg. Auf meiner Stirn, gleich über meiner rechten Augenbraue, fällt mir außerdem eine dünne rote Narbe auf. Sie scheint noch recht frisch zu sein, wie ein Schnitt, der gerade verheilt. Keine Ahnung, wo ich die herhabe. Andererseits: Nichts von dem, was ich heute gesehen habe, ergibt irgendeinen Sinn. Das Einzige, was sich nicht im Geringsten verändert hat, ist der Klang der Stimme in meinem Kopf. Je verwirrter ich bin, desto lauter und panischer wird sie. Langsam bekomme ich Kopfschmerzen davon.

Nun, da das Licht an ist, kann ich mit Gewissheit sagen, dass dieses Zimmer ein fast vollkommen fremder Ort ist.

Es gehört wohl einem Mädchen, das jünger ist als ich, einem Mädchen, mit dem ich eher nicht würde befreundet sein wollen und das es offenbar nicht nur liebt, alles rosa anzumalen, sondern auch noch überall Poster von süßen Kuschelkätzchen und Schilder mit Aufschriften wie »Keep Calm and Carry on Dreaming« aufhängt. Als wären die umgestellten Möbel nicht schon verwirrend genug, ist eins der Regale offenbar wie von Zauberhand durch den Raum geschwebt und hat sich an der Wand über dem Bett niedergelassen. Darauf befindet sich ein Radiowecker – der sogar ziemlich genauso aussieht wie der, den mir meine Eltern zum elften Geburtstag geschenkt haben –, aber er ist auf einen Mainstream-Sender eingestellt, den ich niemals hören würde. Seltsamerweise lehnt daran mein alter Plüschhund Patch, den ich irgendwann im Schrank versteckt habe, weil ich es nicht übers Herz brachte, ihn wegzuwerfen. Daneben liegt ein Stapel Bücher, von denen ich keins jemals gelesen – oder auch nur davon gehört – habe. Auf diesem Stapel entdecke ich ein Handy. Mein altes ist es nicht, denn das wäre kürzer und breiter und hätte eine Hülle aus glänzendem schwarzem Plastik. Dieses Handy hat zwar auch eine Hülle, aber sie ist zerkratzt und cremeweiß mit roten Herzchen drauf. Für den Bruchteil einer Sekunde schießt mir durch den Kopf, dass es vielleicht falsch wäre, es zu nehmen und einen Blick drauf zu werfen. Könnte ja sein, dass ich jemandes Privatsphäre verletze. Dann wird mir klar, wie bescheuert dieser Gedanke ist. Wenn dieses Handy nicht mir gehört, von wem sollte es sonst sein und wie wäre es überhaupt hierhergekommen? Und selbst wenn es doch nicht meins sein sollte, es ist gerade das Einzige, was mir dabei helfen kann herauszufinden, was mit mir geschieht.

Ärgerlicherweise ist es ausgeschaltet und braucht eine halbe Ewigkeit, bis es endlich angeht. Als das Display schließlich aufleuchtet, begrüßt es mich mit einem unerfreulichen Befehl: *Passwort eingeben.*

Na super. Wie zur Hölle lautet das Passwort? Weil mir nichts Besseres einfällt, versuche ich es mit meinem eigenen. Funktioniert natürlich nicht. Also tippe ich nacheinander sämtliche Zahlenkombinationen ein, die mir durch den Kopf gehen: meine »Glückszahl«, die letzten vier Ziffern der Telefonnummer meiner besten Freundin Deeta, ja, sogar mein eigenes Geburtsdatum. Keine davon ist richtig. Mir blinken unaufhörlich diese vier leeren Kästchen entgegen. Entnervt versuche ich es zu guter Letzt mit *1234*, weil ich mal irgendwo gelesen habe, dass das der am häufigsten verwendete PIN-Code ist, auch wenn ich mir nicht vorstellen kann, dass ich, falls das hier wirklich mein Handy sein sollte, so blöd wäre, ausgerechnet dieses Sicherheitskennwort zu benutzen. Zu meiner großen Überraschung, gepaart mit einem Hauch Verachtung, klappt es tatsächlich. Ich bin drin. Mein erster Gedanke ist, irgendwem eine SMS zu schreiben und zu fragen, ob er oder sie weiß, was hier vor sich geht. Aber was sollte ich da schreiben?

Hi, hier ist Ella. Seit ich heute Morgen aufgewacht bin, ist alles total seltsam. Mein Zimmer ist plötzlich rosa, meine Mum hat weiße Haare und ich sehe auch nicht mehr ganz so aus wie sonst. Ich bin mir nicht mal sicher, ob das hier mein Handy ist. Hilfe!!!

Die würden mich sofort einweisen lassen.

Das Handy ist von einer anderen Marke als meins, daher dauert es eine Weile, bis ich rausgefunden habe, wie man das Menü bedient und was die einzelnen Symbole bedeuten. Schließlich finde ich das Adressbuch und scrolle es durch, beginnend mit den Favoriten. Ein Teil von mir hofft wider besseres Wissen weiterhin, dass keine der eingespeicherten Nummern von mir ist, was mir bestätigen würde, dass das hier nicht mein Handy ist und dieser Raum damit auch nicht mein Zimmer sein kann und dass es eine logische Erklärung für den ganzen Rest geben muss. Aber sosehr ich mir auch wünsche, dass dies der Fall wäre, fange ich doch langsam an, mich damit abzufinden, dass das Problem mit allergrößter Wahrscheinlichkeit weder das Zimmer noch dessen Inhalt oder meine Mutter ist. *Ich* bin das Problem. *Ich* bin es, die hier nicht hingehört, die fehl am Platz und verloren ist.

Das Adressbuch entpuppt sich als wilde Mischung aus Kontakten, die ich kenne, und anderen, die mir völlig fremd sind. Ich sehe Mums Nummer und die meiner Grandma, außerdem ein paar Freunde, die ich noch aus der ersten Klasse kenne, mit denen ich jedoch längst nichts mehr zu tun habe. Aber wer, bitte, sind Rachel und Jen, und warum habe ich ihre Nummern nicht nur auf »meinem« Handy, sondern auch gleich noch in der Favoritenliste? Warum ist Deetas Nummer nirgends gespeichert? Ich überprüfe es gleich mehrmals, aber sie ist und bleibt verschwunden. Wo sie stehen sollte, finde ich bloß Einträge für »Dermatologe« und irgendeinen anderen »Doktor«. Furcht macht sich in mir breit. Auch von Billy fehlt jede Spur. Ich weiß, dass er mir wehgetan hat und dass ich vorhatte, wieder mit ihm Schluss zu machen, aber ich bin mir ganz sicher, dass ich seine Nummer gestern Abend nicht aus meinem Handy gelöscht habe. Das wüsste ich noch.

Es gibt auch keine Fotos von ihm. Oder von Deeta. Überhaupt gibt es auf diesem Handy nur ganz wenige Fotos, lediglich ein paar leicht verwackelte Aufnahmen von Mädchen, die ich nicht kenne, die Arm in Arm in die Kamera gucken und Schnuten ziehen. Wenn noch andere Bilder vorhanden sind, müssen die woanders gespeichert sein. Liegt hier im Zimmer irgendwo ein Laptop oder ein Tablet? Danach werde ich mich später umsehen müssen.

Vielleicht können ja die Nachrichten auf diesem Handy zur Aufklärung beitragen. Ich will gerade anfangen zu lesen, als ich Mum von unten rufen höre: »Ella! Gehst du jetzt duschen? Fühlst du dich wieder besser?«

»Jaja. Ich wollte gerade los, Mum!«

Ich will nicht, dass sie wieder hochkommt. Die Nachrichten werden warten müssen.

Bevor ich all meinen Mut zusammennehme, um mich vor die Tür zu wagen und den Rest des Hauses zu erkunden, verspüre ich das dringende Bedürfnis, noch irgendetwas zu erledigen, auch wenn ich nicht genau weiß, was eigentlich. Ich hebe das Handy, strecke den Arm so weit aus, wie es geht, und mache ein Selfie. Ich posiere nicht und lächle auch nicht, sondern blicke einfach geradeaus in die Kamera und drücke ab. Klick. Das Mädchen auf dem Foto starrt mich an, als wolle sie mich herausfordern zu leugnen, dass ich das bin. Das kann ich nicht.

Mich, diese andere Version von mir, auf einem Foto zu sehen, macht mein neues Erscheinungsbild irgendwie real, anders als der Blick in den Spiegel. Ich habe nie groß darüber nachgedacht, aber eigentlich sieht man, wenn man in den Spiegel guckt – auch, wenn die Welt nicht total verrückt ist und man genau weiß, dass man wie immer aussieht –, nicht wirklich sich selbst, denn alles, von der leichten Asymmetrie der Züge über die kleinen Makel bis hinauf zum Scheitel, ist buchstäblich spiegelverkehrt. Wenn man dagegen ein Foto betrachtet, sieht man sich so, wie einen die anderen sehen. Und jetzt gerade bin ich ebenfalls eine der anderen. Ich bin mir selbst fremd.

Als ich *ich* war

Gestern, als ich noch *ich* war, hatte ich ein Leben. Es war nicht unbedingt supertoll, aber schlecht war es auch nicht, und zumindest war es meins.

Das war ich: Mein Name war Ella Samson und ich war siebzehn Jahre und drei Monate alt. Sternzeichen Zwilling, falls das irgendwen interessiert. Ich lebte mit meiner Mum in einem kleinen Haus im Norden Londons, dem Haus, in dem ich auch aufgewachsen bin, und meinen Dad sah ich an den Wochenenden. An den meisten Wochenenden jedenfalls. Seit er meine Stiefmutter geheiratet hatte, waren es weniger geworden, denn wenn ich mich mit ihm traf, bedeutete das zwangsläufig, dass sie auch dabei war. Sie mochte mich nicht besonders und ich sie auch nicht, aber das war okay, immerhin war Dad glücklich. Mum war auch glücklicher, zumindest nachdem die Scheidung endlich durch war. Und ich? Schwer zu sagen. Zumindest war jetzt Schluss mit dem eisigen Schweigen beim Abendessen oder den schmerzhaften Streitereien, die bis durch meine Zimmerwand drangen.

An mir gab es eigentlich nichts Außergewöhnliches. Ich war Einzelkind, fühlte mich im Allgemeinen aber nicht besonders einsam. Ich ging in die Oberstufe und meine Schule lag gleich die Straße runter. Ich hoffte, später auf die Uni zu gehen, auch wenn ich nicht ganz so viel lernte, wie es nötig gewesen wäre. Am liebsten wollte ich Architektin werden, aber dafür waren meine Noten zu schlecht. Ich hatte eine beste Freundin namens Deeta und eine ziemlich turbulente Beziehung mit einem Typen namens Billy. Ich hatte noch andere Freunde, eine ganze Gruppe sogar. Wir hingen abends gemeinsam ab, sahen uns Filme an, hörten Musik und hin und wieder kifften wir auch. Normale Sachen halt. Manchmal fand ich das ein bisschen langweilig, selbst wenn ich das niemals offen aussprach.

Mehr gibt es gar nicht zu erzählen. Ich mochte Musik, war künstlerisch einigermaßen begabt und las gerne Graphic Novels. Außerdem verbrachte ich wahrscheinlich viel zu viel Zeit im Internet. Ab und zu beging ich eine Dummheit oder tat etwas, worauf ich nicht besonders stolz war und das ich hinterher gerne ungeschehen gemacht hätte. Aber wer macht das nicht?

Gestern, als ich noch *ich* war, wachte ich in einem Zimmer mit cremeweißen Wänden und einem beigefarbenen Teppichboden auf. Ich besaß nicht einen rosa Gegenstand und das schon, seit ich dreizehn war. Tatsächlich hielten mich die Leute oft fälschlicherweise für einen Goth oder Emo, weil ich gerne Schwarz trug und mir die Haare in allerdunkelstem Dunkelbraun färbte. Ich hatte sie mir zu einem Bob mit einem dicken, geraden Pony schneiden lassen, wie die berühmte Stummfilmschauspielerin Louise Brooks. In meinem Zimmer hing ein Poster von ihr, weil ich sie wunderschön und geheimnisvoll fand. Deeta hatte ebenfalls ein Faible für alte Stummfilmklassiker. Sie war es, die mich damit bekannt gemacht hatte. Wir hatten uns auf der Party einer Freundin kennengelernt und beim Stummfilmschauen angefreundet. Wir waren die allerbesten Freundinnen, erzählten uns einfach alles und waren uns so nahe, dass wir manchmal nicht mal mehr wussten, wo die Persönlichkeit der einen aufhörte und die der anderen begann.

Gestern, als ich noch *ich* war, wachte ich ziemlich spät auf, weil ich in der Nacht davor auf einer Party gewesen war. Viel Spaß hatte ich nicht gehabt, weil ich mich mal wieder mit Billy gestritten hatte und er daraufhin mit seinen Kumpels abgezogen war. Das war nichts Ungewöhnliches. In letzter Zeit kam es bloß irgendwie immer öfter vor. Ich weiß noch, dass ich ein bisschen was für die Schule gemacht habe, wobei ich doppelt so lang brauchte wie eigentlich nötig gewesen wäre, weil Deeta mir ständig Nachrichten schickte und es auf YouTube viel zu viele lustige Videos gab, und außerdem interessierte ich mich nicht die Bohne für das Thema, über das ich einen Aufsatz schreiben sollte. Dann aß ich mit Mum zu Mittag, vertrödelte noch etwas Aufsatzzeit und zog schließlich los, um mich mit Deeta auf einen Kaffee zu treffen. Letzten Endes waren wir doch wieder bis abends unterwegs, sodass wir uns auf dem Heimweg noch eine Portion Fritten vom Hähnchengrill holten. Ein ganz normaler, vollkommen durchschnittlicher Tag also. Es gab keinerlei Anzeichen, dass etwas Seltsames geschehen würde.

Und gestern Abend, als ich immer noch *ich* war, bin ich ganz sicher in einem Zimmer mit cremeweißen Wänden und einem beigefarbenen Teppich schlafen gegangen. Ich weiß, dass ich noch dreimal auf meinem schwarzen Handy nachgesehen habe, ob Billy mir geantwortet hatte. Hatte er nicht. Ich glaube, kurz vor dem Einschlafen dachte ich darüber nach, wie ich ihm am nächsten Tag in der Schule begegnen sollte, bereute, dass ich meinen Aufsatz nicht fertig geschrieben hatte, und wünschte mir, das Wochenende wäre noch nicht vorbei.

Doch das war gestern, als ich noch zu einhundert Prozent *ich* war. Heute ist alles anders. Und jetzt frage ich mich, ob es den Tag gestern wirklich gegeben hat oder ob Gestern und alle Gestern davor nicht bloß ein Traum gewesen waren. Erinnerungen können trügen, oder? Nur das, was man um sich herum spürt, gilt als wahr: was man sehen, hören, fühlen, riechen und schmecken kann. Das ist die oberste Regel aller Wissenschaft. Was bedeutet es also, wenn meine Erinnerungen mir wahrhaftiger, greifbarer vorkommen als die Welt, in der ich mich befinde?

Entweder habe ich das Gedächtnis verloren.

Oder meinen Verstand.

Aber wenn ich nicht *ich* bin, zumindest nicht zu einhundert Prozent, wer bin ich dann?

Beunruhigende Entdeckungen

Ich lasse das Wasser auf mich herabprasseln, bis meine Augen brennen und meine Haut ganz rot und fleckig ist. Es ist ein tröstliches Gefühl, wie der heiße Strahl der Dusche auf meine Haut trifft und an meinen Armen und Beinen hinabströmt. Dadurch fällt es mir leichter, mich mit diesem Körper verbunden zu fühlen. Diesem Körper, an dem ich nun, da ich nackt bin, noch einige weitere Details entdecke, die nicht ganz stimmen. Auf meiner Brust und meiner Schulter gibt es mehrere große bunte Blutergüsse, die darauf hindeuten, dass ich irgendwann im Verlauf der letzten Wochen entweder mit etwas Hartem zusammengeprallt oder von jemandem verprügelt worden bin. Aber an nichts davon kann ich mich erinnern … und das müsste ich doch, oder nicht? Ach ja, und tut mir leid, falls das zu intim ist, aber zu meiner Überraschung musste ich außerdem feststellen, dass ich da unten nicht wie sonst rasiert bin. Billy mochte es nicht, wenn nicht alles absolut haarfrei war, daher tat ich ihm den Gefallen. Es ist seltsam, mich so naturbelassen zu sehen. Es juckt allerdings auch viel weniger.

Unter der Dusche kann ich normalerweise am besten nachdenken und so dringend wie heute musste ich das wohl noch nie. Das Problem ist nur, dass mich das auch nicht weiterbringt, weil ich mich dabei nämlich wieder und wieder im Kreis drehe. Also versuche ich es stattdessen mal mit kontrolliertem Atmen, so wie Deeta es mir beigebracht hat. *Sei stark, Ella*, feuere ich mich beim Einatmen an. *Sei ruhig*, murmle ich beim Ausatmen. *Erzähl niemandem, wie merkwürdig du dich fühlst, denn damit machst du sie bloß nervös oder gar misstrauisch. Und vor allen Dingen: Vergiss nie, wer du warst.*

Das Bad sieht eigentlich genauso aus wie vorher, nur weiß ich nicht, welche Zahnbürste meine ist, deshalb nehme ich vorsichtshalber eine neue aus dem Schränkchen unter dem Waschbecken. Ich sehe zu, wie sich das Mädchen im Spiegel die Zähne putzt. Obwohl ich die Borsten auf meinem Zahnfleisch spüre und die Frische der Minze schmecken kann, kommt es mir vor, als würde ich einer Figur in einem Film zugucken. Vielleicht ist das der Schlüssel, wie ich den heutigen Tag überstehen kann: durch Schauspielern. Ich bin eine gute Schauspielerin – ich hatte sogar mal die Hauptrolle in einer Schulaufführung. Das Problem ist nur, dass ich diesmal den Text nicht kenne.

Aber erst mal zum Kostüm. Langsam gehe ich zurück ins Zimmer, wobei ich wider besseres Wissen immer noch hoffe, dass es sich in den Ort zurückverwandelt haben wird, an den ich mich erinnere. Hat es natürlich nicht. Seufzend öffne ich den Kleiderschrank und durchforste seinen Inhalt. Die Sachen haben meine Größe, aber bei den meisten kann ich mir nicht vorstellen, sie jemals zu tragen – sie sind viel zu bunt und überhaupt nicht mein Stil. Zu guter Letzt finde ich doch noch eine schwarze Jeans, ein ausgeblichenes graues Top, das wohl eher zum Schlafen gedacht ist, und eine schwarze Strickjacke. Ich ziehe die Sachen an und stelle mich vor den Spiegel. Bis auf die Haare sehe ich damit einigermaßen wie ich selbst aus. Make-up könnte helfen. In der Schublade des Frisiertischs entdecke ich einen Kulturbeutel mit einigen wenigen, fast aufgebrauchten Schminkutensilien. Ich bin mir ziemlich sicher, dass ich sehr viel mehr Make-up als das besitze … besessen habe. Na ja, immerhin gibt es schwarzen Eyeliner, zumindest einen kleinen Stummel. Damit umrande ich meine Augen, wie ich es immer mache, und vervollständige das Ganze mit einer Lage Mascara. Ist es eigentlich unhygienisch, das Augen-Make-up von jemand anderem zu benutzen, wenn dieser jemand man selber ist? Ich schätze mal, das ist nicht die Art von Frage, auf die Google eine Antwort parat hat. Plötzlich fällt mir ein, dass ich gestern Abend vor dem Schlafengehen keine Lust mehr hatte, mich abzuschminken. Doch als ich aufgewacht bin, war weder in meinem Gesicht noch auf dem Kissen die geringste Spur von Make-up zu sehen.

»Du siehst ganz schön finster aus«, bemerkt Mum, als ich nach unten komme. »Dabei ist heute so ein sonniger Tag.«

Ich zucke mit den Schultern. »Ach ja?«

Sie beugt sich vor, um mich genauer zu betrachten. »Du wirkst unheimlich müde. Aber mir gefällt, wie du deine Augen geschminkt hast. Steht dir echt gut. Hat dir das eine von deinen Freundinnen beigebracht?«

Unbehaglich weiche ich einen Schritt zurück. »So ungefähr.«

Auf Frühstück habe ich heute irgendwie gar keine Lust. Ich trinke eine Tasse Tee und knabbere eine trockene

Scheibe Toast, während Mum in der Küche herumscharwenzelt und mich bei jedem Bissen beobachtet. Mehr kriege ich einfach nicht runter. Obwohl ich mir eine halbe Ewigkeit die Zähne geputzt habe, habe ich immer noch einen bitteren Geschmack im Mund.

»Okay«, sage ich, als ich aufgegessen habe. »Dann geh ich jetzt mal zur Schule.«

»Das halte ich wirklich für keine gute Idee, Ella. Mir scheint, du bist noch nicht ganz die Alte. Du bist so still und in dich gekehrt. Vielleicht solltest du die Schule heute mal ausfallen lassen. Außerdem hab ich doch schon angerufen und gesagt, dass du nicht kommst. Wenn du willst, bleib ich solange bei dir.«

Das allein ist Beweis genug, dass hier irgendwas echt Schräges abgeht. Meine richtige Mutter würde niemals vorschlagen, dass ich einen ganzen Tag lang nicht zur Schule gehe, es sei denn, ich hätte hundertzehn Grad Fieber oder so. Will sie mich aus einem bestimmten Grund hierbehalten? Wieder schwappt eine Flut paranoider Gedanken durch mein Hirn. Ist das etwa eine Art Experiment? Tut sie nur so, als wüsste sie nicht, dass mit dem heutigen Tag etwas nicht stimmt? *Zurück in die Rolle, Ella. Lass auf gar keinen Fall die Maske fallen.*

»Musst du nicht zur Arbeit?«

»Nicht wirklich. Im Moment gibt's nicht viel zu tun. Das bisschen kann ich auch von zu Hause machen. Ich hab schon angerufen, das geht in Ordnung.«

Das klingt genauso wenig nach Mum. Sie war so bemüht, in ihrem neuen Job einen guten Eindruck zu hinterlassen, um zu beweisen, wie erfolgreich und unabhängig sie ohne Dad sein konnte.

»Wenn ich hierbleibe, hänge ich nur rum und fange irgendwann an, mich zu langweilen. Ehrlich, mir geht es wieder gut.«

»Okay. Aber wenn es dir wieder schlechter geht, ruf mich an. Ich bin zu Hause.«

»Ja, klar«, antworte ich und ringe mir ein Lächeln ab. Ich stehe vom Frühstückstisch auf. »Äh, wo ist meine Tasche?«

»Im Flur, wo du sie immer abstellst.«

Sie folgt mir nach draußen in den Flur. Am Fuß der Treppe liegt ein Rucksack. Der muss es sein. Nach kurzem Zögern packe ich einen der Riemen, hebe ihn hoch und schwinge ihn mir über eine Schulter. Er ist überraschend schwer, aber deutlich handlicher als meine übliche schwarze Ledertasche.

»Okay, also dann geh ich jetzt.«

Ich strebe auf die Haustür zu, halte dann aber noch mal inne. Wohin gehe ich? Ich nehme an, dass ich weiterhin auf dieselbe Schule gehe, aber mir fällt kein Weg ein, Mum danach zu fragen, ohne sie zu beunruhigen. Soweit ich weiß, ist es die einzige Schule hier in der Nähe. Ich werde also einfach hingehen und das Beste hoffen müssen.

»Ella, warte! Du solltest eine Jacke anziehen – falls es später abkühlt. Immerhin ging es dir vorhin nicht so gut und wir haben schon fast Oktober.«

Ratlos lasse ich den Blick über die Ansammlung von Mänteln schweifen, die an der Garderobenleiste neben der Tür hängen. »Geht schon.«

»Kommt nicht infrage, Ella.« Sie nimmt einen grünen Parka vom Haken und hält ihn mir hin. Ich klemme ihn mir unter den Arm. Dann beugt sie sich vor, um mich auf die Wange zu küssen. Unwillkürlich weiche ich zurück.

Deine Rolle, Ella, bleib in deiner Rolle.

»Mir fällt gerade ein, dass ich mein Handy oben vergessen hab. Ich geh's mal lieber holen«, sage ich, schiebe mich an ihr vorbei und renne, zwei Stufen auf einmal nehmend, die Treppe hoch. Als ich wieder nach unten komme, steht sie immer noch da. Ich lasse das Handy in das Fach vorne am Rucksack gleiten und marschiere schnurstracks an ihr vorbei. Zum Zeichen meiner Zuneigung gebe ich ihr einen sanften Klaps auf die Schulter. Sie wirkt verletzt.

»Also, dann Tschüs.«

Sie schenkt mir ein mitfühlendes Lächeln. »Pass auf dich auf, Ella.«

»Ja, du auch.«

Draußen auf der Straße überkommt mich erneut das seltsame Gefühl, dass ich mich an einem Filmset befinde. Das hier ist zweifelsfrei meine Straße mit den kleinen Häuschen und Garagen, die immer paarweise auf beiden Seiten der schmalen Fahrbahn aufgereiht stehen. Allerdings scheint über Nacht ein Designer zu Werke gegangen zu sein. Alles wirkt so viel heller und bunter, als ich es in Erinnerung habe, aber das liegt vielleicht auch nur daran, dass es mir so vorkommt, als würde ich das alles hier zum ersten Mal sehen. In meinem Kopf ist meine Straße stets trist und grau. Ich komme mir vor, als würde ich einen Schwarz-Weiß-Film gucken, der plötzlich in buntem Technicolor erstrahlt.

Ich laufe bis zum Ende der Straße und folge dann der kleinen Biegung rechts. Das ist nicht die Richtung, in die ich eigentlich gehen müsste, doch ich bin noch nicht bereit, mich der Schule zu stellen. Ich setze den Rucksack auf der Mauer vor einem der Häuser ab, ziehe den Reißverschluss auf und wühle durch den Inhalt. Zum Vorschein kommen ein Satz Hausschlüssel mit einem rosa Herzchen-Anhänger, ein Portemonnaie, in dem zehn Pfund und ein bisschen Kleingeld stecken, sowie ein Monatsticket und ein Schülerausweis, von denen mir beide Male dasselbe Passfoto meines neuen Ichs entgegengrinst. Mein gefälschter Ausweis dagegen – der, den Billy mir besorgt hat, damit ich mit durch die Clubs ziehen konnte – ist nirgends aufzufinden. Der Rest sind Schulbücher, allerdings keine, die ich kenne oder die zu meinen gewählten Fächern passen würden. Es ist, als wäre ich über Nacht schlauer geworden und hätte meine Klausuren doch nicht verhauen, sodass ich jetzt Leistungskurse in Mathe und Chemie belege. Ein Skizzenblock und ein paar Kohlestifte machen mir Hoffnung, dass ich zumindest noch im Kunstkurs bin, und außerdem entdecke ich einen Roman von Thomas Hardy mit dem Titel *Der Bürgermeister von Casterbridge*, der darauf hindeutet, dass ich auch noch Englisch habe. Dafür fehlt mein Buch für den Filmwissenschaftskurs. Einen Laptop gibt es auch nicht – nicht mal ein Tablet. Ich verfluche mich, dass ich vergessen habe, zu Hause danach zu suchen.

Ich hole das Handy aus dem vorderen Fach. Der Akku ist fast leer und ich bin nicht sicher, ob er bis zum Ende des Tages durchhalten wird. Das Ladegerät muss irgendwo im

Haus sein – das muss ich nachher also auch auftreiben. Noch frustrierender ist jedoch, dass fast keine Nachrichten gespeichert sind, aus irgendeinem Grund sind die älteren alle gelöscht. Vielleicht will irgendwer nicht, dass ich zu viel weiß. Oder das hier ist ein neues Handy, das bloß in einer alten Hülle steckt. Keine Nachricht von Deeta. Keine von Billy. Ein paar belanglose von Mum: *Wann kommst du nach Hause?*, *Kannst du noch einen Liter Milch besorgen?* Ich scrolle sie alle durch, in der Hoffnung, dass ich irgendetwas Interessantes oder Nützliches finde. Es gibt einen langen Chat mit jemandem namens Jen, die mich »Süße« und »Schätzchen« nennt und all ihre Nachrichten mit Smileys und Küsschen beendet. Darin geht es um einen Typen namens Dom, den sie offenbar gut findet. Sie will wissen, was ich von ihm halte.

Ich zermartere mir das Hirn. Kenne ich eine Jen? Sie stand auch in meiner Favoritenliste. Könnte sie eins der rätselhaften Mädchen auf den Fotos sein? Auf meiner Schule gibt es ein Mädchen mit diesem Namen und ich glaube, sie hängt sogar tatsächlich mit einer Rachel ab, aber ich kenne keine der beiden. Wir nicken uns im Vorbeigehen zu, das ist alles. Warum sollte diese Jen mich in Liebesdingen um Rat fragen? Ich lese mir die Antworten durch, die allem Anschein nach von mir, von diesem Handy, kommen. Sie sind genauso zuckersüß: *Ich weiß nicht, ob das eine gute Idee ist, Süße*, *Ich will nur nicht, dass dir jemand wehtut*, *Lass uns darüber reden, wenn du hier bist, Süße.* Wie es aussieht, stehen wir uns ziemlich nahe, fast wie alte Freundinnen. Wie kann das sein? Das Leben, an das ich mich nicht erinnern kann, muss Wochen, Monate, Jahre … zurückreichen.

Mir fällt auf, dass ich zittere. Ich lasse das Handy zurück in den Rucksack gleiten, entknülle die Jacke, die Mum mir mitgegeben hat, und lege sie mir um die Schultern. Nach Hinweisen zu suchen, verwirrt mich irgendwie nur noch mehr. Was ich jetzt tun muss, ist reden, und zwar mit Leuten, denen ich vertraue. Wenn es mir gelingt, Deeta zu finden oder Billy oder einen meiner anderen Freunde, wird hoffentlich endlich alles klarer.

Verloren

Ich komme mir vor wie an meinem allerersten Tag in der Schule. Ich habe keine Ahnung, wo ich hinsoll, was ich tun soll oder wo mein Schließfach ist. Aber an meinem echten ersten Tag war ich wenigstens nicht die Einzige. Wir waren eine ganze Gruppe und durchlitten das alles gemeinsam. Jetzt bin ich auf mich allein gestellt, für alle anderen ist heute einfach ein stinknormaler Tag mitten im Schuljahr. Ich dagegen weiß noch nicht mal, mit wem ich eigentlich so rumhänge. Das Schließfach, das ich bisher hatte, das sonst neben dem Deetas liegt – oder neben dem, von dem ich glaube, dass es Deeta gehört –, ist nicht mehr meins. Das weiß ich, weil ich es mit dem kleinen Schlüssel an dem Bund in meinem Rucksack nicht öffnen kann. Heute ist echt gar nichts leicht, oder? Nichts funktioniert. Nichts klappt an diesem Tag. Verstohlen sehe ich mich um. Gerade ist Unterrichtszeit, deswegen ist weit und breit niemand unterwegs. Mir bleiben also mindestens zehn Minuten, jedes einzelne Schloss auszuprobieren, bis ich eins finde, in das mein Schlüssel passt. Ich bin nervös und fühle mich irgendwie wie ein Dieb. Wahrscheinlich bin ich das in gewisser Weise sogar. Ich stehle die Identität einer anderen Person, weil ich selbst keine eigene mehr besitze.

Der fünfzehnte oder sechzehnte Versuch erweist sich als

Treffer. Mein Schlüssel gleitet ins Schloss und der Riegel springt auf, sodass ich die Tür öffnen kann. Ich werfe einen Blick hinein. Ein Schal mit Blümchenmuster hängt am Haken, dahinter liegen einige Bücher und an der Tür klebt – Gott sei Dank! – ein Stundenplan, dem ich entnehme, dass ich eigentlich im Chemiekurs sitzen sollte. Wieder verspüre ich einen plötzlichen Anfall von Beklemmung. Nicht in einer Milliarde Jahren marschiere ich mitten im Unterricht in einen Kurs, noch dazu in einem Fach, das ich gar nicht belegt haben sollte und von dem ich nicht den blassesten Schimmer habe. Nie im Leben. Ich werde hier warten und mir irgendwie die Zeit vertreiben, bis die Stunde rum ist, und dann werde ich in der Mittagspause versuchen, jemanden aufzutreiben, den ich kenne. Der Stundenplan besagt, dass ich am Nachmittag eine Doppelstunde Englisch habe. Zumindest weiß ich also schon mal, welche Sprache dort gesprochen wird. Es sollte machbar sein, mich unter Einsatz all meiner schauspielerischen Fähigkeiten durchzumogeln. Und vielleicht – hoffentlich – ist bis morgen, wenn mein Tag laut Stundenplan mit Mathe beginnt, wieder alles normal.

Ich nehme den Schal aus dem Schließfach und halte ihn mir vors Gesicht. Er ist weich und riecht nach einem blumigen Parfüm, keinem, das ich sonst benutze, aber der Duft ist durchaus angenehm. So rieche ich – oder jedenfalls das Ich, an das ich mich nicht erinnern kann – also. Ich setze mich auf eine Bank, lasse den Schal durch meine Finger gleiten und versuche, mir vorzustellen, dass er mir gehört. Ich frage mich, wo ich ihn wohl herhabe und wann ich ihn getragen habe. Kurz spiele ich mit dem Gedanken, ihn umzubinden, doch das fühlt sich nicht richtig an, daher stecke ich ihn in den Rucksack und hole stattdessen das Handy hervor. Jen und Rachel haben beide geschrieben: *Wo bist du? Alles okay? Melde dich, Süße, wir machen uns Sorgen.* Ich ignoriere ihre Nachrichten, weil sie nicht wirklich an mich gerichtet sind – außerdem weiß ich nicht, was ich darauf antworten soll – und schalte das Handy wieder aus.

Hinter mir sind Schritte zu hören. Jemand kommt auf mich zu. Ich sehe auf und entdecke ein groß gewachsenes, schlankes Mädchen in einer Trainingshose, das die Haare zu einem langen Zopf geflochten trägt. Ich erkenne sie. Sie ist eine entfernte Bekannte von Deeta; kann sein, dass wir sogar schon zusammen auf der einen oder anderen Party waren. Sie nickt mir im Vorbeigehen zu, lächelt aber nicht.

Ich räuspere mich. »Hey, äh, hast du Deeta gesehen?«

»Nee, die ist heute nicht da. Der gesamte Filmwissenschaftskurs macht einen Ausflug.«

Mich überkommt ein Anfall von Eifersucht. Eigentlich sollte ich bei diesem Ausflug dabei sein, doch laut meinem Stundenplan und dem Inhalt meines Rucksacks habe ich Filmwissenschaft überhaupt nicht belegt. Dabei war das mein Lieblingsfach, das Fach, in dem ich am besten war.

»Ach ja, richtig, klar. Das hatte ich ganz vergessen. Ist sie denn morgen wieder da?«

Sie zuckt mit den Schultern. »Denke schon. Ich treff mich morgen Abend mit ihr. Soll ich ihr was ausrichten?«

»Schon okay. Ich schreib ihr einfach eine SMS. Ich hab ja ihre Nummer.« Das stimmt zwar nicht ganz, aber ich kenne sie sowieso auswendig.

»Oh, sorry, mir war nicht klar, dass ihr befreundet seid.« Sie klingt sarkastisch. »Ich bin eine ihrer besten Freundinnen und hab dich noch nie mit ihr abhängen sehen.«

Ernsthaft? Wie kann dieses Mädchen behaupten, sie sei eine von Deetas besten Freundinnen? Ist es möglich, dass Deeta und ich gar nichts miteinander zu tun haben? Das würde erklären, warum sie nicht im Adressbuch meines Handys steht. Ich fühle mich hundeelend, so als wäre gerade jemand gestorben. Gleichzeitig bin ich wütend, unerklärlich wütend.

»Ja«, antworte ich kühl. Ich finde es zum Kotzen, dass dieses Mädchen denkt, sie kenne Deeta besser als ich. »Sind wir. Wir sind wirklich gute Freundinnen. Wir kennen uns schon seit Jahren.«

Sie starrt mich an. Ich kann fast sehen, wie sie denkt: *Wer ist diese Irre?* »Also … okay. Verstehe. Na, dann hoffe ich, dass du sie erreichst.« Sie wirft mir ein nervöses Lächeln zu und wendet sich ab, um etwas aus ihrem Schließfach zu holen.

Es klingelt zur Mittagspause. Ich springe auf, als mich ein plötzlicher Energiestoß durchzuckt, der durch meine Muskeln schießt und mein Herz zum Hämmern bringt. All meine Beklemmung und Angst, meine Verwirrung und dieses erdrückende, benebelnde Gefühl, dass ich nicht ganz da bin, nicht mit beiden Beinen auf dem Boden stehe, weichen einer einzigen, alles überstrahlenden Empfindung: blanker Wut. Es ist nicht fair, was mit mir passiert. Es ist grausam und ungerecht. Ich will mein Leben zurück. Ich will meine beste Freundin zurück. Ich will wissen, was hier los ist.

Meine Beine tragen mich in die Kantine. Essen ist das Letzte, wonach mir gerade ist, aber irgendwo muss ich ja hin, und da sind zumindest viele andere Leute. Unter den Hunderten von Schülern muss es doch einfach jemanden geben, den ich kenne und mit dem ich gerne rede. Jemand, der mein wahres Ich unter dieser erzwungenen Maske erkennt. Ich lungere am Eingang herum und drehe den Kopf hin und her, in der Hoffnung, ein bekanntes Gesicht auszumachen, während Scharen von Schülern an mir vorbeiströmen, die sich alle darum drängen, möglichst weit vorne in die Schlange an der Essensausgabe zu kommen. Die Leute, die mir am nächsten standen, sind alle mit dem Filmwissenschaftskurs unterwegs, doch vielleicht finde ich ja einen Bekannten aus dem Englischunterricht.

Und dann entdecke ich am anderen Ende des Raums Billy, der sich gerade mit einigen seiner Kumpels an einen Tisch setzt. Ich vergesse, dass ich eigentlich sauer auf ihn sein sollte, so sehr freue ich mich, ihn zu sehen. Er sieht genauso aus wie immer: strubbeliges dunkles Haar, das sich einfach nicht bändigen lassen will, ein zerknittertes T-Shirt und Jeans. Es wäre besser, wenn wir allein wären; ich kenne einige der Typen, mit denen er zusammensitzt, und fühle mich in ihrer Gegenwart nicht unbedingt wohl. Dank Billys großer Klappe wissen sie außerdem bestimmt sehr viel mehr über mich – mein wahres Ich –, als sie sollten. Aber Billy ist selten mal allein. Eine bessere Chance als jetzt werde ich wahrscheinlich nicht kriegen.

Ich gehe zu seinem Tisch und stelle mich neben ihn. Nun stehe ich da wie eine Idiotin, weil ich nicht weiß, was ich sagen soll. Er hat mir den Rücken zugewandt und bemerkt mich gar nicht.

Einer seiner Freunde schaut zu mir auf und stößt ihn an. »Ich glaube, da will jemand mit dir reden.«

Billy dreht sich um, steht aber nicht auf. Er mustert mich von Kopf bis Fuß und seine Mundwinkel heben sich zu einem Lächeln. »Hi. Was gibt's?«

»Ich … Wir … Du … Ach, ist nicht so wichtig.«

Er lacht, aber nicht unfreundlich. »Hör mal, ich würde jetzt gerne zu Mittag essen und danach muss ich wo hin. Also was willst du?«

»Ich wollte nur mit dir reden … Unter vier Augen, wenn's geht.«

»Worüber? Du bist in meiner Stufe, oder? Wie heißt du noch mal?«

Ich habe das Gefühl, als würden meine Knie unter mir nachgeben. »Wie ich heiße? Ist das dein Ernst? Ich bin's, Billy. Ella.«

»Niemand nennt mich Billy«, erwidert er verärgert. »Außer meiner Mum. Für meine Freunde bin ich Will. Was willst du?«

»Nichts«, antworte ich. Ich spüre, wie mir die Tränen in die Augen steigen. »Ich sag's dir ein andermal. Sorry.«

Ich wende mich von Billy und seinen Freunden ab und ignoriere ihr Gelächter, als ich davongehe. Die Tränen strömen mir nur so über die Wangen. Ganz sicher werden sie sich den Rest des Tages über das Mädchen lustig machen, das ohne erkennbaren Grund auf ihn zugekommen ist und ihn mit dem Kosenamen seiner Mutter angesprochen hat.

Damit werden sie ihn wahrscheinlich noch tagelang aufziehen.

Aber das ist es nicht, was so wehtut. Gott, mit so ein paar Sticheleien werde ich schon fertig. Und ich merke auch, wenn mich jemand verarscht – doch das war nicht der Fall. Wenn ich etwas über Billy weiß, dann dass er ein miserabler Schauspieler und ein ziemlich schlechter Lügner ist. Er hat mich nicht auf den Arm genommen, selbst wenn ich wünschte, es wäre so. Billy oder Will oder wie er jetzt heißen mag, ist eindeutig nicht mein Freund. Und auch nicht mein Exfreund. Vielmehr scheint er zu glauben, dass er noch nie zuvor mit mir geredet hat. Die niederschmetternde Wahrheit ist, dass er keinen blassen Schimmer hat, wer ich bin. Ich muss daran denken, wie er mich immer angesehen hat, mit so einer Mischung aus Verlangen, Stolz und Besitzanspruch. Obwohl mir das manchmal ein bisschen unangenehm war, wusste ich wenigstens, dass ich ihm etwas bedeutete. Jetzt bin ich ein Niemand. Habe ich unsere gesamte Beziehung etwa nur geträumt? War ich vielleicht nur verknallt in ihn und das alles ist in meinem verkorksten Gehirn dermaßen aus dem Ruder gelaufen, dass ich eine reine Fantasievorstellung plötzlich für die Wirklichkeit halte?

Die Leute sagen oft, sie seien am Boden zerstört. Ich auch, unzählige Male schon. Aber ich glaube, bis jetzt war mir nie wirklich klar, was das bedeutet. Ich fühle mich, als hätte mich jemand mit einer Dampfwalze überfahren, wieder und wieder und wieder, sodass nichts mehr von mir übrig ist als eine feine Staubschicht. Ich bin Staub, weiter nichts.

Wie benommen laufe ich durch den Flur, bis ich auf ein leeres Klassenzimmer stoße, eins der Versuchslabore. Die Tür ist unverschlossen, also trete ich ein und setze mich an eine der Arbeitsbänke. Verständnislos betrachte ich das Whiteboard. Es ist von oben bis unten mit Gleichungen vollgeschrieben, sinnlosen Gleichungen, die zur Hälfte abgewischt sind – genau wie mein Leben eigentlich. Unaufhörlich strömen mir die Tränen übers Gesicht, rinnen an meiner Nase herab und tropfen vor mir auf die Arbeitsfläche. Ich will aufhören zu weinen, aber ich kann nicht. Mir fällt auf, dass ich zittere. Ich wiege mich vor und zurück, vor und zurück, bis ich keine Energie mehr habe, weder zum Wiegen noch zum Weinen.

Jemand betritt den Raum. Ich versteife und drehe mich um, um nachzusehen, wobei ich mir instinktiv über die Wangen reibe, falls mein Eyeliner verlaufen ist und ich nun Waschbäraugen habe. Obwohl ich innerlich beinahe so abgestumpft bin, dass es mir letzten Endes auch egal ist, ob jemand merkt, dass ich geweint habe. Es ist ein Typ, zu alt, um noch Schüler zu sein, doch zu jung für einen Lehrer. Er ist ziemlich klein und dünn – drahtig, nennt man das, glaube ich – und sieht aus, als hätte er seine Kleider auf dem Flohmarkt gekauft und sie im Dunkeln angezogen. Ein zerknittertes gelblich beiges Hemd steckt im Bund seiner Hochwasserjeans, deren Saum über grauenhaften braunen Sandalen endet.

Er steht neben der Tür und hält sie auf. »Entschuldige bitte, aber ich glaube, du solltest nicht hier drin sein.«

Ich schniefe und sage: »Oh, sorry«, bevor ich so tue, als

wolle ich aufstehen. Müsste ich diesen Kerl kennen? Ich beobachte ihn, als er auf mich zukommt, während ich in meinem Gedächtnis krame, ob ich ihn schon einmal gesehen habe. Er wirkt ernst und streng. Ich hoffe, ich kriege keinen Ärger. Das würde dem Tag echt die Krone aufsetzen.

Er schließt die Tür und kommt näher. »Schon gut«, meint er und bedeutet mir mit einer Handbewegung, dass ich mich wieder setzen soll. »Bleib ruhig, wo du bist. Ist alles in Ordnung? Du wirkst ziemlich mitgenommen.«

»Äh, ja … Nein … Irgendwie.«

Er lächelt. »Lass dir Zeit. Ich bin Daniel.« Er streckt seine Hand aus, als wolle er, dass ich sie schüttle, also tue ich das. Meine Hand ist vor lauter Tränen ganz nass.

Ich schniefe erneut. »Ich bin Ella.«

»Ja, ich weiß. Ich hab dich ein paarmal im Labor gesehen. Ich glaube, wir haben uns sogar schon ein, zwei Mal unterhalten.«

»Oh Gott, wirklich? Das tut mir echt leid. Wie unhöflich von mir.« Verstohlen mustere ich noch einmal sein Gesicht. Unter Umständen kommt er mir doch nicht vollkommen fremd vor. Bin ich ihm schon mal begegnet? Gerade heute ist das so schwer zu sagen. Ich sollte einfach höflich sein. »Um ehrlich zu sein, kommst du mir tatsächlich irgendwie bekannt vor.«

»Schon gut. Ich bleibe sowieso lieber im Hintergrund und halte mich von den Schülern fern. Ich bin ein Außenseiter, wie er im Buche steht. Offen gestanden, mir ist es ganz recht, wenn man mich nicht bemerkt.« Er grinst.

»Ah, okay. Bist du dann so was wie ein Lehrer hier?«

»Nicht direkt. Ich bin Laborassistent. Mein Job ist es, das Chemielabor vorzubereiten, bei den Experimenten zu helfen, aufzuräumen, so was halt. Mr Chambers' Mädchen für alles, wenn man so will.«

Allem Anschein nach sollte ich wohl wissen, wer Mr Chambers ist, daher darf ich mir nicht anmerken lassen, dass ich keine Ahnung habe. »Verstehe.«

»Ich mache gerade meinen Doktor in Physik. Dank der Teilzeitstelle hier kann ich meine Miete bezahlen und bin gezwungen, regelmäßig aus der Bibliothek hervorzukriechen.«

»Deinen Doktor?« Er muss echt intelligent sein. »Wow.«

Er zuckt mit den Schultern. »Ist eigentlich keine große Sache. Aber was ist mit dir, Ella? Kann ich dir irgendwie helfen? Du wirkst ein bisschen verloren, wenn ich das so sagen darf.« Er grinst wieder. »Ich erkenne sofort, wenn jemand in einer Existenzkrise steckt.«

»Ja, ich hab heute echt keinen guten Tag. Alles ist so … Ich fühle mich einfach nicht gut.« Ich kann ihm ja wohl schlecht die Wahrheit sagen. Außerdem wüsste ich eh nicht, wo ich da anfangen sollte. Ich stehe auf. »Sei mir nicht böse, aber mir ist gerade nicht nach Reden zumute. Ich glaube, ich gehe jetzt ins Krankenzimmer und gebe Bescheid, dass ich nach Hause gehe.«

»Ist wahrscheinlich das Beste«, stimmt er mir zu. »Hör mal, ich wollte dir auf keinen Fall zu nahe treten. Wenn du reden willst, ganz egal, wann, weißt du ja jetzt, wo du mich findest. Ich bin nämlich ein echt guter Zuhörer. Nur erzähl das bloß keinem.«

»Danke.«

Ich folge ihm zur Tür und er hält sie für mich auf. »Möchtest du, dass dich jemand zum Krankenzimmer begleitet?«

»Nein, ehrlich, ich komm schon klar. Das ist okay. Ich wäre jetzt lieber allein.«

Als ich schon halb den Flur runter bin, beinahe außer Hörweite, sagt er etwas Seltsames. Zumindest glaube ich das. Er murmelt es eher vor sich hin, sodass ich es kaum verstehen kann. Es klingt wie: »Oh, aber wir sind doch alle allein.«

Ich drehe mich um. »Wie bitte?«

Er lächelt. »Ach, nichts. Pass einfach auf dich auf.«

Da wird mir klar, dass ich es eigentlich gar nicht hätte hören sollen.

Argwöhnische Blicke

Meine weißhaarige Mum begrüßt mich schon an der Haustür mit einem »Ich hab's dir ja gesagt«-Ausdruck auf dem Gesicht. Sie wollte mich abholen, aber ich bestand darauf, allein nach Hause zu laufen. Ich würde frische Luft brauchen, behauptete ich, aber in Wahrheit war mir einfach unwohl bei der Vorstellung, zu ihr ins Auto zu steigen.

»Ich habe bereits beim Arzt angerufen und einen Termin vereinbart«, verkündet sie, noch bevor ich überhaupt meine Jacke ausgezogen oder auch nur den Rucksack abgesetzt habe. »Ich habe mit deinem Dad gesprochen und wir waren uns einig, dass es das Beste wäre, wenn wir dich mal gründlich durchchecken lassen.«

Echt jetzt? Mum und Dad reden sonst nie miteinander, außer, es lässt sich absolut nicht vermeiden. Und jetzt verwendet sie das Wort »wir«, als würden sie gemeinsame Entscheidungen treffen, ja, als wären sie eine Einheit. Normalerweise nennt sie ihn bloß »dein Vater« und das auch nur, wenn sie höflich sein muss.

»Du hast ernsthaft Dad angerufen, weil mir schlecht war? Na, der hat sich bestimmt gefreut. Lieber Himmel, du reagierst echt über.«

»Ja, das hoffe ich auch. Aber das mit deiner Gehirnerschütterung liegt erst ein paar Wochen zurück und sie meinten, wir sollten dich im Auge behalten. Vorsicht ist besser als Nachsicht.«

Gehirnerschütterung? Welche Gehirnerschütterung? Ich würde sie wahnsinnig gerne danach fragen, aber ich weiß, dass das nicht geht, denn dann macht sie sich nur noch größere Sorgen. Eine Gehirnerschütterung bekommt man doch, wenn man sich den Kopf anstößt, oder? Wenn einen irgendwer oder irgendwas k. o. schlägt? Aber ich habe mir den Kopf nicht verletzt. Zumindest nicht, dass ich wüsste. Instinktiv wandern meine Finger zu der Narbe auf meiner Stirn. Als ich darüberstreiche, fallen mir die seltsamen Blutergüsse auf meinem Oberkörper wieder ein und dass Mum mich ständig gefragt hat, ob mir schwindlig sei. Ich muss irgendeinen Unfall gehabt und dabei eine Gehirnerschütterung erlitten haben. Dass ich mich nicht daran erinnern kann, beunruhigt mich zwar, tröstet mich aber gleichzeitig auch ein ganz kleines bisschen. Manchmal kommt es nach einer Gehirnerschütterung zu seltsamen Nachwirkungen, oder? Geistiger Verwirrung zum Beispiel. Vielleicht gibt es für diesen ganzen Irrsinn ja doch irgendeine logische Erklärung.

»Na schön«, sage ich. »Dann bring mich halt zum Arzt, wenn du willst.«

Die Praxis befindet sich, wie zuvor auch, keine fünf Minuten entfernt. Wir laufen in einer Art Gänsemarsch, ich vorneweg und Mum dahinter, als hätte sie Angst, ich könnte es mir jeden Moment anders überlegen und wegrennen. Schweigend sitzen wir nebeneinander im Wartezimmer, blättern durch Zeitschriften, die wir eigentlich gar nicht lesen wollen, und tun so, als wären wir vollkommen darin vertieft. Ich habe ein mehrere Monate altes Klatschblatt erwischt. Es ist voll mit Promis, die sich die Brüste haben machen lassen, Promis, die sich getrennt haben, und unvorteilhaften Schnappschüssen von Promis, die mit einigen Pfunden zu viel im Bikini erwischt worden sind. Ich versuche, mir ins Gedächtnis zu rufen, ob mir irgendeine dieser Geschichten bekannt vorkommt, aber weil die gebotoxten Promis alle mehr oder weniger gleich aussehen, ist das schwer zu sagen.

Mein Name schallt durch die Sprechanlage: »Ella Samson, bitte in Zimmer elf. Ella Samson, bitte in Zimmer elf.«

Ich werfe die Zeitschrift zurück auf den Stapel und springe auf. Mum steht ebenfalls auf. Eigentlich bin ich alt genug, um allein zur Untersuchung zu gehen, aber sie besteht darauf, mich zu begleiten. Ich glaube, sie vertraut mir nicht, dass ich dem Arzt auch wirklich alles erzähle. Das Gefühl beruht allerdings auf Gegenseitigkeit, weil ich meinerseits immer noch nicht weiß, ob und wenn ja, in was für eine Verschwörung sie hier womöglich verwickelt ist.

»Also, was führt dich her, Ella?« Der Arzt mustert mich und ich mustere ihn, während ich versuche, mich zu erinnern, ob ich ihn schon einmal gesehen habe.

»Ich bin nicht ganz sicher«, antworte ich. Wenn ich allein wäre, würde ich jetzt vielleicht versuchen, ihm zu erklären, wie merkwürdig ich mich heute fühle, wie losgelöst von allem, und dass gerade so ziemlich gar nichts einen Sinn zu ergeben scheint. Doch das kann ich nicht, solange Mum an mir klebt wie ein Gefängniswärter. »Mum meinte, ich solle herkommen. Mir war heute Morgen übel. Ist aber nicht der Rede …«

Mum mischt sich ein: »Es war nicht bloß Übelkeit, Herr Doktor. Sie hat auch einige seltsame Dinge gesagt und war insgesamt ein bisschen schusselig. Außerdem wirkt sie ziemlich in sich gekehrt und launisch, als wäre sie nicht ganz sie selbst. Und heute in der Schule war sie so durch den Wind, dass sie vorzeitig nach Hause musste.«

»Verstehe. Und wie lange geht das schon so?«

»Eigentlich erst seit heute«, erwidert Mum. »Glaube ich zumindest. Aber nach der Sache mit dem Unfall, na ja, da dachten wir, es sei besser, wenn wir sie gleich herbringen, um sicherzugehen, dass alles okay ist. Im Krankenhaus meinten sie, wir sollten sie gut im Auge behalten und sofort einen Arzt aufsuchen, wenn uns irgendetwas merkwürdig erscheint.«

Er nickt. »Ja, das haben Sie richtig gemacht. Bei Kopfverletzungen kann man nie vorsichtig genug sein.«

Mum wirkt ziemlich zufrieden mit sich. Der Arzt liest sich etwas auf seinem Computermonitor durch. Ich versuche, einen Blick darauf zu erhaschen, falls dort irgendetwas über mich oder meinen Unfall steht, aber ich bin zu weit weg und der Winkel ist auch ungünstig.

»Dann werde ich dich jetzt mal untersuchen, Ella. In Ordnung?«

»Ja klar, warum nicht.«

Er bittet mich, auf der Untersuchungsliege Platz zu nehmen. Dann leuchtet er mir mit einer kleinen Lampe in die

Augen und haut mir mit einem Hämmerchen gegen die Knie. Es kitzelt und lässt meine Beine unwillkürlich nach vorne schießen. Ich kann mir ein Kichern nicht verkneifen. Offenbar zufrieden mit mir, hebt er die Hand. »Gut, ich strecke jetzt den Zeigefinger aus. Ich möchte, dass du mit deinem Finger erst meinen Finger und dann deine Nasenspitze antippst, so schnell es geht. Könntest du das für mich machen?«

»Okay«, antworte ich verwirrt. Was will er denn bitte daran erkennen, dass ich meine Nase antippe? Dennoch tue ich ihm den Gefallen. Mein Finger saust hin und her: sein Finger, meine Nase, sein Finger, meine Nase, bis er mir erlaubt, damit aufzuhören. Wieder habe ich das Gefühl, eine Rolle zu spielen, nur dass ich mich diesmal anscheinend in einer Folge von *Emergency Room* oder *Grey's Anatomy* befinde. Mädchen mit Gehirnerschütterung, gespielt von Ella Samson. Oder eher: Ella Samson, gespielt von Ella Samson.

»Gut. Dann steh jetzt bitte mal auf und lauf von der Liege zur Tür und wieder zurück. Und zwar mit ganz kleinen Schritten, so als würdest du auf einem dünnen Seil balancieren.«

Auch das tue ich, komme mir dabei aber unfassbar albern vor, was nicht zuletzt daran liegt, dass ich bei jedem meiner Schritte die aufmerksamen Blicke von Mum und dem Arzt im Nacken spüre.

»Gut. Dann komm bitte wieder her und setz dich. Das sieht alles so weit normal aus. Dein Gleichgewichtssinn und Koordinationsvermögen sind ganz hervorragend. Ich werde dir jetzt ein paar Fragen stellen, von denen dir die eine oder andere vielleicht ein bisschen merkwürdig vorkommen wird.«

»Okay.«

»Weißt du, welcher Tag heute ist, Ella?«

»Ja, Montag.«

»Gut. Und weißt du, wo du dich befindest?«

Hält er mich für blöd? »Natürlich. Ich bin in einer Arztpraxis.«

»Korrekt. Und kannst du mir auch sagen, was du gestern gemacht hast?«

Mit der Frage erwischt er mich auf dem falschen Fuß. Ich kann mich ausgezeichnet an gestern erinnern, ich weiß bloß nicht, ob es das richtige Gestern ist – das, das sich mit der Erinnerung meiner Mutter deckt. Denn wenn ich nicht mit Deeta unterwegs war, und darauf deutet gerade alles hin, wo war ich dann?

»Ähm … äh …« Ich muss möglichst vage bleiben. Oh Gott, ich brauche viel zu lange für meine Antwort; das erkenne ich am Gesichtsausdruck des Arztes. Rate einfach, Ella. »Ich, äh, ich war mit ein paar Freunden zusammen.«

Der Arzt sieht Mum an.

»Ja, sie hat sich mit ihren beiden besten Freundinnen getroffen, Rachel und Jennifer.«

Die schon wieder. Nein, das habe ich ganz sicher nicht getan.

»Und wo wart ihr?«

»Ähm … bei ihnen zu Hause. Äh, bei Jen?«

»Ich dachte, ihr wart bei Rachel«, wirft Mum ein. Sie beäugt mich misstrauisch, als hätte sie mich bei einer Lüge ertappt.

»Ach so, ja, wir waren bei beiden.«

Der Arzt räuspert sich. »Nun gut. Du wirkst schon ein bisschen zögerlich, Ella. Aber das ist vielleicht nur die Nervosität. Sicher fühlst du dich gerade ein bisschen unter Druck gesetzt. Wie wär's, wenn du mir stattdessen erzählst, ob du dich noch daran erinnern kannst, was bei deinem Unfall passiert ist?«

Oh Gott. Ist es besser, wenn ich einfach sage: »Nein, an gar nichts«, oder sollte ich lieber ein bisschen im Trüben fischen, mit dem Risiko, dass ich total danebenliege?

»Ich, äh, hab mir den Kopf angeschlagen.«

»Ganz richtig. Aber kannst du dich noch an die Autofahrt erinnern? Wo ihr hinwolltet? Wer alles dabei war?«

Ich versuche, mir den Schock nicht anmerken zu lassen. Es war ein Autounfall. Wie konnte ich denn bitte einen Autounfall vergessen? Stammen die Blutergüsse auf meinem Oberkörper etwa von einem Sicherheitsgurt? Mein Atem geht schneller – zu schnell. Innerlich drehe ich gerade vollkommen durch, aber ich weiß, dass ich mir das nach außen nicht anmerken lassen darf. »Nicht so richtig. Das ist alles irgendwie … verschwommen? Ist das schlimm?«

Ich höre, wie Mum entsetzt nach Luft schnappt.

»Keine Angst, Mrs Samson. Das könnte einfach eine Folge des Traumas sein. Ella, ich muss dich das jetzt fragen: Könnte es sein, dass du irgendetwas zu dir genommen hast, das deine Erinnerung beeinträchtigt? Drogen vielleicht?«

Könnte das sein? Soweit ich mich erinnere, war ich Samstagabend auf einer Party. Aber da habe ich bloß Cola light getrunken. Könnte es sein, dass mir jemand etwas hineingekippt hat? Davon liest man doch ständig: von K.-o.-Tropfen, die dazu führen, dass die Leute das Bewusstsein verlieren und nicht mehr mitbekommen, was mit ihnen geschieht. Von Drogen, die grauenhafte Flashbacks und Paranoia auslösen. Vielleicht bin ich einfach auf einem total abgedrehten Trip und habe all das, was heute passiert ist, nur halluziniert. Oder ich habe mein ganzes Leben davor halluziniert. Doch nichts davon kann ich den Arzt fragen, denn dann müsste ich ihm und damit auch meinen Eltern gestehen, wie ich mich gerade fühle. Außerdem sagt mir etwas, dass das sowieso nicht die richtige Erklärung ist. Schließlich ging es mir den ganzen Sonntag doch gut. Würde eine Droge wirklich so lange brauchen, bis sie wirkt? Leugnen scheint mir daher der sicherste Weg zu sein: »Ich nehme keine Drogen.«

Der Arzt schaut mir tief in die Augen. »Sei bitte ehrlich, Ella. Das ist wichtig. Du kriegst deswegen keinen Ärger.«

»Okay, also, ich hab schon mal ein bisschen gekifft. Ein, zwei Mal vielleicht, aber das ist alles. So gut wie nie. Und in letzter Zeit gar nicht mehr. Aber was Stärkeres hab ich noch nie genommen.«

Mum sieht zutiefst entsetzt aus. »Oh, Ella! Wann war das?«

Ich seufze. »Bei ein paar Freunden. Ist doch nichts dabei.«

»Welchen Freunden?«

Was soll ich ihr darauf antworten? Bei Freunden, von denen sie sicherlich noch nie gehört hat, weil sie anscheinend nicht länger meine Freunde sind? Bei Freunden, die wahrscheinlich abstreiten würden, mich zu kennen, wenn man sie danach fragen würde? Bei einem Freund, der nicht einmal weiß, dass es mich gibt?

»Freunden eben.« Ich halte inne. »Rachel und Jen, wenn du es unbedingt wissen willst. Hör mal, ich bin kein Junkie. Ich hab es ein paarmal ausprobiert, mehr nicht. So wie alle.«

Mum scheint schockiert zu sein. Arme Rachel und arme Jen. Ich habe keine Ahnung, warum ich das gerade gesagt habe. Um überzeugender zu klingen, vermutlich. Ich kenne sie nicht mal und jetzt hält meine Mutter sie für Junkies oder Dealer.

Der Arzt seufzt. Ich glaube, er wünscht sich genau wie ich, meine Mum wäre nicht im Raum. »Okay, ich muss dir noch ein paar andere Fragen stellen, Ella. Kannst du mir sagen, ob du in letzter Zeit irgendwelche Stimmen gehört hast?«

»Was für Stimmen?«

»In deinem Kopf.«

»Nur meine eigene. Beim Nachdenken, Sie wissen schon. Wie alle halt.« Mit einem Mal fällt mir auf, dass ich eigentlich gar nicht so genau weiß, ob alle anderen auch ihre Stimme im Kopf hören, wenn sie nachdenken. So etwas habe ich noch nie jemanden gefragt. Ich bin einfach davon ausgegangen. Zu Recht?

»Und sagt diese Stimme irgendetwas Ungewöhnliches oder verlangt von dir, etwas zu tun, was du nicht tun willst?«

»Zum Beispiel?«

»Irgendetwas Seltsames. Oder dich oder jemand anderen zu verletzen.«

»Auf keinen Fall!«

»Okay, gut. Du verstehst doch, dass ich dich das fragen muss?«

Ich nicke. Diese ganze Situation ist total bizarr. Die Ironie ist, dass ich hier sitze und versuche, den Arzt davon zu überzeugen, dass ich geistig vollkommen gesund bin, obwohl das höchstwahrscheinlich nicht der Fall sein kann.

Der Arzt wendet sich an Mum. »Ich bin mir nicht ganz sicher, was hier los ist. Vermutlich ist es nichts – ganz normales Teenager-Verhalten, womöglich eine posttraumatische Reaktion auf den Unfall. Dass ihr heute übel war, kann reiner Zufall sein. Trotzdem würde ich Ella gern für eine CT-Untersuchung ans Krankenhaus überweisen, nur für alle Fälle. In Ordnung?«

»Selbstverständlich«, antwortet Mum.

Er tippt etwas in seinen Computer, druckt es aus und reicht es ihr. »Gehen Sie damit in die Notaufnahme, dann sollte Ella noch heute Nachmittag drankommen.«

»Moment mal«, werfe ich ein. Ich habe keine Ahnung, was ein CT ist, aber es klingt ernst. »Wofür soll das gut sein?«

»Wir wollen nur einen kurzen Blick auf dein Gehirn werfen, um sicherzugehen, dass alles ist, wie es sein sollte.«

»Mein Gehirn? Und was sieht man da dann?«

»Hoffentlich nichts.«

Aber vielleicht sieht man ja doch was. Vielleicht habe ich tatsächlich einen Hirnschaden von einem Unfall, an den ich mich nicht erinnere. Möglicherweise stimmt etwas ganz und gar nicht mit mir und in meinem Hirn sitzt ein Tumor, der meine Erinnerung Stück für Stück auffrisst. Oder die Untersuchung bringt ans Tageslicht, dass jemand mir etwas in den Kopf transplantiert hat – einen Chip oder einen Peilsender oder so was.

Und was, wenn nichts dabei rauskommt?

Ich weiß nicht, wovor ich mehr Angst habe: herauszufinden, dass etwas mit mir nicht stimmt, oder gar nichts zu finden.

Mein wunderschönes Gehirn

Ich liege vollkommen reglos inmitten eines Gebildes, das ein bisschen aussieht wie ein großer weißer Plastikdonut. Ein gepolstertes Gestell hält meinen Kopf unverrückbar an Ort und Stelle, während unsichtbare Strahlen über mich hinwegstreifen und bis tief in mein Gehirn dringen. Ich spüre nichts, sehe nichts außer dem kalten Plastik der Röhre und höre nichts als das Klicken und Surren des Scanners. Es ist nicht dunkel und ich weiß, dass ich nicht allein bin – die Radiologin sitzt nur ein paar Meter entfernt hinter einem Fenster –, aber ich fühle mich wie in einem Grab. Gefangen. Außerstande, mich zu bewegen, geschweige denn zu entkommen. Um nicht in Panik zu geraten, schließe ich die Augen und zwinge mich, mir stattdessen vorzustellen, was die Radiologin wohl auf ihrem Monitor sieht, während der Scanner jeden noch so geheimen Winkel meines Gehirns durchleuchtet, von oben nach unten, von links nach rechts, tiefer und tiefer. Als würde er eine Zwiebel Schicht um Schicht abschälen.

Klick. Was ist dadrin verborgen, in meinem Schädel, in dem Kern meines Inneren?

Surr. Wer oder was hat mir das angetan?

Klick. Wie finde ich wieder zurück?

Ich frage mich, ob die Radiologin wohl erkennen kann,

dass ich gerade über sie nachdenke. Ob ihre Geräte es ihr ermöglichen, meine Gefühle und Gedanken zu lesen und zu entschlüsseln. Ist sie am Ende sogar in der Lage, sie zu beeinflussen? Vielleicht ist diese ganze »Unfall«-Sache ja bloß ein willkommener Vorwand und die Ärzte stecken da ebenfalls mit drin. Vielleicht dient dieses CT in Wahrheit nur dazu, mein Gehirn zurückzusetzen, mich neu zu programmieren, um mich mein vergangenes Leben endgültig vergessen zu lassen. Nein, das ist nur eine dämliche Verschwörungstheorie, wie aus einem Sciene-Fiction-Roman. Oder? Ganz egal, wie die Wahrheit lautet: Ich weiß, dass es wichtig ist, dass ich die Erinnerung daran bewahre, wer ich bis gestern noch war. Ich muss versuchen, diese Version meines Ichs festzuhalten, sie in einen sicheren Winkel meines Gehirns zu verstecken, den der Scanner nicht erreichen kann … irgendwohin, wo selbst meine eigenen Zweifel sie nicht erreichen können.

Klick.

Surr.

Ich konzentriere mich mit aller Kraft und rufe Erinnerungen daran wach, wie ich war, Bilder, auf denen ich mit Deeta über einen Film lache, mit Billy Händchen halte, meine eigenen Klamotten trage, in meinem eigenen Schlafzimmer, umgeben von meinen eigenen Dingen, entspanne. Aber meine Gedanken machen, was sie wollen. Immer wieder wandern sie aus der Vergangenheit zurück in die Gegenwart: zu der Mutter mit den weißen Haaren, zu dem Billy, der mich nicht kennt, zu den Spiegeln und Schaufenstern, die jemand Veränderten reflektieren. Sie schweifen ab zu den Reihen von Schließfächern, die sich nicht öffnen lassen wollen, zu den Bunsenbrennern im Naturwissenschaftslabor, zu dem Heimweg durch meine ungewohnt technicolorbunte Nachbarschaft. Sie treiben und treiben dahin, bis ich merke, dass es nicht mehr nur meine Gedanken sind, die da treiben, sondern mein ganzes Ich. Ich fühle mich nicht länger im Scanner gefangen, ich bin eins mit ihm, atme in seinem Rhythmus.

Klick. Surr.

Klick. Surr.

Ich entschwebe aus meinem Körper, gleite hinaus und hinauf, höher und höher, durch die Decke mit ihren flackernden Neonröhren, an einen Ort, der weit jenseits des CT-Raums, ja, sogar jenseits des Krankenhauses liegt. Ich bin schwerelos und frei; ich schwebe nicht bloß in der Luft, ich bin ein Teil von ihr. Als ich herabblicke, kann ich mich selbst sehen, regungslos, die Arme eng an den Körper gepresst, den Kopf festgebunden. Ich wirke so friedlich, so still, dass ein Teil von mir sich bereits fragt, ob ich vielleicht tot bin.

Und dann trifft es mich wie ein Schlag: Das Mädchen dort unten im Scanner, auf das ich hinabblicke, ist nicht das Mädchen, das an diesem Nachmittag ins Krankenhaus gekommen ist. Sie hat kinnlanges dunkles Haar und trägt einen Pony. Sie ist ich: mein altes Ich. Plötzlich weiß ich mit absoluter Gewissheit, dass das hier nicht nur irgendeine seltsame außerkörperliche Erfahrung ist: Ich erinnere mich an etwas. Etwas, was von größter Bedeutung sein könnte.

Ich war schon einmal in so einem Scanner. Das hier ist nicht das erste Mal, vielleicht auch nicht das zweite. Ich weiß nicht mehr, dass ich so festgeschnallt worden bin wie heute. Auch nicht, dass ich ein Krankenhausnachthemd anziehen musste, dass mir die Radiologin Mut zugesprochen hat oder wie ich in die Maschine geschoben worden bin. Aber das Klicken und Surren, die hellen Lichter und die Krankenhausgeräusche und -gerüche kommen mir, wie mir jetzt erst klar wird, unwahrscheinlich vertraut vor. Andere gespenstergleiche Erinnerungen beginnen, in mir aufzuflackern: ein anhaltendes, leises Piepsen, gedämpfte Stimmen, das Gefühl einer warmen Flüssigkeit, die in den Venen meines Arms brennt. Wenn ich mich doch nur genau daran erinnern könnte, was passiert ist, und wichtiger noch: warum. Ich versuche, mich darauf zu konzentrieren, etwas Greifbares zu fassen zu bekommen, aber je mehr ich mich anstrenge, desto undeutlicher wird das Bild. Wo ich auf Tatsachen und Einzelheiten zurückgreifen sollte, stoße ich bloß auf eine gähnende Leere …

»Ella … Ella …«

Langsam wird mir bewusst, dass das Klicken und Surren aufgehört haben. Stattdessen ertönt das Knacken der Gegensprechanlage und eine sanfte Stimme sagt meinen Namen. Ich schwebe nicht mehr. Ich befinde mich wieder im CT-Raum, gefangen in der Röhre des Scanners. Und schlimmer noch: Ich bin wieder in meinem neuen Ich gefangen.

Jemand berührt sachte meinen Arm. »Scheint, als wärst du dadrin eingeschlafen«, meint die Radiologin. »Wir sind fertig. Wir holen dich jetzt raus. Okay?«

Ich nicke, aber mein festgeschnürter Kopf rührt sich nicht vom Fleck. Dann spüre ich, wie etwas an mir zieht, und im nächsten Moment gleite ich aus dem Donut heraus. Über mir rückt das lächelnde Gesicht der Radiologin in mein Blickfeld und gleich darauf liege ich wieder still und sie beugt sich über mich, um den Riemen um meinen Kopf zu lösen.

»Langsam aufsetzen«, warnt sie und legt mir die Hand auf den Rücken, um mir aufzuhelfen. Ich fühle mich wie benebelt und mir ist ein bisschen schwindlig. Ich weiß nicht, ob das von den Strahlen kommt, die durch mein Hirn gesaust sind, oder ob es eine Folge dessen ist, was ich gefühlt habe, woran ich glaube, mich erinnert zu haben.

»Ruh dich noch ein bisschen aus. Ich begleite dich und deine Mum nachher zurück zur Ärztin, sobald du dich angezogen hast.«

»Ist gut. War denn alles in Ordnung? Mit meinem Gehirn, meine ich?«

Sie lächelt. »Eigentlich darf ich dazu nichts sagen, aber es sind ja gute Neuigkeiten. Du kannst deiner Mum ausrichten, dass dein Gehirn absolut perfekt aussieht. Es ist vollkommen gesund.«

»Oh«, sage ich und bemühe mich, glücklich zu klingen. Natürlich freue ich mich, dass ich keinen Hirnschaden habe, doch gleichzeitig hatte ich gehofft, dass die Aufnahmen etwas zeigen würden, *irgendetwas*. »Darf ich Sie noch was fragen? Wie sah es im Vergleich zu meinen anderen Aufnahmen aus? War auf denen irgendwas Seltsames zu sehen? Irgendein Unterschied zu jetzt?«

»Ich fürchte, das wirst du die Ärztin fragen müssen«, antwortet sie.

Vor dem Sprechzimmer der Neurologin warten bereits einige andere Patienten. Mum und ich sitzen nebeneinander auf den harten Plastikstühlen im Wartezimmer und trinken lauwarmes Wasser aus Wegwerfbechern. Jetzt, da sie weiß, dass ich kein Blutgerinnsel im Hirn habe, das jederzeit explodieren und mich umbringen oder in eine Matschbirne verwandeln kann, wirkt sie etwas entspannter. Ich versuche, mich ebenfalls zu beruhigen und ein bisschen netter zu ihr zu sein. Wenn ich herausfinden will, was mit mir geschehen ist, werde ich ihr wohl vertrauen müssen.

Eine Weile plaudern wir so über dies und das, bis ich schließlich all meinen Mut zusammennehme und sie frage: »Was genau ist eigentlich bei meinem Unfall passiert?«

Sie seufzt. »Du kannst dich also wirklich an nichts mehr erinnern?«

»Nein, deswegen frag ich ja. Ich steh total auf dem Schlauch.«

»Es war an einem Samstagnachmittag vor ein paar Wochen. Ich war nicht dabei, deswegen weiß ich auch nur, was man mir erzählt hat. Dein Dad saß mit dir im Auto, um dir Fahrunterricht zu geben. Ihr wart nur wenige Minuten von zu Hause entfernt, auf der Hauptstraße, gleich vor der Bushaltestelle. Soweit ich weiß, muss wohl eine alte Frau auf die Straße getreten sein und du wolltest ihr ausweichen. Dabei bist du in ein anderes Auto gekracht und hast dir den Kopf am Lenkrad angeschlagen. Danach warst du einige Sekunden bewusstlos.« Sie hält inne und ihre Stimme wird ganz leise. »Für einen Moment dachte dein Dad, du wärst tot.«

»Oh.«

Ich habe keine Ahnung, was ich darauf antworten oder wie ich mich fühlen soll. Irgendwie kommt es mir vor, als würde ich eine Nachrichtenmeldung über jemand anderen hören. Nicht nur, dass ich mich nicht an den Unfall erinnern kann, ich kann mich nicht einmal erinnern, dass ich Fahrstunden genommen habe. Um ehrlich zu sein, kann ich mir gar nicht vorstellen, hinterm Steuer eines Autos zu sitzen. Ich weiß, dass ich seit meinem siebzehnten Geburtstag unbedingt fahren lernen wollte. Aber Mum und Dad waren beide strikt dagegen. Sie fanden, ich sei »nicht mal ansatzweise verantwortungsvoll genug und außerdem ist es zu teuer«. Wann und warum haben sie ihre Meinung geändert?

»Ist der alten Frau was passiert?«

»Nein, ich glaube, ihr geht es gut. Sie ist gleich darauf verschwunden, wie vom Erdboden verschluckt. Sie war nirgends mehr aufzufinden, worüber die Versicherung alles andere als glücklich war.«

»Was ist mit dem Fahrer des anderen Autos?«

»Dem ist auch nichts passiert. Das meiste hat das Auto von deinem Dad abgekriegt – Totalschaden, deshalb hat er sich doch ein neues gekauft. Gott sei Dank warst du angeschnallt. An allem ist überhaupt nur dein Dad schuld. Ich hab ihm gesagt, er soll dir nicht selbst Fahrstunden geben. Du hättest einen richtigen Fahrlehrer haben müssen, in einem richtigen Fahrschulauto, das auch auf der Beifahrerseite ein Bremspedal hat. Aber das war ihm zu teuer.« Sie schüttelt den Kopf. »Das ist typisch für ihn. Immer glaubt er, er wüsste alles besser.«

Ich lächle in mich hinein. Mum putzt Dad herunter – das immerhin kommt mir bekannt vor. Manche Dinge ändern sich einfach nie.

»Ella, bist du sicher, dass du dich an nichts erinnern kannst? Nicht das kleinste bisschen?«

»Kein Stück«, antworte ich. Mir kommen beinahe die Tränen, so frustriert bin ich. »Hab ich doch gesagt, oder?«

Sie seufzt erneut, als hätte sie Schmerzen. »Aber warum nicht, wenn auf den Bildern aus dem CT nichts zu erkennen ist? Oh, Ella. Das gefällt mir nicht. Das gefällt mir ganz und gar nicht.«

Ich zucke mit den Schultern. Mir gefällt das auch nicht. Und dabei weiß sie nicht einmal die Hälfte.

Mehr brauche ich zum Glück nicht zu sagen, denn in diesem Moment ruft uns die Neurologin herein. Sie hält die CT-Aufnahmen in der einen Hand und meine Patientenakte in der anderen. Wie zuvor die Radiologin schwärmt sie von meinem »perfekten« Gehirn. Manche Leute haben tolle Beine, andere umwerfendes Haar. Ich dagegen habe allem Anschein nach ein wunderschönes Gehirn. Das ist ja mal wieder typisch: Außer der Ärztin wird niemand meine Schokoladenseite je wieder zu Gesicht bekommen, es sei denn, ich überlasse meinen Körper der Wissenschaft und mein Gehirn landet in einem Schraubglas auf irgendeinem Schreibtisch.

»Wir können dich also getrost wieder in die Obhut deines Hausarztes übergeben«, verkündet sie. Offenbar kann sie es kaum erwarten, mich loszuwerden.

»Super«, erwidere ich. »Aber ich wüsste gerne, ob sich

irgendwas geändert hat. Im Vergleich zu letztem Mal, meine ich.«

»Letztem Mal?«

»Meinem letzten CT. Vielleicht hat sich da ja was geändert. Das müsste kurz nach dem Unfall gewesen sein. Aber, na ja, ich kann mich nicht mehr dran erinnern …«

Sie blättert durch meine Patientenakte. »Deinem letzten CT? Ich finde hier keinen Hinweis darauf, dass früher schon mal Aufnahmen gemacht worden sind. Wenn, dann jedenfalls nicht in diesem Krankenhaus.«

»Wirklich? Aber als ich vorhin in der Röhre lag, konnte ich mich daran erinnern! Sind Sie sicher, dass die Unterlagen nicht verloren gegangen sind oder so?«

»Definitiv. Hier steht, dass letztes Mal, als du hier warst, kein CT nötig war. Sie haben dich für ein paar Stunden zur Beobachtung hierbehalten, danach durftest du nach Hause.« Sie wendet sich an Mum. »War sie vorher schon einmal im Krankenhaus?«

»Nur für ein paar Röntgenaufnahmen, als sie sich den Knöchel verstaucht hatte«, sagt Mum. »Und bei ihrer Geburt natürlich.«

Die Ärztin schüttelt den Kopf. »Dann musst du dich wohl irren, Ella. Wir ordnen CT-Aufnahmen nur an, wenn es absolut nötig ist.«

»Oh. Aber warum kam mir das alles dann so bekannt vor? Dieses Gefühl dazuliegen, die Gerüche, die Geräusche, das ganze Drum und Dran eben … Ich konnte es fühlen.«

»Wahrscheinlich hattest du ein Déjà-vu. Weißt du, was das ist? Dein Gedächtnis hat dir vermutlich einen Streich gespielt. Es hatte den Eindruck, als hätte es das alles schon einmal erlebt, dabei hat es das nicht.«

»Kann sein …«

Kurz frage ich mich, ob vielleicht all meine Erinnerungen bloß eine Art Déjà-vu sind: das Gefühl, dass ich etwas erlebt habe, was in Wahrheit niemals stattgefunden hat. Vielleicht kam es mir in dem Moment, als ich Billy gesehen habe, deswegen so vor, als würde ich ihn kennen, obwohl das überhaupt nicht der Fall ist. Doch dann denke ich, dass das immer noch nicht erklärt, warum sich alles, was eigentlich real sein sollte, so irreal und falsch anfühlt. Es sei denn, es gibt so was wie ein umgekehrtes Déjà-vu, bei dem sich das, was man angeblich erlebt hat, vollkommen fremd anfühlt, so wie ein Traum.

Offenbar gelingt es mir nicht besonders gut, meine Gefühle zu verbergen, denn es fällt sogar der Ärztin auf. »Ich habe noch nie jemanden gesehen, der so enttäuscht über einen unauffälligen Befund war«, meint sie und berührt mich am Arm. »Mit dir ist alles in Ordnung. Du kannst jetzt nach Hause gehen.«

»Aber wenn mit meinem Gehirn alles in Ordnung ist, warum kann ich mich dann nicht an den Unfall erinnern?«

»Das kann ich dir auch nicht so genau sagen. Es gibt so viel, was wir noch nicht über das Gehirn wissen. Fakt ist, dass manche Leute nach einer Gehirnerschütterung ein paar Probleme haben. Ich bin keine Psychologin, aber ich denke, es wäre möglich, dass der Unfall für dich so ein großer Schock war, dass du ihn einfach komplett ausgeblendet hast. Möglicherweise leidest du an einer Form von Amnesie, die durch ein psychisches Trauma ausgelöst wird. Ich schreibe deinem Hausarzt, dass er eine Psychotherapie in Erwägung ziehen soll.«

Psychisches Trauma? Will sie damit etwa andeuten, ich sei wie diese bedauernswerten Soldaten aus dem Ersten Weltkrieg, über die wir in der Schule gelesen haben, dass sie aufgrund ihrer erschütternden Erlebnisse den Verstand verloren haben? Dabei war ich doch überhaupt nicht im Krieg; ich habe mir nur meinen bescheuerten Kopf an einem bescheuerten Lenkrad angeschlagen.

»Keine Sorge«, fährt sie fort. »Darüber zu reden, wird dir ganz sicher helfen. Es gibt auch keinen Grund, weshalb der Gedächtnisverlust bleibend sein sollte. Deine Erinnerung kehrt schon irgendwann zurück. Wahrscheinlich solltest du es einfach eine Zeit lang etwas ruhiger angehen lassen und mal ein paar Tage Auszeit von der Schule nehmen.«

»Okay«, erwidere ich und zwinge mich zu einem Lächeln. »Ich nehme mir ein paar Tage frei und dann geht es mir bestimmt wieder gut.«

Sie beginnt, mit Mum zu reden, und ich klinke mich aus. Ich glaube nicht daran, dass sie oder die Medizin im Allgemeinen mir eine Erklärung dafür liefern können, was hier vor sich geht. Was auch immer sie behauptet: Das hier kann keine Amnesie sein. Da bin ich mir absolut sicher. Denn was Amnesie ist, weiß ich: Man vergisst, was passiert ist. Amnesie bedeutet nicht, dass man sich an Erlebnisse – und schon gar nicht an weite Teile seines eigenen Lebens – erinnert, die nie stattgefunden haben.

Vater, Mutter, Kind

Als wir nach Hause kommen, sitzt Dad in der Küche und wartet bereits auf uns.

Mir ist nicht ganz klar, was er hier macht. Müsste er nicht auf der Arbeit sein? Oder bei seiner Frau? Außerdem hat Mum doch klipp und klar gesagt, dass sie ihn nur über ihre Leiche je wieder ins Haus lassen würde. Ich weiß nicht mal, wie er eigentlich reingekommen ist, schließlich habe ich mit eigenen Augen gesehen, wie er ihr am Tag seines Auszugs all seine Schlüssel ausgehändigt hat. Wenn er mich abholen kam, musste er immer draußen im Auto warten, weil Mum ihn – oder, wie sie es ausdrückte, »seine selbstgefällige, betrügerische Visage« – auf keinen Fall zu Gesicht bekommen wollte. Er hupte ein paarmal, um mir zu signalisieren, dass er da war, und ich ging nach draußen, um ihn zu begrüßen, während sie im Flur stand und schmollte. Und doch sitzt er jetzt mit einer Tasse Tee und seinem Laptop bei uns am Küchentisch, als hätte es die Trennung nie gegeben, als würde er hierhergehören.

Aber er gehört nicht hierher, nicht mehr. Zumindest war das bis gerade eben noch so.

»Ella, Schätzchen«, sagt er und steht auf, um mich zu umarmen. »Ich hab mir solche Sorgen gemacht. Geht es dir gut?«

Ich habe keinen Hirnschaden, falls es das ist, was er meint. Gut geht es mir trotzdem nicht. Ganz und gar nicht. Ihn hier anzutreffen hat mich wieder einmal total aus der Spur geworfen und ich bin ehrlich gesagt nicht sicher, wie viele dieser Schocks ich heute noch ertragen kann. Ich weiche vor ihm zurück. »Was zur Hölle machst du hier?«

Dad wird kreidebleich. Er sieht aus, als hätte ich ihn geohrfeigt. Sofort fühle ich mich mies, weil ich das nämlich eigentlich gar nicht laut aussprechen wollte.

»Ella! Sei nicht so unverschämt!«, schimpft Mum. Ungläubig beobachte ich, wie sie zu ihm hingeht und ihn beinahe zärtlich an der Schulter berührt. »Er ist extra früher von der Arbeit gekommen, weil er sich Sorgen um dich gemacht hat. Ich hab dir doch erzählt, dass ich ihn angerufen habe.«

»Tut mir leid. Ich war bloß … überrascht. Dass er hier im Haus ist – und euch beiden das nichts auszumachen scheint.«

Sie mustert mich stirnrunzelnd. »Ist das sarkastisch gemeint?«

»Nein, überhaupt nicht.«

Mum sieht mich an, als sei ich eine Art menschliches Sudoku. Ich setze mich an den Tisch und beobachte schweigend, wie sie Dad beruhigt, ihm versichert, dass ich heute nicht ganz ich selbst bin, und ihm berichtet, was im Krankenhaus passiert ist – dass ich womöglich ein »seelisches Trauma« erlitten habe und eine Therapie benötige. Vermutlich sollte ich mich einfach freuen, dass sie so zivilisiert miteinander umgehen, selbst wenn es nur daran liegt, dass sie sich Sorgen um mich machen. Tatsächlich finde ich es aber, wie alles andere auch, das heute geschehen ist, vor allem beunruhigend.

Dad lächelt mich an, so wie man kleine alte Damen und kranke oder behinderte Kinder anlächelt. Mitfühlend. Besorgt. Gönnerhaft. Ausdruckslos erwidere ich sein Lächeln. Unwillkürlich fällt mir auf, dass er deutlich gestresster und älter wirkt, als ich ihn in Erinnerung habe. Seine Stirn weist langsam eine gewisse Ähnlichkeit mit einem Stück Millimeterpapier auf, in das jemand mit stumpfem Bleistift ein Liniendiagramm geritzt hat. Dabei ist es, wenn ich meinem verkorksten, unzuverlässigen Hirn glauben kann, gerade mal eine Woche her, seit wir uns das letzte Mal gesehen haben. Wie kann das sein? Gibt es so was wie eine umgekehrte Botoxbehandlung?

»Ich mach uns mal was zu essen«, verkündet Mum. »Sind Spaghetti okay? Denkst du, damit kommt dein Magen klar, Ella?«

»Klingt gut«, antwortet Dad, bevor ich überhaupt reagieren kann. Mum verschwindet in der Küche.

Entgeistert starre ich ihn an. Jetzt bleibt er also auch noch zum Abendessen? Diese Zurschaustellung von Solidarität geht nun doch ein bisschen zu weit. Es ist ja nicht so, als würde ich bald sterben – jedenfalls nicht physisch.

»Gehst du zum Essen nicht nach Hause, Dad?«, erkundige ich mich vorsichtig, damit er mich nicht wieder für unverschämt hält. »Wartet Tamsyn nicht auf dich?«

Er lacht. »Tamsyn?«

»Deine Frau. Meine Stiefmutter. Du weißt schon, die mit

den kurzen Röcken und High Heels, die kaum älter ist als ich.«

»Sehr witzig«, entgegnet er. »Meine Zweitfamilie ist gerade im Urlaub, da droht also keine Gefahr.« Er zwinkert mir zu, als wäre das alles bloß ein Spiel. »Keine Angst, du bist und bleibst natürlich meine Lieblingstochter.«

Er kneift mich in die Wange und mir wird klar, dass er mir nichts vormacht. Er hat tatsächlich keinen blassen Schimmer, wer Tamsyn ist. Mir dreht sich der Magen um. Das ist ganz genau wie mein Erlebnis mit Billy heute Mittag.

Ich springe auf und stürze hinaus in den Flur, so hastig, dass ich um ein Haar über meine eigenen Füße stolpere. All die Beweise befinden sich direkt vor meiner Nase, ich habe sie nur vorher nicht bemerkt, weil ich so sehr damit beschäftigt war, »meine« Sachen zu suchen. Dads Schuhe stehen im Schuhschrank, seine alte Regenjacke hängt an der Garderobe und sein Regenschirm steht im Schirmständer. Zwei Stufen auf einmal nehmend stürme ich die Treppe hoch und reiße atemlos die Badezimmertür auf. In dem Schränkchen über dem Waschbecken liegen Dads Rasierpinsel, Rasierschaum und sein Nassrasierer. Im Zahnputzbecher stehen nicht zwei Zahnbürsten, sondern drei – vier, wenn man die neue mitzählt, die ich heute Morgen dazugestellt habe.

All das kann nur eins bedeuten: Dad lebt immer noch hier.

Er ist niemals ausgezogen.

Und das wiederum bedeutet, dass ich mir die gesamte langwierige und quälende Scheidung bloß eingebildet haben muss, genau wie seine Affäre, die zweite Hochzeit und die unbehaglichen Wochenenden mit Tamsyn. Vielleicht war das alles nur ein Traum? Eine Art Wunschvorstellung? Jedenfalls hat mein Hirn sich offenbar seine eigene Version der bösen Stiefmutter aus dem Märchen zusammengesponnen.

Wie verkorkst bin ich eigentlich?

Ich nehme mir ein paar Minuten Zeit, um mich zu beruhigen, bevor ich wieder nach unten zu meinen Eltern gehe. Sie sitzen beide am Tisch und mustern mich sorgenvoll, als ich zurückkomme.

»Was ist los?«, fragt Mum. »Dad meint, du seist plötzlich aufgesprungen und nach oben verschwunden. War dir wieder schlecht?«

Ich nicke. »Ja, mir war ein bisschen übel, aber übergeben musste ich mich nicht. Hört mal, ich glaube, mir ist heute nicht nach einem richtigen Abendessen. Ist es okay, wenn ich eine Scheibe Toast oder eine Banane oder so was mit nach oben nehme? Ich muss mich dringend ausruhen.«

»Natürlich. In deinem Zimmer fühlst du dich bestimmt viel wohler. Wir kommen so in einer Stunde mal vorbei und sehen nach dir.«

»Danke.«

Während ich mit meinem kargen Mahl wieder nach oben trotte, wird mir bewusst, dass Mum unrecht hat. Es gibt keinen Ort mehr, an dem ich mich wohlfühlen kann oder geborgen oder gar sicher. Es gibt nichts auf dieser Welt, das mir gehört, weder dieses Zimmer noch irgendein Gegenstand darin. Wenn es einfach nur gebrannt hätte, hätte ich zumindest ein paar Habseligkeiten retten können: Fotos, alte Tagebücher, Postkarten. Aber es gab keinerlei Vorwarnung, dass ich von jetzt auf gleich alles verlieren würde.

Eine Weile liege ich einfach nur auf dem Bett, starre an die Decke und versinke in Selbstmitleid. Irgendwann setze ich mich auf, um den inzwischen kalten Toast und die halbe Banane zu essen. Danach rolle ich mich im Bett zusammen und versuche, mich zum Einschlafen zu zwingen. Nur leider funktioniert das nicht. Mit der Zeit wird es mir zu blöd, bloß dazuliegen, die Augen geschlossen zu halten und mich zu bemühen, meine rasenden Gedanken irgendwie zu beruhigen, also beschließe ich, aufzustehen und irgendwas zu tun. Sinnvoll wäre es wahrscheinlich, das Zimmer mal etwas gründlicher unter die Lupe zu nehmen, doch ich merke schnell, dass ich gerade nicht die nötige Energie habe, um Schränke und Schubläden zu durchzuwühlen. Selbst zum Lesen bin ich zu müde. Stattdessen schalte ich das Radio ein, suche den Sender, zu dem ich bislang immer aufgewacht bin, lege mich wieder aufs Bett und höre zu. Sie spielen einen Song, den ich mag, von dieser Band, für deren Konzert nächsten Monat Deeta Tickets besorgen wollte. *The Wonderfulls.* Im Kopf singe ich den Text mit und stelle zu meiner Freude fest, dass ich mich noch an jede einzelne Zeile erinnern kann. Wieder einmal fällt mir auf, dass fast alles aus meinem eigenen Leben noch genauso zu sein scheint, wie es war. Es kommt mir vor, als hätte sich die Welt in die eine Richtung gedreht, während ich in eine andere gegangen bin.

Jemand kommt die Treppe rauf. Ich schalte das Radio aus und tue so, als hätte ich geschlafen. Leise klopft es an der Tür.

»Ella, schläfst du?«

»Nein, nein, Mum. Ich bin wach.«

»Kann ich reinkommen?«

»Ja, okay.«

Sie tritt ein, und ich bemerke, dass sie etwas in der Hand hält. »Dein Handy hat geklingelt«, erklärt sie und streckt es mir entgegen. »Es war unten, in deiner Tasche. Jennifer ist dran. Ich dachte, du würdest vielleicht gern mit ihr reden.«

Ich verziehe das Gesicht. Wenn das hier mein eigenes Handy wäre und in meiner eigenen Tasche gesteckt hätte, wäre ich jetzt sauer auf sie, weil sie in meinen Sachen herumgeschnüffelt hat. Dann wird mir klar, dass mir das eigentlich total egal ist. Was ich fühle, ist eher Angst als Ärger. Ich bin kein bisschen darauf vorbereitet, mit Jen zu telefonieren – ich hab noch nie mit ihr geredet und jetzt soll ich plötzlich ihre beste Freundin sein. Was soll ich sagen? Und *wie* soll ich es sagen?

»Okay, ich geh ran«, entscheide ich spontan. Das ist nicht gerade die einfachste Lösung – ich hätte auch behaupten können, dass mir zurzeit nicht nach Telefonieren ist und ich sie zurückrufe. Aber ich habe die Befürchtung, dass Jen und Rachel irgendwann aufhören, anzurufen und zu schreiben, wenn ich ihnen weiter aus dem Weg gehe. Und momentan sind sie nun mal die einzigen Freunde, die »ich« anscheinend habe – auch wenn ich sie gar nicht kenne. Ich gehe ans Telefon, weil ich glaube – hoffe –, dass Jen mir eventuell dabei helfen kann herauszufinden, was hier los ist. Na gut, in erster Linie gehe ich ran, weil ich mich einsam fühle und mich gerne mit irgendjemandem unterhalten möchte.

Ich bedeute Mum, dass sie bitte aus dem Zimmer gehen soll, und sie nickt mir zu. Auf dem Weg nach draußen sammelt sie noch schnell meinen leeren Teller auf und klaubt ein paar Krümel von meiner Decke. Die halb gegessene Banane lässt sie mir da. Als ich sicher bin, dass sie außer Hörweite ist, hole ich tief Luft, räuspere mich und halte nervös das Handy ans Ohr, wie jemand, der in seinem ganzen Leben noch nie telefoniert hat. »Hallo?«

»Hey«, meldet sich eine warme, fröhliche Stimme. »Ich wollte nur mal hören, ob alles in Ordnung ist. Du warst heute nicht in der Schule und hast auch nicht auf unsere SMS geantwortet. Wir haben uns Sorgen gemacht.«

»Tut mir leid. Das war nicht meine Absicht.« Ich verzichte darauf zu erwähnen, dass ich sehr wohl in der Schule war. Mir ist es lieber, sie weiß nicht, dass ich da war, denn sonst fragt sie als Nächstes bestimmt, warum ich nicht zu ihnen gekommen bin. »Mir ging's einfach nicht so gut. Ich war im Krankenhaus.«

»Oh Gott, Ella«, sagt die Stimme. Sie klingt aufrichtig besorgt. »Was ist passiert?«

»Nichts. Keine Sorge. Ich hab heute früh gekotzt und deswegen dachten sie, es wäre besser, wenn wir ein CT machen. Wegen der Sache mit dem Unfall …« An dieser Stelle breche ich ab, weil ich keine Ahnung habe, was Jen über meinen Unfall weiß, und ich hoffe, dass sie sich den Rest einfach selbst zusammenreimt.

»Aber das ist doch Wochen her und mit dir war alles in Ordnung. Ich meine, wir haben dich gestern noch gesehen, und da ging es dir blendend. Oder etwa nicht?«

War das so? »Na ja, ich glaube, es ist eine Art verspätete Reaktion oder so was.«

Und dann schildere ich ihr die offizielle Version: dass ich eine posttraumatische Amnesie habe. Sie kauft es mir ab, als würde es vollkommen Sinn ergeben, und stöhnt an den richtigen Stellen auf oder bringt ihr Mitgefühl und ihre Besorgnis zum Ausdruck. Ich finde, sie hört sich echt nett an, wie eine richtig liebe Freundin. Während wir miteinander telefonieren, beschließe ich, dass dies ab sofort meine offizielle Version sein wird: Ich werde allen erzählen, dass ich eine Amnesie habe. Das ist einfach, praktisch und absolut schlüssig. Ich habe etwas Seltsames gesagt? Schuld war die Amnesie. Ich habe etwas Schräges gemacht? Schon wieder diese verdammte Amnesie. Die Leute sollen glauben, dass ich infolge eines Unfalls mein Gedächtnis verloren habe, auch wenn ich selbst nicht überzeugt bin, dass das die Wahrheit ist. Doch mir ist es lieber, mich halten alle für ein Opfer, das Mädchen, das sich nicht erinnern kann, als dass ich als die Verrückte dastehe, als Freak und Außenseiterin. Lieber lasse ich mich bemitleiden, als von allen gemieden zu werden.

»Wann kommst du denn wieder zur Schule?«

»Weiß ich noch nicht. Sie meinten, ich solle mir erst mal freinehmen, mich ein bisschen ausruhen. In ein paar Tagen vielleicht.«

»Klar, das verstehe ich. Pass auf, mach dir wegen des Unterrichts keine Gedanken. Rachel und ich schreiben mit und halten dich auf dem Laufenden. Wir sorgen dafür, dass du nicht den Anschluss verlierst.«

»Danke. Das wär echt cool.« Ich lächle in mich hinein. Wenn sie wüsste, dass ich schon längst den Anschluss verloren habe – und zwar um mehrere Jahre, denn es geht hier um Fächer, die ich bis jetzt gar nicht belegt hatte.

»Keine Ursache. Wie sieht's aus: Wann können wir mal vorbeikommen, um nach dir zu sehen? Wir könnten Weintrauben und Rätselhefte mitbringen und eine große Kiste mit lauter Kram, um dich nach Strich und Faden zu verwöhnen.«

Ich lache. Mit Rätselheften kann ich schon seit Jahren nichts mehr anfangen. Und Schönheitsbehandlungen und so was sind auch nicht gerade mein Ding. »Ich schätze, morgen Abend wär okay. Ihr braucht auch gar nichts mitzubringen. Wenn ich mich doch nicht gut fühle, schreib ich euch noch mal.«

»Perfekt«, antwortet sie. »Dann lass ich dich jetzt mal schlafen. Bis morgen, Süße.«

»Okay, Jen.« Ich bringe es nicht fertig, sie mit irgendeiner Art von Kosenamen anzusprechen. Schon allein »Jen« fühlt sich irgendwie seltsam an. »Bis morgen.«

Ich lege auf und atme tief durch. *Das lief doch ganz gut*, denke ich. Ab jetzt hab ich rund vierundzwanzig Stunden Zeit, mich auf das Treffen mit Rachel und ihr vorzubereiten, indem ich mich auf die Suche nach weiteren Freundschaftsbeweisen mache, ihre Online-Profile durchforste und mir ihre Fotos angucke. Den morgigen Tag werde ich damit verbringen, mein Zimmer und das Haus zu erkunden, um irgendwelche Hinweise darauf zu finden, wer und wie ich eigentlich sein soll … Aber vielleicht muss ich das auch gar nicht. Vielleicht, ganz vielleicht, wache ich morgen auf und alles ist wieder normal. Wenn es doch nur so wäre. Wenn ich doch einfach mein Leben zurückhaben und wieder ich sein könnte. Wenn ich an Gott glauben würde, würde ich jetzt vermutlich beten, aber das tue ich nicht. Mir kam es immer irgendwie verkehrt vor, zu beten und darauf zu hoffen, dass zufällig in diesem Moment irgendwer oder irgendwas zuhört. Was, wenn der-, die- oder dasjenige antworten und mein Gebet erhören würde? Welche Auswirkungen würde das haben?

So langsam übermannt mich nun doch die Müdigkeit. Ich gähne und strecke mich, wobei ich feststelle, dass wirklich jede Faser meines Körpers wehtut. Es ist gerade mal kurz nach neun, aber ich denke, ich sollte mich trotzdem bettfertig machen und versuchen zu schlafen, um dem fürchterlichen Auf und Ab dieses Tages ein Ende zu bereiten. Den Schlafanzug, in dem ich heute Morgen aufgewacht bin, würde ich allerdings nicht mal mit einer Kneifzange anfassen. Stattdessen gehe ich zum Schrank und finde nach einigem Stöbern ein altes T-Shirt, das ich für die Nacht anziehen kann. Es ist ein bisschen zu kurz und reicht so eben über meinen Po, doch da mich darin sowieso niemand zu Gesicht bekommen wird, interessiert mich das einen feuchten Dreck. Ich schalte das Licht aus, klettere ins Bett und decke mich zu. Zum Zähneputzen oder Gesichtwaschen habe ich keine Lust. Ist aber auch nicht wichtig, zumindest nicht heute. Vielleicht, rede ich mir ein, wenn ich ganz still daliege, im Dunkeln mit geschlossenen Augen, kann ich mich ja irgendwie wieder zurück in meinen alten Körper versetzen, zurück in mein altes Zimmer. Na ja, zumindest kann ich versuchen, mir einzubilden, der heutige Tag sei nie passiert.

Ich weiß nicht, wie lange ich schon im Bett liege, wie spät es ist und ob ich überhaupt geschlafen habe, aber irgendwann werde ich mir der erhobenen Stimmen bewusst, die aus dem Nachbarzimmer zu mir durchdringen. Ich spitze die Ohren, um herauszufinden, worum es da geht, doch mehr als ein paar einzelne Wörter kann ich nicht ausmachen: »Bescheuert!«, »Unmöglich!«, »Idiotin!«, »Bastard!«. Meine Eltern spielen mal wieder Schimpftiraden-Squash, indem sie sich die Beleidigungen über die Bande meiner Zimmerwand nur so um die Ohren hauen. Verwirrt und auch ein wenig erschrocken setze ich mich auf. Dad sollte eigentlich gar nicht in Mums Zimmer sein. Bevor er ausgezogen ist, hat er mindestens ein Jahr im Gästezimmer geschlafen; es ist also gut und gerne drei Jahre her, seit ich sie das letzte Mal durch die Wand habe streiten hören. Doch obwohl es schrecklich ist, mit anhören zu müssen, wie sie sich anschreien, hat es auch etwas beruhigend Vertrautes. Es fühlt sich jedenfalls deutlich echter an als ihre Demonstration elterlicher Einigkeit vorhin.

Ich steige aus dem Bett, schleiche auf Zehenspitzen zur Wand und drücke mein Ohr dagegen. Ich muss wissen, worum es bei diesem Streit geht.

»Hör auf, mich für deine Fehler verantwortlich zu machen«, höre ich Mum sagen.

»Warum? Weil immer alles mein Fehler ist?«, erwidert Dad.

»Jedes einzige Mal«, bestätigt Mum.

»Ach ja? Du bist doch diejenige, die sie heute zur Schule hat gehen lassen. Dabei ist es offensichtlich, dass sie dafür nicht fit genug war.«

»Ja, rückblickend betrachtet wahrscheinlich nicht, aber sie hat steif und fest behauptet, es ginge ihr gut. Sie ist siebzehn, nicht sieben. Und du warst ja wie immer nicht da, also musste ich die Entscheidung alleine treffen. Abgesehen davon wäre es ohne dich doch nie so weit gekommen!«

»Mein Gott, das ist echt unterste Schublade, selbst für deine Verhältnisse!«

»Mag sein, aber es stimmt nun mal. Ich hab gesagt, wir sollten sie zu einem richtigen Fahrlehrer schicken. Aber nein, du wolltest mal wieder Geld sparen und musstest ihr unbedingt selbst Fahrstunden geben. Dabei hattest du keinerlei Erfahrung und dein Auto war auch komplett ungeeignet dafür. Oder etwa nicht?«

»Und was glaubst du, für wen ich das Geld sparen wollte? Für dich! Für uns!«

»Auf Kosten der Gesundheit unserer Tochter? Na, das hat ja super funktioniert, findest du nicht?«

»Es war ein Unfall! Das hätte jedem passieren können. Die alte Frau ist einfach so auf die Straße gerannt! Weißt du, was? Mir reicht's. Ich halte das nicht mehr aus.«

Die Stimmen brechen ab. Dann höre ich, wie die Tür knallt, jemand mit donnernden Schritten die Treppe hinabrennt und die Haustür aufgeht. Dad ist mal wieder aus dem Haus gestürmt, so wie er das auch früher stets gemacht hat. Jetzt sitzt er wahrscheinlich schäumend vor Wut im

Auto und fährt so lange um den Block, bis er sich beruhigt hat. In einer Stunde oder so kommt er zurück und es wird eine Art Waffenstillstand geben, bis es das nächste Mal knallt.

Ich krabble zurück ins Bett, ziehe die Knie an die Brust und versuche, nicht zu weinen. Obwohl sich so vieles verändert hat, hassen meine Eltern einander immer noch und streiten meinetwegen. Sie sollten wirklich nicht mehr zusammen sein. Warum sind sie es dann? Wie kann das sein?

Lange Zeit habe ich mir die Schuld gegeben, dass sie sich haben scheiden lassen. Ich dachte, wenn ich mich besser benommen, meine Hausaufgaben pünktlich erledigt hätte, zu der Zeit nach Hause gekommen wäre, die wir vereinbart hatten, mich nicht auf die falschen Jungs eingelassen hätte … dass meine Eltern dann keinen Grund gehabt hätten, sich zu streiten. Aber allem Anschein nach habe ich das alles nie gemacht. Dafür fühlt es sich jetzt so an, als sei es meine Schuld, dass sie immer noch zusammen und unglücklich sind.

Einhundertfünfundfünfzigtausend Menschen

Das Licht des heranbrechenden Morgens leuchtet in einem widerlichen Rosa.

Meine Finger streifen eine harte Wand.

Einen fürchterlichen, entmutigenden Augenblick lang würde ich am liebsten gar nicht aufstehen. Nie wieder.

Die Gebete, die ich nicht gesprochen habe, wurden nicht erhört. Inzwischen sind volle vierundzwanzig Stunden vergangen, seit sich alles geändert hat. Die Erde hat sich einmal komplett um ihre Achse gedreht und ich bin immer noch hier, gefangen im Körper eines Mädchens, das ich nicht kenne. Es fühlt sich an, als würde das Ich, das ich mal war, weiter und weiter in die Vergangenheit entschwinden, und mich packt die entsetzliche Angst, dass es vielleicht nie wieder zurückkehren wird.

Ich ziehe mir die Decke über den Kopf und stoße einen stummen Schrei aus, während ich gegen das dringende Bedürfnis ankämpfe, meinen Kopf gegen die Wand, die eigentlich nicht da sein dürfte, zu schlagen. So lange, bis von meinem Gesicht und meinem Gehirn nichts mehr übrig ist, bis es mich nicht mehr gibt. Mein ganzer Körper verkrampft, mein Rücken und meine Füße und mein Unterkiefer, und ich rolle mich zusammen wie eine Katze kurz vor dem Angriff und balle die Fäuste, so fest, dass sich meine

Fingernägel in die Handfläche bohren. Als der Schmerz so groß wird, dass ich die Position nicht eine Sekunde länger ertragen kann, lasse ich los. Muskel für Muskel, Sehne für Sehne weicht die Anspannung aus meinem Körper, bis ich nur noch ein labbriger Sack Haut mit einem Haufen Knochen darin bin, der langsam in die Matratze sinkt. Jetzt bin ich ruhig, beinahe gelassen. Sämtliche Kampfeslust ist verflogen. Stattdessen fange ich an nachzudenken. Denn so verrückt das, was mit mir passiert ist, auch sein mag, möglicherweise bin ich ja nicht die Einzige, der es so geht. Das Leben ist unberechenbar. Ich habe mal irgendwo gelesen, dass auf der ganzen Welt tagtäglich etwa einhundertfünfundfünfzigtausend Menschen sterben. Wie viele von denen wissen wohl, dass es heute für sie vorbei ist, oder rechnen zumindest damit?

Heute steigt irgendwo jemand aus dem Bett und hat nicht die geringste Ahnung, dass er in zwei Stunden vor ein heranrasendes Auto laufen wird, ein Auto, das er weder gesehen noch gehört hat. Und von nun an wird er auch nie wieder irgendetwas anderes sehen oder hören. Gestern hat er vielleicht noch Tickets für ein Konzert nächsten Monat bestellt oder ein Kleidungsstück gekauft, das er nun niemals tragen wird. Gestern glaubte er noch, er habe eine Zukunft. Morgen ist er selbst bereits Vergangenheit.

Heute wird eine selbstbewusste Frau um eine falsche Ecke biegen und sich Auge in Auge mit einem Straßenräuber wiederfinden, der sie mit einem Messer bedroht und ihr die Handtasche entreißt, und von da ab wird sie zu verängstigt sein, um jemals wieder allein aus dem Haus zu gehen.

Heute wird ein Kioskbesitzer vor die Tür treten, um frische Luft zu schnappen, und dabei bemerken, dass sein Ladenschild im Wind hin- und herschlägt. Er wird noch darüber nachdenken, jemanden anzurufen, um es reparieren zu lassen, als es im nächsten Moment von einer Bö erfasst wird und einem vorbeigehenden Kunden auf den Kopf kracht.

Jeden Tag wachen Menschen auf und haben nicht die geringste Ahnung, dass sich bis zum Sonnenuntergang ihr gesamtes Leben grundlegend verändert haben wird. All diese Menschen sind am Abend zuvor in dem Glauben ins Bett gegangen, dass der nächste Tag genauso werden würde wie alle anderen Tage auch. Wie gestern. Wieso sollte ich also etwas Besonderes sein? Ich bin zwar nicht mehr ich selbst, aber zumindest bin ich immer noch da, lebendig und unversehrt.

Ich schlage die Decke auf, so schwungvoll, dass sie über die Bettkante fliegt und von ihrem eigenen Gewicht herabgezogen auf dem Boden landet. Mein Blick schweift über meinen Körper, über meine Beine bis runter zu den Füßen. In dem Moment wird mir klar, dass das hier bei Weitem nicht das erste Mal ist, dass ich mich verändert habe. Ich hatte nicht immer diesen Körper und meine Gliedmaßen hatten nicht immer diese Form und Länge. Angefangen habe ich als winziges Baby, hilf- und sprachlos. Ich hatte keine Haare, dicke Bäckchen und Fingernägel von der Größe einer Linse. Dieses Baby war unbestreitbar ich und doch sehe ich ihm heute kein bisschen mehr ähnlich. Ich kann mich nicht daran erinnern, wie es war, dieses Baby zu sein, und habe auch keinen blassen Schimmer, was es gedacht oder gefühlt haben mag.

Später war ich ein kleines Kind, das mit Puppen spielte und Angst vor Hexen und Monstern hatte. Ich trug Zöpfe und weigerte mich, mit Jungs zu sprechen. Dieses kleine Mädchen mit ihrer hohen Piepsstimme und den zerschrammten Knien war ebenfalls ich, auch wenn es mir aus heutiger Sicht unmöglich ist, mich in sie hineinzuversetzen.

In Wahrheit habe ich bis zu diesem Tag also schon mehrere Leben gelebt; es gab bereits mehr Versionen von mir, als ich zählen kann. Ich habe mich andauernd verändert, Stück für Stück, Zelle für Zelle, Pore für Pore. Nur gingen diese Änderungen eben so langsam vonstatten, dass ich nichts davon mitbekommen habe. Der einzige Unterschied ist also, dass diesmal alles so abrupt und plötzlich ging, buchstäblich über Nacht.

Je länger ich darüber nachdenke, desto hoffnungsvoller werde ich. Mag sein, dass ich nicht weiß, wer ich bin, aber zumindest weiß ich, wer ich war. Vielleicht schaffe ich es ja, mich dorthin zurückzukämpfen. Vielleicht kann ich mich Stück für Stück wieder in sie verwandeln. Und ich kann heute damit anfangen. Gleich jetzt.

Noch mal von vorn

In halsbrecherischem Tempo stehe ich auf, dusche und ziehe mich an. Meine Energievorräte kommen mir plötzlich unendlich vor. Es gibt so viel zu tun, so viel zu entdecken, deswegen muss ich auf der Stelle damit anfangen. Gestern war ein Tag zum Trauern, ein Tag, an dem ich von einem Schock zum nächsten gejagt wurde, an dem ich hilflos umhertaumelte und am liebsten einfach davongerannt wäre. Heute übernehme ich die Kontrolle.

Da ich in den letzten vierundzwanzig Stunden kaum etwas gegessen habe, habe ich einen Bärenhunger. Rasend schnell vertilge ich eine Schüssel Müsli und zwei Portionen Toast mit zermatschter Banane, während Mum mir erstaunt dabei zusieht. »Wie ein völlig neuer Mensch«, sagt sie und bei dieser Wortwahl kann ich mir ein Lächeln nicht verkneifen. »Freut mich, dass es dir wieder besser geht.«

Ich nicke und murmle etwas von wegen, dass sie wohl recht hatte mit ihrer Vermutung, dass es bloß eine Magen-Darm-Grippe war und rein gar nichts mit meinem Unfall zu tun hatte. Einen Moment lang befürchte ich, dass meine wundersame Genesung sie dazu bringen könnte, mich wieder zur Schule zu schicken, aber das tut sie nicht. Sie berichtet lediglich, dass sie vereinbart hat, noch einen Tag länger von zu Hause zu arbeiten, damit sie mich ein bisschen im

Auge behalten kann. Außerdem will sie später beim Hausarzt anrufen wird, um ihm die Ergebnisse der CT-Untersuchung mitzuteilen und alles in die Wege zu leiten, damit ich die psychologische Betreuung erhalte, die ich benötige. Sie wirkt erschöpft. Wahrscheinlich hat sie nach dem Streit mit Dad gestern Abend nicht besonders gut geschlafen. Dem Streit, von dem ich eigentlich nichts hätte mitbekommen dürfen. Ich betrachte ihre traurigen, müden Augen und möchte ihr erzählen, wie viel glücklicher sie ohne ihn wäre (und er ohne sie), wie viel jünger sie ohne all den Stress aussehen würde (und mit gefärbten Haaren), dass sie endlich wieder ausgehen könnte und sich einen Job suchen, in dem sie sich gebraucht fühlt. Ich würde ihr gern sagen, dass ich das alles *weiß*, weil ich es bereits mit eigenen Augen gesehen habe. Aber das kann ich nicht. Wie soll ich erklären, dass ich eine Gegenwart/Vergangenheit/Zukunft – ich habe immer noch keinen blassen Schimmer, was davon es war – erlebt habe, die es anscheinend nie gegeben hat?

Ich stehe auf und gehe zurück nach oben, um mein Zimmer zu erkunden. Was ich suche, sind verwertbare Beweise: alte Tagebücher, Fotos, Postkarten – irgendetwas, was persönliche Informationen enthält. Die Regale sind voll mit lauter nutzlosem Kram, von dem ich dachte, dass ich ihn schon vor Ewigkeiten weggeschmissen hätte: altes Spielzeug, Bücher und Brettspiele. Jetzt bin ich allerdings doch ganz froh, dass sie noch da sind, denn sie sind zumindest etwas, was ich wiedererkenne: Es sind *meine* alten Sachen – der Teddy, den ich früher jeden Abend mit ins Bett genommen habe, die Puppen, die ich ständig neu verkleidet habe, unser altes Scrabble, zu dem Mum mich immer gezwungen hat, weil sie der Meinung war, es wäre gut für mich. Genau wie das Foto von mir aus der Grundschule, das ich vorhin auf dem Bücherregal entdeckt habe, machen mich diese Dinge glücklich, da sie mir zeigen, dass ich wenigstens entfernt die gleiche Vergangenheit habe wie das Mädchen, zu dem ich geworden bin. Das Mädchen, das mich ersetzt hat. Fotoalben finde ich auch, mit Bildern von Urlaubsreisen nach Frankreich und Portugal, Schnappschüssen, die vor Jahren an irgendwelchen Sandstränden entstanden sind, als ich klein war und Mum und Dad zusammen noch glücklich. Wenn ich mich ganz doll konzentriere, kann ich immer noch die frischen, warmen Donuts schmecken, die wir damals am Strand gekauft haben – eine Mischung aus Zucker und Meersalz, Sonnencreme und Sand.

Aber es gibt keine aktuellen Fotos, nichts, aus dem ich erkennen könnte, wer meine Freunde sind oder was ich in letzter Zeit so getrieben habe. Nichts, das mir weiterhilft. Ich kann mir schon denken, woran das liegt: Diese Bilder sind wahrscheinlich alle digital. Wer druckt schließlich heute noch seine Fotos aus? Und warum auch, wenn man sie doch ganz einfach hochladen und bearbeiten kann, wenn man sie posten und mit der ganzen Welt teilen kann oder bloß in der Cloud speichern und für ewig im Internet aufbewahren?

Ich *muss* unbedingt ins Internet. Doch ich kann keinen Laptop ausfindig machen und von meinem Tablet fehlt weiter jede Spur. Vermutlich hab ich es in meinem anderen Leben verschusselt. Erst nachdem ich jede Schublade, jeden Schrank und jedes Regalbrett zweimal abgesucht habe, wird mir schlagartig klar: Ich werde es niemals finden. Dad hat mir das Tablet gekauft, als er ausgezogen ist, als eine Art Wiedergutmachungsgeschenk. Aber wenn Dad nie ausgezogen ist, wenn er Tamsyn nie geheiratet hat, dann hatte er auch nie einen Grund, mir gegenüber ein schlechtes Gewissen zu haben, weil er mich verlassen hat, und dementsprechend auch nie das Bedürfnis, dieses schlechte Gewissen mit teuren Geschenken zu erleichtern. Also besitzt mein anderes Ich offensichtlich kein Tablet. Womit zur Hölle ist sie denn dann bitte ins Internet gegangen? Nur mit ihrem Handy?

Irgendwo im Gästezimmer stand früher ein alter PC. Da steht er immer noch, wie ich feststelle, und er ist auch noch genauso unzuverlässig, langsam und antiquiert, wie ich ihn in Erinnerung habe. Na ja, zumindest kenne ich mich damit aus. Als er ächzend hochfährt, verspüre ich plötzlich einen heftigen Anfall von Nervosität. Irgendwie habe ich Angst vor dem, was ich möglicherweise gleich herausfinden werde. Wobei ich ehrlich gesagt sogar noch mehr Angst vor dem habe, was ich vielleicht nicht finde. Es dauert nicht lange, bis ich feststelle, dass ich mich in keinen meiner Accounts einloggen kann, weil meine Passwörter nicht stimmen. Nicht mal an meine E-Mails komme ich ran, was nicht zuletzt daran liegt, dass ich keine Ahnung habe, wie meine E-Mail-Adresse eigentlich lautet. Entnervt beschließe ich, meinen Namen zu googeln. Das Ergebnis sind über fünftausend Treffer, lauter Seiten von Mädchen namens Ella Samson aus der ganzen Welt. Ich sehe mir jede einzelne von ihnen an, Profil für Profil, Post für Post, bis mir vom vielen

Scrollen und Drücken der »Return«-Taste schon der Finger wehtut.

Keine von ihnen ist ich.

Oder genauer: Keine von ihnen ist mein altes Ich.

Alles, was ich jemals gepostet habe, ist spurlos verschwunden. Es ist einfach nur furchtbar. So, als hätte jemand einen Selbstzerstörungsknopf gedrückt und alle meine Accounts und Profile, meine Blogposts und Fotos hätten sich mit einem Schlag in Milliarden unerreichbarer Einzelteile aufgelöst. Mein früheres Ich existiert nicht im Cyberspace. Sie scheint überhaupt nirgends zu existieren – außer in meinem Kopf.

Ich bin echt froh, dass ich gestern keine Möglichkeit hatte, online zu gehen. Mit dieser Entdeckung wäre ich nämlich ganz sicher nicht klargekommen. Es hätte mich endgültig fertiggemacht. Ich hätte an all die Stunden gedacht, die ich damit verbracht habe, Fotos hochzuladen, sie auf meinen verschiedenen Profilen zu posten und zu teilen, Blogeinträge zu verfassen und Nachrichten zu schreiben. Festzustellen, dass alles weg ist, wäre ein bisschen wie sterben gewesen. Vielleicht sogar noch schlimmer. Denn selbst tote Leute haben noch ihre Profile und für viele werden Gedenkseiten angelegt und Widmungen hinterlassen. Wenn es dich online nicht gibt, ist es fast so, als hättest du nie gelebt.

In der Schule haben sie uns immer eingetrichtert, dass alles, was einmal ins Netz gelangt ist, für immer dort zu finden ist. Das war als Warnung gedacht: Poste nichts, was du eines Tages bereuen könntest. Und achte darauf, dass es auch sonst keiner tut. Tja, wie es aussieht, lagen sie in meinem

Fall damit falsch. Ich hole tief Luft und presse die Augen zu, um die Tränen zurückzuhalten. *Positiv denken, Ella*, schärfe ich mir ein. *Das Ganze hat auch sein Gutes.* Zumindest gibt es jetzt keine peinlichen Partyfotos mehr, die irgendjemand ohne dein Wissen geschossen hat. Keine unvorteilhaften Aufnahmen und schrecklichen Selfies mehr. Keine dämlichen Kommentare, die du zehn Sekunden, nachdem du sie gepostet hattest, bereits bereut hast. Keine bleibenden Hinweise mehr darauf, dass du spontan dem Fanclub irgendeiner Band beigetreten bist, die sich vor Jahren aufgelöst hat und an deren Namen du dich schon gar nicht mehr erinnern kannst. Keine dokumentierten Modesünden mehr. Keine falschen Freunde. Und vor allem: Keine Spur mehr von diesem einen megapeinlichen Foto, das du jemand Bestimmtem ganz im Vertrauen geschickt hast und das niemals hätte im Internet landen dürfen, es aber dennoch geschafft hat. Ich suche extra noch mal danach, überall, wo es theoretisch sein könnte. Doch es ist und bleibt verschwunden, so wie alles andere auch. Eine Woge der Erleichterung rollt über mich hinweg. Dieses Bild hat mich monatelang bis in meine Albträume verfolgt. Ich hätte alles dafür gegeben, es loszuwerden. Und jetzt ist es einfach weg, so als hätte es nie existiert. Sämtliche Spuren meiner unbedachten Entscheidung sind gelöscht; endlich kann ich aufhören, mir deswegen den Kopf zu zerbrechen. Nicht viele Menschen bekommen die Gelegenheit, noch mal von vorn anzufangen. Aber ich schon. Ich habe die Möglichkeit dazu.

Mein anderes Ich scheint keine große Internetpräsenz zu haben. Es gibt ein paar Accounts – in die ich nicht reinkomme –, doch sie scheint sie kaum zu nutzen. Obwohl sie jede Menge Freunde hat (wenn auch erfreulicherweise nicht mal halb so viele wie ich), sind ihre Posts eher sporadisch, und selbst wenn sie mal was veröffentlicht, wird es nur selten kommentiert. Ich frage mich, womit sie wohl ihre Zeit verbringt, wenn sie nicht in der Schule ist, denn online ist sie definitiv nicht viel. Ich werde sie genauestens studieren müssen, eine Art Profil erstellen, wie man es macht, wenn man einen Aufsatz über eine historische Person schreiben muss. Was andere als erinnern bezeichnen würden, heißt bei mir lernen oder Fakten sammeln.

Aber damit werde ich mich nicht jetzt beschäftigen. Jetzt muss ich erst mal raus; für noch mehr Informationen ist in meinem Hirn kein Platz. Außerdem muss ich ein paar Dinge besorgen. Nachdem ich sorgfältig den gesamten Suchverlauf gelöscht habe, schalte ich den Computer aus und gehe nach unten. Mum sitzt am Küchentisch und arbeitet sich durch einen Stapel Unterlagen.

»Du warst ganz schön ruhig da oben. Alles in Ordnung?«

»Ja, alles gut. Ich hab bloß gelesen. Aber jetzt würde ich, glaub ich, gern eine Runde spazieren gehen. Meinst du, du könntest mir ein bisschen Geld geben?«

Mum beäugt mich misstrauisch. Vermutlich wundert sie sich, ob das ein weiteres Beispiel für mein seltsames Verhalten ist oder ob ich einfach nur dreist bin. »Was hast du denn mit deinem Taschengeld angestellt?«

Ich lache. »Lustig, dass du mich das fragst, aber ich hab da so ein kleines Problem. Und, na ja, ich kann mich nicht erinnern.«

Sie seufzt. »Also gut, ich kann dir einen kleinen Vorschuss auf dein Taschengeld von nächstem Monat geben. Oder, besser noch, du hebst was von deinem Sparkonto ab.«

Ich besitze ein Sparkonto? Das ist ja mal eine erfreuliche Entwicklung. Ich kann mich nicht entsinnen, jemals etwas angespart zu haben. Mein Taschengeld und alles, was ich zum Geburtstag bekommen habe, ist schon am selben Tag draufgegangen. Wenn ich mal Geld brauchte, musste ich Dad darum anbetteln. Womöglich hat es ja doch so seine Vorteile, nicht ich selbst zu sein. »Wie komm ich da ran? Brauch ich dafür nicht eine Karte?«

»Ich kann dir deine EC-Karte geben – du hattest mich gebeten, sie für dich aufzubewahren. Es ist ein Tagesgeldkonto, du kannst also sofort abheben. Aber erst will ich wissen, was du damit vorhast.«

»Ach, ich wollte eventuell ein bisschen shoppen gehen. Neue Klamotten oder so. Vielleicht geht's mir danach ja etwas besser.«

»Ich weiß nicht, ob das so klug ist, Ella. Du bist zu Hause, weil du krank bist, nicht weil Ferien sind. Was, wenn dich jemand aus der Schule sieht?«

»Werden sie nicht, die sind schließlich alle in der Schule, oder? Ich werde mein Gedächtnis jedenfalls nicht zurückbekommen oder mein Trauma überwinden, indem ich den ganzen Tag zu Hause rumgammle und Talkshows oder Filme gucke. Da werde ich auf Dauer vor Langeweile verrückt. Ich würde gern eine Runde spazieren gehen, etwas frische Luft schnappen. Möglicherweise bringt so ein kleiner Einkaufsbummel ja auch mein Gehirn wieder auf Trab.«

»Hmm, kann schon sein. Vielleicht sollte ich lieber mitgehen. Mir gefällt die Vorstellung nicht besonders, dich allein draußen rumlaufen zu lassen.«

»Nein, nein, bitte nicht. Ich nehm mein Handy mit. Sobald ich mich auch nur ein klitzekleines bisschen unwohl fühle, ruf ich dich an, versprochen. Und ich bin zurück, wann immer du willst. Okay?«

Sie nickt, vermutlich weil ihr klar wird, dass es sich nicht lohnt, darüber zu streiten, und wirft einen Blick auf ihren Unterlagenstapel. »Ich habe tatsächlich noch einiges zu erledigen und ein bisschen frische Luft würde dir wahrscheinlich wirklich guttun. Aber ich erwarte, dass du Wort hältst. Und zum Mittagessen bist du wieder zurück.«

»Versprochen.« Ich beuge mich vor und drücke ihr einen Kuss auf die Wange. »Oh Gott, weiß ich eigentlich meine PIN überhaupt noch? Du kennst sie nicht zufällig, oder?«

»Keine Ahnung.« Na super. Sie zögert. »Ich glaube, du hast deine PINs irgendwo in deinem Handy abgespeichert. Verschlüsselt.«

»Cool, danke. Dann find ich es schon raus.«

Heute kommt mir meine Straße nicht mehr ganz so quietschbunt vor. Das bedeutet wohl, dass ich mich langsam daran gewöhne, genau wie an mein Zimmer, meine weißhaarige Mum und mein eigenes Aussehen, wenn ich an einem Spiegel vorbeikomme. Das alles fühlt sich immer noch nicht richtig an, aber ich zucke zumindest nicht mehr jedes Mal zusammen, wenn ich damit konfrontiert werde. Es ist erstaunlich, wie schnell einem etwas Neues vertraut werden kann, wie schnell man sich darauf einstellt. Am anderen

Ende der Hauptstraße befand sich früher einmal ein riesiges Bürogebäude, seit Jahrzehnten schon, lange bevor ich geboren wurde. Es war längst zum festen Bestandteil des Straßenbilds geworden. Dann wurde es eines Tages abgerissen und nach Monaten voller Schutt und Gerüste, anzüglich pfeifender Bauarbeiter und Staubwolken stand schließlich ein neues, moderneres Bürogebäude mit Glasfront an seiner Stelle. Inzwischen fühlt es sich an, als wäre dieses Gebäude, das anfangs so fremd und fehl am Platz wirkte, schon immer dort gewesen. Und sosehr ich mich auch anstrenge, weiß ich heute nicht mal mehr, wie das ursprüngliche Bürogebäude überhaupt aussah.

Das darf mir mit mir selbst auf keinen Fall passieren.

Die Bank befindet sich im Zentrum, gleich neben dem Supermarkt. Nervös nähere ich mich dem Geldautomaten. Ich komme mir vor wie eine Diebin, obwohl Konto und Karte auf meinen Namen laufen. Selbst meine Unterschrift ist hinten auf der Karte, und zwar genau die gleiche, die ich als Kind Hunderte Male geübt habe. Es hat nicht lange gedauert, meine PIN rauszukriegen, bevor ich aus dem Haus gegangen bin. Es war wirklich alles andere als schwierig. Die Nummer war in meinem Adressbuch, unter »N« wie »Nützlich« eingespeichert – um das rauszubekommen, muss man nun wirklich kein Spionagegenie sein. Darunter stand noch eine Liste mit, wie ich vermute, allen möglichen Passwörtern, die ich später an meinen diversen Online-Accounts ausprobieren kann. Zu meinem großen Erstaunen stelle ich fest, dass auf meinem Sparkonto über neunhundert Pfund liegen. Ich bin reich! In meinem ganzen Leben habe ich noch nie so viel Geld auf einem Haufen gesehen. Ich kann mir gar nicht vorstellen, wie ich darangekommen bin – oder genauer: wie ich es geschafft habe, es so lange dort zu lassen. Da es sich immer noch nicht wie mein Geld anfühlt, bereitet es mir interessanterweise keinerlei Bauchschmerzen, es auszugeben. Ich beschließe, zweihundertfünfzig Pfund abzuheben, was ungefähr zweihundert Pfund mehr sind, als ich jemals auf einmal in meinem Portemonnaie hatte. Wenn ich könnte, würde ich noch mehr abheben, aber das lässt der Geldautomat nicht zu.

Die automatenfrischen Scheine bleiben nicht lange ordentlich gefaltet in meinem Portemonnaie. Im Elektronikladen kaufe ich mir ein Tablet als Ersatz für das, das ich verloren – oder vielleicht gar nicht erst besessen – habe. Dann setze ich mich damit in ein Café und richte mir darauf gleich ein Passwort und eine nagelneue E-Mail-Adresse ein. In der Drogerie besorge ich mir neues Make-up und in meiner Lieblingsboutique kaufe ich zwei schwarze Tops und ein Kleid. Das Kleid ist auch schwarz, leicht asymmetrisch und in Wickeloptik – genau das gleiche, das ich mir letzte Woche schon mal gekauft habe, nur dass es diesmal heruntergesetzt und daher zwanzig Pfund billiger ist, worüber ich mich seltsamerweise gleichzeitig ärgere und freue. Ich nehme es mit in die Umkleidekabine, um es anzuprobieren, obwohl ich ja eigentlich schon weiß, dass es die richtige Größe hat und mir gut steht. Die Macht der Gewohnheit, schätze ich. Ich betrachte mich im Spiegel. Vom Hals abwärts bin ich wieder ich selbst, aber irgendwas stimmt noch nicht, auch wenn das Kleid wirklich perfekt sitzt. Ich weiß, was jetzt zu tun ist.

Von der Boutique ist es nicht weit bis zum Friseur. Es ist einer dieser coolen Läden, in dessen Fenster eine lange Chaiselongue mit violettem Samtbezug steht, über der eine Reihe Fotos von Models mit geometrischen Haarschnitten hängt. Deeta hat ihn mir vor einigen Jahren gezeigt und seitdem komme ich alle paar Monate her. Nach Möglichkeit gehe ich immer zu Becky, weil sie mein Haar am besten kennt und mich außerdem jedes Mal zum Lachen bringt. Sie ist heute da; ich kann sie durchs Fenster sehen, während sie mit dem Besen abgeschnittene Haarreste auffegt und sich dabei kichernd mit jemandem unterhält. Unsere Blicke treffen sich und ich verziehe den Mund zu einem Lächeln, doch sie schaut bereits wieder weg. Na ja, sie wird sich wohl auch kaum an mich erinnern, oder? In ein paar Minuten werden wir einander vorgestellt und sie wird glauben, dass sie mich zum allerersten Mal trifft, obwohl ich weiß, wie ihr Freund heißt, wie viele Welpen ihre Hündin geworfen hat und wo sie sich eine Wohnung kaufen will, wenn sie genügend Geld zusammengespart hat. Langsam gewöhne ich mich daran, dass Leute, die ich gut zu kennen glaube, mich nicht erkennen. Aber weh tut es trotzdem.

Ich drücke die Tür auf und marschiere, so selbstbewusst wie ich nur kann, zum Empfangstresen. »Hi, ich würde mir gern die Haare schneiden lassen.«

Die Empfangsdame mustert mich argwöhnisch. Das macht sie mit jedem, bevor sie entscheidet, ob er oder sie gut genug ist, um sich hier frisieren zu lassen. »Ja, klar, was darf's denn sein?«

»Einmal waschen, schneiden, föhnen. Hat Becky Zeit?«

»Ja, sie müsste gleich frei sein. Nimm solange Platz.« Sie führt mich zur Chaiselongue und deutet auf einen Stapel Modezeitschriften. Ich hocke mich ganz an den Rand und warte. Die Magazine ignoriere ich.

Nach ein paar Minuten kommt mich Becky holen. »Hallo«, sagt sie. »Ich bin Becky.« Sie reicht mir die Hand.

Ich zwinge mich zu einem Lächeln und schüttle ihr die Hand, als wäre es unsere erste Begegnung, selbst wenn ich eigentlich daran gewöhnt bin, dass sie mich zur Begrüßung auf die Wange küsst. »Ich bin Ella.«

Sie führt mich zu einem der Stühle und legt mir einen Frisierumhang um. »Was für einen Schnitt hättest du denn gerne?«

»Genau wie Louise Brooks.« So wie immer. »Du weißt schon, der Stummfilmstar.«

»Tut mir leid, ich hab keine Ahnung, wer das ist«, erwidert Becky, genau wie damals vor zwei Jahren, obwohl sie mir diese Frisur inzwischen unzählige Male geschnitten hat und ich ihr sogar mal eine Louise-Brooks-DVD geliehen habe, um ihr zu zeigen, worauf ich hinauswollte.

Ich versuche, mir nicht anmerken zu lassen, wie frustriert ich bin. »Warte, ich zeig's dir.« Ich hole mein nagelneues Tablet aus der Tasche und tippe »Louise Brooks« in die Suchmaschine. Sofort erscheint eine ganze Reihe Fotos meiner ganz persönlichen Stilikone. Es beruhigt mich zu sehen, dass wenigstens sie sich nicht verändert hat. Sie wird sich auch nie ändern. Sie ist für alle Zeiten in der Vergangenheit erstarrt. »So wie hier.«

»Okay«, antwortet Becky. Sie fährt mit den Fingern durch

mein Haar. »Ein kurzer Bob. Das krieg ich hin, kein Problem. Aber deine Haare sind deutlich heller als auf dem Foto. Soll ich sie dir auch gleich färben?«

»Ja, gerne, wenn das geht.« Ich habe mir die Haare sonst eigentlich immer selbst gefärbt, mit den Tönungen aus der Drogerie, aber wenn ich es hier machen lasse, geht es natürlich sehr viel schneller und einfacher. Und heute kann ich es mir sogar leisten.

Ich lehne mich zurück und lasse Becky waschen, färben und schneiden, während sie typischen Friseur-Small-Talk betreibt: »Wohin fahrt ihr in den Ferien?«, »Was für Fächer hast du belegt?« – und so weiter. Als das durch ist, fängt sie an, von ihrem Freund zu erzählen, und ich lasse mich so von ihrem Geplapper mitreißen, dass ich plötzlich, ohne nachzudenken, frage: »Hat Jack sich das Motorrad jetzt eigentlich gekauft?«

Die Schere im Ansatz, erstarrt sie. »Woher weißt du davon?«

»Wahrscheinlich hab ich dich vorhin davon reden hören, während ich gewartet hab«, lüge ich. Wenn ich ihr richtig Angst einjagen wollte, könnte ich ihr erzählen, was sie mir alles über seinen nervigen Bruder anvertraut hat, der immer zu viel trinkt. Ich könnte ihr das Tattoo beschreiben, das er sich an seinem letzten Geburtstag hat stechen lassen, und fragen, ob sie immer noch hofft, dass er ihr im Urlaub einen Antrag machen wird.

Es ist supermerkwürdig, so viel über jemanden zu wissen, den man nur flüchtig kennt, wenn man gleichzeitig fast nichts über sich selbst weiß. Aufmerksam sehe ich zu, wie sie mir die Haare schneidet, und frage mich, wie es sein kann, dass sie sich so sehr konzentrieren und immer wieder auf die Fotos gucken muss, obwohl sie mir diese Frisur doch schon so oft geschnitten hat. Auf YouTube habe ich mal was über das »Muskelgedächtnis« gesehen. Darin hieß es, dass der Körper Bewegungen, die man schon öfter gemacht hat, instinktiv abrufen kann, ohne dass man sich dessen bewusst ist. Wenn das stimmt, müssten Beckys Hände meine Frisur ganz automatisch schneiden können, auch wenn sie sich anscheinend nicht an mich erinnern kann. Warum können sie es dann nicht? Und wie kann es sein, dass ich so viel über sie, über diesen Friseursalon weiß, wenn ich doch angeblich noch nie hier war? So lächerlich es auch klingen mag, fange ich langsam wirklich an zu glauben, dass ich eine Art »Schläfer« sein könnte: eine Geheimagentin, die ohne ihr Wissen für eine zwielichtige Spionageorganisation arbeitet, welche ihr eine Lebensgeschichte und einen kompletten Satz Erinnerungen einprogrammiert hat … und die nun wachgerufen wurde, um eine Mission durchzuführen, über die sie niemand informiert hat.

Als Becky fertig ist, hält sie einen kleinen Spiegel hoch, damit ich mir meine Frisur auch von der Seite und von hinten angucken kann. Sie wirkt stolz auf sich – und sie hat echt gute Arbeit geleistet, möglicherweise sogar besser als sonst, weil sie so sorgfältig und präzise vorgegangen ist. »Jetzt siehst du haargenau wie diese Louise Brooks aus, findest du nicht auch?«, fragt sie.

Ich nicke. »Ja, total. Danke, das ist absolut perfekt geworden.«

Und das ist es wirklich. In Wahrheit denke ich jedoch: »Jetzt sehe ich endlich wieder aus wie ich.« Mein Blick fällt auf den Boden, der mit langen Strähnen meines langweiligen straßenköterblonden Haars bedeckt ist, und ich fühle mich, als hätte ich mich soeben aus einem Kokon befreit.

Ich bemerke, dass ich spät dran bin und Mum zu Hause wahrscheinlich schon auf mich wartet, daher beschließe ich, den Bus zu nehmen. Als ich zur Bushaltestelle gehe, fällt mir auf, dass ich mich irgendwie anders bewege als noch auf dem Hinweg: aufrechter, leichtfüßiger, selbstbewusster. Ich kann gar nicht mehr aufhören, mein Spiegelbild in jedem einzelnen Schaufenster zu bewundern. Nicht aus Eitelkeit (okay, vielleicht ein bisschen), sondern aus Erleichterung, mich endlich wieder so zu sehen, wie ich sein sollte. Bei diesem Gefühl frage ich mich ernsthaft, wie sich jemand freiwillig einer Schönheits-OP unterziehen kann. Es muss doch furchtbar sein, sich selbst nicht wiederzuerkennen und gleichzeitig zu wissen, dass man nie wieder zu dem zurückkehren kann, wie man vorher war.

Auf der Anzeigetafel steht, dass ich noch fünf Minuten auf meinen Bus warten muss, also hocke ich mich neben eine junge Frau, die gerade mit dem Handy telefoniert, auf die Plastikbank. Nach einer Minute oder so kommt eine alte Dame dazu, die einen knallroten Strickschal um die Schultern trägt. Sie geht über einen Einkaufswagen gebeugt, den sie halb schiebt, halb als Gehhilfe benutzt, und so langsam, dass es scheint, als bedeute jeder Schritt eine gewaltige Kraftanstrengung. Ich stehe auf, damit sie sich auf meinen Platz setzen kann, doch sie weicht vor mir zurück. Dann starrt sie mich an. Ihre Augen sind so blass und wässrig, dass sie beinahe durchscheinend wirken, doch ihr Blick ist so hart und kalt, dass es sich anfühlt, als würde sie mich damit durchbohren. Unwillkürlich erschaudere ich. Weil ich keine Ahnung habe, wie ich darauf reagieren soll, drehe ich mich um und tue so, als würde ich den Busfahrplan studieren.

»Du bist das!«, verkündet sie. »Du!«

Ich lächle nervös und schiebe mich etwas näher an sie heran. »Was haben Sie gesagt?«

»Du! Ich kenne dich.« So, wie sie es sagt, klingt es alles andere als nett und freundlich. Es klingt wie eine Anschuldigung.

»Wie bitte? Ich fürchte, Sie irren sich …« Ich sehe Hilfe suchend zu der jungen Frau hinüber, aber die ist immer noch in ihr Telefonat vertieft und hat entweder nicht mitbekommen, was hier gerade abgeht, oder tut so, als wäre nichts.

»Ich kenne dich«, wiederholt die alte Frau.

»Nein, das glaube ich nicht. Vielleicht haben Sie mich einfach früher schon mal an dieser Bushaltestelle gesehen. Oder Sie verwechseln mich mit jemandem.«

Sie schüttelt den Kopf, beugt sich vor und zieht den Einkaufswagen näher an sich heran, als fürchte sie, ich könnte vorhaben, ihn zu klauen. Ein verkrümmter arthritischer Finger streckt sich mir entgegen und hält wenige Millimeter vor meiner Brust zitternd inne. »Ich kenne dich. Ich weiß, wer du bist. Ich weiß, was du bist. Du bist gefährlich. Halt dich von mir fern, hörst du? Komm mir bloß nicht zu nahe!«

Entnervt werfe ich der jungen Frau einen weiteren flehenden Blick zu, aber sie weicht mir aus, als fühle sie sich durch mich gestört.

»Komm mir nicht zu nahe … Bleib mir vom Leib. Hast du gehört? Lass mich in Ruhe!«

»Ich will doch gar nicht …«, setze ich an, doch die alte Frau schlurft bereits weiter, weg von mir, all ihre Habseligkeiten vor sich herschiebend. Als sie das andere Ende der Bushaltestelle erreicht, dreht sie sich noch mal um. »Komm mir ja nicht nach! Hörst du? Verschwinde!«

»Ich will Ihnen doch gar nichts tun … Sie verwechseln mich mit jemandem …«

Jetzt sieht die junge Frau mich an und schüttelt den Kopf. Sie schnalzt mit der Zunge. »Freak.«

»Ja, echt gruselig«, erwidere ich und ringe mir ein Lachen ab. Dabei ist mir ganz und gar nicht zum Lachen zumute, sondern ich habe Angst. Ich fühle mich bloßgestellt. Wer war diese alte Frau, und was glaubt sie, das ich getan habe? Ihre Worte hallen mir in den Ohren: »Ich kenne dich.« Irgendetwas sagt mir, dass sie nicht bloß eine verrückte Alte ist; sie weiß wirklich, wer ich bin – wer ich in Wahrheit bin. Ich spüre, dass sie mich auf eine Weise wahrnehmen kann, wie es sonst niemand vermag. Sie scheint erkannt zu haben, dass etwas mit mir nicht stimmt und dass ich bloß so tue, als sei ich wie alle anderen. Vielleicht weiß sie ja auch, was mit mir passiert ist …

Der Bus kommt vor der Haltestelle zum Stehen. Ich zögere einen Moment, unsicher, ob ich ihn weiterfahren lassen und stattdessen der alten Dame nachlaufen soll. Aber ich bin spät dran und außerdem finde ich sie ein bisschen unheimlich. Im Übrigen scheint sie sich mindestens genauso sehr vor mir zu fürchten und sie hat mich gewarnt, ihr bloß nicht zu folgen. Was soll ich sagen, falls ich sie einhole? Und wie wird sie reagieren?

»Steigst du jetzt ein oder nicht?«, fragt der Busfahrer und zwingt mich damit zu einer Entscheidung. Widerwillig steige ich in den Bus und lasse zu, dass sich die Türen hinter mir schließen. Ich gehe nach oben und kauere mich halb sitzend, halb kniend auf einen der Sitze in der letzten Reihe, sodass ich aus dem Rückfenster gucken kann. Die alte Dame ist so langsam gegangen, dass sie eigentlich erst ein paar Meter weit gekommen sein sollte. Doch sie ist nirgends zu sehen. Ich drehe mich nach links und rechts, dann springe ich auf und laufe durch den Bus wieder nach vorne, wobei ich durch sämtliche Fenster schaue. Von der alten Dame fehlt jede Spur.

Sie ist einfach verschwunden.

Narnia

Als ich die Haustür aufschließe, höre ich, wie Mum in den Flur kommt, um mich zu begrüßen. Ich bin immer noch ganz durch den Wind von meiner Begegnung mit der verrückten Alten und jetzt muss ich mich schon für den nächsten Angriff wappnen. Garantiert gibt es Ärger, weil ich zu spät komme. Doch als Mum mich sieht, bleibt sie wie angewurzelt stehen und ihr fällt die Kinnlade herunter.

»Ella! Was hast du mit deinen Haaren gemacht? Deinen wunderschönen langen Haaren? Oh, Ella!«

Was, wie mir soeben wieder einfällt, exakt dieselben Worte sind, die sie benutzt hat, als ich mir die Haare zum ersten Mal so habe schneiden lassen. Damals, in meinem anderen Leben. Wenn ich wollte, könnte ich ihren Vortrag eins zu eins mitsprechen, wie ein Bauchredner.

»Das nennt man Haarschnitt, Mum. Keine große Sache. Gefällt's dir etwa nicht?«

»Ich weiß nicht … Ich erkenne dich ja kaum wieder. Du siehst … anders aus. Älter. Und es ist viel dunkler. Du hast dir die Haare auch noch färben lassen! Das ist nicht gut, Ella – all die vielen Chemikalien. Außerdem ist es teuer! Was hat das alles gekostet? Ich hätte dir niemals deine EC-Karte gegeben, wenn ich gewusst hätte, dass du dir von dem Geld die Haare schneiden lässt …«

Und so weiter und so fort. Sie findet gar kein Ende mehr. Irgendwann steige ich einfach aus und höre nicht länger zu. Ich ertappe mich dabei, wie ich dem ziellosen Zickzackflug einer winzigen Fliege folge, die über der Heizung umherschwirrt. Plötzlich saust die Fliege in die Höhe und setzt sich an die Wand, gleich rechts vom Gesicht meiner Mutter, das inzwischen einen ausgesprochen missbilligenden Ausdruck angenommen hat. »Ella! Willst du denn gar nichts dazu sagen? Ella!«

»Okay, okay. Reg dich ab«, antworte ich, bemüht, die Ruhe zu bewahren. »Ich finde wirklich, diese Frisur steht mir viel besser. So teuer war es gar nicht, ich hab einen Rabatt gekriegt. Du hast selbst gesagt, dass es mein Geld ist. Und das mit dem Färben kann ich ab sofort auch selbst machen.«

Sie schüttelt den Kopf. »Ich hoffe nur, du wirst es nicht noch bereuen, Ella. Das war wirklich unüberlegt. Es dauert lange, bis Haare wieder nachwachsen. Vor allem so ein Pony …« Sie scheint zu glauben, dass das alles bloß ein weiteres Anzeichen dafür ist, dass ich nicht ganz richtig im Kopf bin, was ich, offen gestanden, ganz schön beleidigend finde. »Du solltest solch schwerwiegende Entscheidungen nicht treffen, ohne sie vorher gründlich zu bedenken.« In anderen Worten: ohne sie mit ihr zu besprechen. »Ach, Ella, ich wusste, ich hätte dich heute nicht allein vor die Tür gehen lassen dürfen. Was wird denn nur dein Dad dazu sagen?«

Darum geht es hier also: Sie hat Angst, dass Dad ihr auch dafür die Schuld geben wird. Dass mein Haarschnitt Grund für einen neuen Streit sein wird. Ich würde ihr gerne versichern, dass sie sich keine Sorgen machen muss, weil ich genau weiß, dass Dad meine Frisur ganz toll finden wird. Er wird sagen, der Schnitt sei schick und mondän und dass ich damit richtig erwachsen aussehe. Denn genau das hat er gesagt, als er mich das erste Mal so gesehen hat. Aber das kann ich ihr natürlich wieder nicht erzählen. Also erwidere ich bloß: »Ist mir egal. Es sind meine Haare und mir gefällt's. Punkt.«

»Darüber reden wir beim Mittagessen noch«, antwortet sie. »Einem sehr *späten* Mittagessen.« Sie wirft einen letzten kritischen Blick auf meine Einkaufstüten, holt tief Luft, seufzt und lässt mich einfach stehen.

Ich bringe meine neuen Sachen nach oben in mein Zimmer und hänge sie in den Schrank, zwischen all die Sachen, die meinem Klon gehören. Während ich mein neues Kleid glatt streiche, geht mir unwillkürlich durch den Kopf, was wohl mit seinem eineiigen Zwilling passiert ist. Als ich das Kleid das letzte Mal gesehen habe, hing es noch mit Preisschild in einem Schrank in diesem Zimmer und wartete auf eine Gelegenheit, bei der ich es anziehen konnte. Wie kann ein Gegenstand, den ich in meinen Händen gehalten und gespürt habe – ein Gegenstand, der tatsächlich physisch existiert hat –, einfach so verschwunden sein? Ist es wie in *Die Chroniken von Narnia* durch die Rückseite des Kleiderschranks in eine andere Welt gefallen und hat bei der Gelegenheit gleich mein gesamtes Leben mitgenommen? Oder habe ich bloß geträumt, dass ich es gekauft habe? Ist mit meinem Gehirn wirklich alles in Ordnung?

Mum ruft mich zum Essen. Sie hat den Tisch gedeckt und für jede von uns eine Schüssel mit frischem Hühnersalat vorbereitet. »Wird Zeit, dass du mal was Gesundes isst«, bemerkt sie mit einem Lächeln. »Eine ordentliche Mahlzeit.«

Oh Gott. Ich weiß nicht, was ich sagen soll. »Danke, Mum, das ist echt nett, aber … ich kann das nicht essen.«

Sie lacht. »Was? Warum nicht?«

»Weil ich Vegetarierin bin.«

Sie lacht erneut, hört jedoch abrupt auf, als ihr klar wird, dass das nicht als Witz gemeint war. »Seit wann?«

Seit kurz nach meinem vierzehnten Geburtstag, also über drei Jahre schon. Deeta und ich haben es uns geschworen, nachdem wir auf YouTube ein wirklich schockierendes Video über Tierhaltung gesehen hatten. Sie hat allerdings nur drei Monate durchgehalten, bevor sie sich von ihrem Kumpel Rudy zu einem Burger verführen ließ. Von uns beiden war ich immer diejenige mit dem starken Willen. War? Ich bin es.

»Seit, äh, Langem schon. Ich esse weder Fleisch noch Fisch – nichts, was ein Gesicht hat. Deswegen kann ich das hier nicht essen. Tut mir leid.«

»Ein Gesicht? Das sind Bein und Brust. Und was das mit dem Vegetarismus angeht, weiß ich echt nicht, wovon du redest. Ich höre das alles gerade zum ersten Mal.« Sie klingt jetzt beinahe wütend. Ihre Stimme wird immer höher und lauter. »Versuchst du etwa, mich auf die Palme zu bringen, Ella? Es kommt mir beinahe so vor, als hätte dir jemand eine vollkommen neue Persönlichkeit eingepflanzt. Es heißt, Mädchen seien zu Beginn ihrer Teenagerjahre am schwierigsten, mit dreizehn, vierzehn … Aber du? Du warst ein richtiger Schatz. Ich dachte, dieser Kelch sei an uns vorübergegangen. Und nun fängst du auf einmal mit Drogen an, ziehst dich zurück, lässt dir die Haare abschneiden und jetzt das! Was ist nur los mit dir? Hast du gestern nach dem Aufwachen beschlossen, deine Pubertät nachzuholen, nur um mich zu ärgern?«

»Nein!« Ich hab zwar immer noch keine Ahnung, was mit mir vorgeht, aber ich weiß, dass es nichts mit Teenagerhormonen oder Rebellion zu tun hat. Ich bin siebzehn, so gut wie erwachsen. Gerade mal ein Jahr davon entfernt, zu Hause auszuziehen. »Ich bin kein zickiger Teenager. Ich … ich …« Was genau bin ich denn dann? »Ich bin traumatisiert, schon vergessen?«

»Ach ja? Na, du bist jedenfalls nicht die Einzige. Je früher du mit deiner Therapie beginnst, desto besser.« Sie reißt mir die Schüssel unter der Nase weg. »Die Küche steht dir zur freien Verfügung«, sagt sie. »Bedien dich.«

Das tue ich. Ich mache mir Toast mit Baked Beans und esse es schweigend am Küchentresen, um mich nicht weiter mit Mum unterhalten zu müssen. Jedes Mal, wenn ich zu ihr hinüberschaue, stelle ich fest, dass sie mich durchdringend anstarrt, so als wolle sie mein wahres Ich zum Vorschein holen. Sie betrachtet mich genau so, wie ich sie gestern früh angesehen habe: als sei ich ein Klon, den man ihr unbemerkt ins Haus gesetzt hat. Schnell drehe ich mich weg und meide von nun an jeden Augenkontakt.

Den Rest des Nachmittags verbringe ich in meinem Zimmer und bereite mich auf den Besuch von Jen und Rachel heute Abend vor, indem ich mein neues Tablet nutze, um alles über sie in Erfahrung zu bringen. Wie mein neues Ich sind auch sie in den sozialen Netzwerken nicht sehr aktiv, allerdings hat Rachel ein eigenes Profil nur mit Bildern von Cupcakes. Ich finde ein paar Fotos von uns dreien, die den Anschein erwecken, als hätten wir ziemlich viel Spaß. Eins davon stammt aus einem Freizeitpark, wo wir offensichtlich kurz vorher auf einer Wildwasserbahn waren, weil unsere Klamotten nämlich vollkommen durchnässt sind. Auf einem anderen Bild befinden wir uns wohl in einem Wald und beschäftigen uns mit etwas, was stark nach dem Pflanzen von Bäumen aussieht. Keine Ahnung, wo und warum. Und dann gibt es noch eins aus dem letzten Sommer, das in irgendeinem Camp entstanden zu sein scheint und auf dem wir hinter einer Gruppe kleiner Kinder stehen. Keines dieser Fotos weckt den Hauch einer Erinnerung in mir; sie könnten genauso gut von jemand völlig Fremdem sein.

Dann ringe ich mich dazu durch, einen Blick auf Deetas Seiten zu werfen. Obwohl ich weiß, was auf mich zukommt, tut es kein bisschen weniger weh. Sie hat viele Freunde, aber ich bin auf keinem ihrer Fotos und auch in keiner ihrer Kontaktlisten. Sie mag noch genau die gleiche Musik und macht die gleichen Dinge, nur eben mit anderen Leuten. Es gibt keinerlei Anzeichen dafür, dass sie unglücklich wäre oder ihr etwas oder jemand fehlt. Keinerlei Hinweis, dass es in ihrem Leben ein Loch gäbe, das nur ich füllen kann. Es ist, als hätte mich jemand einfach so wegretuschiert und durch irgendwelche beliebigen Statisten ersetzt. So viel zum Thema unzertrennliche Freundinnen. Mein Blick wandert zu meinem Handy und mir wird klar, dass dies, seit wir uns kennen, der längste Zeitraum ist, in dem wir weder miteinander gesprochen noch irgendwelche Nachrichten ausgetauscht haben. Eigentlich verging kaum eine Stunde, in der wir nicht in Kontakt waren, außer wenn wir geschlafen haben oder mit einem Typen zusammen waren.

Ich ertappe mich dabei, wie ich, von einem plötzlichen Impuls getrieben, ihre Nummer wähle – die einzige Nummer, die ich in- und auswendig kenne. Während es klingelt, halte ich den Atem an. Ich mache mir keine Gedanken darüber, was ich sagen werde, wenn sie rangeht, sondern folge nur einer Art natürlichem Bedürfnis. Doch sie nimmt nicht ab. Das tut sie nie, wenn sie die Nummer nicht kennt – was ich im Grunde auch weiß –, und so meldet sich zu guter Letzt ihre Voicemail. Ich höre mir ihre Nachricht an, die, auf der früher immer mein Kichern im Hintergrund zu hören war, das jetzt aber fehlt, und lege dann auf. Falls sie mich je danach fragt, und das wird sie ziemlich sicher nicht, werde ich einfach behaupten, mein Handy habe ihre Nummer von sich aus gewählt. Dass es ein Versehen gewesen sei.

Ich fühle mich wie betäubt. So gesehen ist es vermutlich das Beste, wenn ich gleich alles hinter mich bringe. Also rufe ich als Nächstes Billys Profil auf, um nachzusehen, wer in seinem Leben an meine Stelle gerückt ist. Überrascht und auch ein bisschen erleichtert stelle ich fest, dass »Will« anscheinend keine Freundin hat. Unter »Beziehungsstatus« hat er gar nichts angegeben und ich finde auch kein einziges Foto, auf dem er mit einem Mädchen zu sehen wäre. Alles dreht sich nur um Fußball, Fußball, Fußball. War er schon immer so langweilig? Das wäre durchaus möglich. Ich versuche, mich zu erinnern, worüber wir geredet haben, wenn wir mal nicht mit Streiten beschäftigt waren, doch mir fällt partout nichts ein.

Dank der Passwörter, die ich auf meinem Handy gefunden habe, gelingt es mir, mich in all meine Accounts einzuloggen – oder, genauer gesagt, die Accounts der neuen Ella. Mit meinem brandneuen Tablet schieße ich ein paar Selfies, und sobald eins dabei ist, das mir gefällt, lade ich es hoch. Dann schicke ich Freundschaftsanfragen an Deeta und Will und logge mich schnell aus, bevor sie die Gelegenheit haben, sie zu entdecken, geschweige denn, sie anzunehmen oder abzulehnen.

Fremde Freundinnen

Um acht treffe ich mich zum ersten Mal mit meinen besten Freundinnen. Es ist wohl keine große Überraschung, dass ich ziemlich nervös bin. Ich lausche aufmerksam auf die Klingel, und sobald es bimmelt, renne ich zur Tür, um sie gleich abzufangen, damit Mum gar nicht erst die Möglichkeit hat, sie auf mein »merkwürdiges Verhalten« anzusprechen oder sie – Gott behüte – auszufragen und nach Drogen abzusuchen, bevor sie sie ins Haus lässt. Ich hoffe, ja, bete sogar, dass ich wenigstens einen Hauch von Wiedererkennen spüren werde, wenn ich sie erst mal sehe, irgendein Echo von Vertrautheit.

Doch da ist nichts. Sie sind einfach nur Leute, denen ich im Schulflur über den Weg gelaufen bin, Mädchen, die ich auf Fotos gesehen habe. Durchschnittliche Größe. Durchschnittliche Figur. Durchschnittliches Aussehen. Die Klamotten sind Massenware, und was das Make-up angeht, tippe ich auf Rimmel. Das Deo ist von Dove (vermutlich; an ihren Achseln schnüffle ich dann doch nicht) und die Zahnpasta von Colgate (dito, auf eine Atemprobe verzichte ich ebenfalls). Fremde Freundinnen. Mir bleibt also nichts anderes übrig, als wieder zu schauspielern: Ich gebe mir alle Mühe, sie so zu begrüßen, anzulächeln und zu umarmen, wie es sich für mich als ihre angeblich beste Freundin gehört. Die beiden gehen so unbefangen miteinander um, dass ich fast ein wenig neidisch bin. Nicht auf sie – ich kenne sie ja nicht, daher hält sich mein Bedürfnis, ihnen nahe zu sein, ziemlich in Grenzen –, sondern auf ihre Vertrautheit. Denn ich habe niemanden mehr, der mir so vertraut wäre, keinen einzigen Menschen auf der ganzen, weiten Welt.

Ich führe sie auf direktem Weg hoch in mein Zimmer und schließe die Tür hinter uns. Ich habe mir den gesamten Nachmittag den Kopf zerbrochen, was ich zu ihnen sagen soll. Vollkommen unnötig, wie sich herausstellt – mein neuer Haarschnitt bricht freundlicherweise das Eis für mich.

»Du hast gar nicht erwähnt, dass du beim Friseur warst!«, ruft Jen, die heute offenbar noch nicht im Internet war, denn sonst hätte sie sicher mein neues Profilfoto gesehen.

Ich streiche mir über den Nacken, da, wo meine Haare zu einer kleinen, feinen Spitze zulaufen, und lächle. »Das hab ich heute erst machen lassen. Gefällt es dir?«

»Ja, ich glaub schon. Es sieht ein bisschen aus wie bei … Herrgott, du weißt schon, wen ich meine. Diese Frau, die du so toll fandst.«

Plötzlich bin ich ganz aufgeregt, hoffnungsvoll. »Louise Brooks?«

»Wer? Ist das die Frau von einem Fußballer oder so? Nein, du weißt schon … ein bisschen wie Jessie J, wenn sie sich die Haare nicht gerade abrasiert oder blond gefärbt hat.«

»Oh.« Ich bin enttäuscht. »Das war nicht direkt der Look, den ich im Sinn hatte.«

»Na ja, mir gefällt's jedenfalls. Es steht dir.«

Rachel wirkt deutlich weniger begeistert, was möglicherweise daran liegt, dass sie fast genau die gleichen langen, strähnigen Haare hat, wie ich sie noch heute Morgen beim Aufwachen hatte, sogar in fast demselben unscheinbaren Straßenköterblond. Vielleicht war diese Ähnlichkeit eins der Dinge, die uns verbunden haben. »Es ist nicht so, dass es mir nicht gefallen würde«, meint sie. »Du siehst bloß so anders aus. Aber ich gewöhne mich schon noch dran, schätze ich.«

»Na dann danke, schätze ich.«

Wir machen es uns bequem, ich auf meinem Bett und die beiden nebeneinander auf Kissen auf dem Boden. Sie scheinen sich hier sehr viel mehr zu Hause zu fühlen als ich; schon allein die Art, wie sie sich die Kissen greifen, deutet darauf hin, dass sie das bereits viele Male gemacht und wir schon oft so dagesessen haben. Ich verrate ihnen nicht, dass sich dieses Zimmer bald verändern wird, weil ich vorhabe, die Poster abzuhängen und die Wände zu streichen. Eine Zeit lang sitzen wir nur da und grinsen uns schweigend an. Ich frage mich, ob sie spüren können, wie unwohl ich mich dabei fühle, und ob sie merken, dass ich nicht ich selbst bin.

»Also«, sagt Rachel schließlich. »Wie *geht's* dir denn? Wir haben uns echt Sorgen gemacht. Es tut so gut, dich zu sehen. Ooh, jetzt hätte ich es fast vergessen …« Sie greift in ihre Tasche und holt eine Tüte heraus. »Wir haben dir ein Gute-Besserung-Geschenk besorgt. Deine Lieblingssorte – Traube-Nuss.« Sie reicht mir die Tüte und ich nehme sie mit einem Lächeln entgegen. Gut zu wissen, dass manche Dinge sich niemals ändern. Ich stehe immer noch auf Traube-Nuss-Schokolade. Das war schon immer so und wird auch immer so bleiben.

»Vielen, vielen Dank. Mir geht's so weit ganz gut, denke ich.« Ich zucke mit den Schultern.

Jen sieht mir direkt in die Augen. »Hast du echt dein Gedächtnis verloren?«

»Mhm. Ich kann mich an rein gar nichts erinnern.« Ich lache und tue so, als wäre das keine große Sache. »Ich weiß nicht mal mehr, wer ihr beiden seid.«

Die beiden prusten los, als hätte ich gerade den besten Witz aller Zeiten zum Besten gegeben. Wie ging dieser Spruch noch mal? *Manch wahres Wort wird im Scherz gesprochen.*

»Ich bin Rachel und das ist Jen«, spielt Jen das Spiel mit. »Freut mich, dich kennenzulernen.«

Ich frage mich, wie lange ich diese Nummer am Laufen halten kann. Lange genug, um an ein paar hilfreiche Informationen zu gelangen? »Ich bin mir nicht mal mehr sicher, wer ich eigentlich bin«, gestehe ich. »Der totale Albtraum. Erzählt mir mal was über mich.«

»Du heißt Ella Samsonovitch«, kichert Rachel. »Du bist zweiunddreißig Jahre alt, eine weltberühmte Tennisspielerin und mit einem echten Grafen verheiratet.«

Mist. Sie betrachtet das Ganze als Witz; es wird nicht funktionieren. »Hahaha. Es ist nicht besonders nett, euch über mein Unglück lustig zu machen.«

»Nein. Sorry.« Rachel zieht eine Schnute. »Also, woran genau erinnerst du dich nicht mehr?«

»Das ist es ja gerade. Um dir das zu beantworten, müsste ich mich erst mal erinnern können.«

»Von dem Unfall weißt du nichts mehr, stimmt's?«, hakt Rachel nach. »Was ist mit der Zeit davor?«

»Das ist ehrlich gesagt alles total verschwommen.« Ich seufze und füge hinzu: »Es kommt und geht, aber immer nur bruchstückhaft.« Das stimmt zwar nicht, doch ich finde, so klingt es einigermaßen glaubwürdig.

»Das ist übel«, bemerkt Jen kopfschüttelnd. »Echt übel.«

Ich nicke. »Ich meine, ich weiß nicht mal mehr, wie wir uns kennengelernt haben. Verrückt, was?«

Rachels Augen werden ganz groß. »Ernsthaft? Du lieber Himmel! Du kannst dich nicht daran erinnern, dass du im Chemiekurs neben uns gesessen hast? Oder dass Miss James dich vor die Tür geschickt hat, weil du gar nicht mehr aufhören konntest zu kichern?«

»Nicht wirklich. Um ehrlich zu sein, kann ich mich nicht mal an den Chemiekurs erinnern. Oder an Miss James.«

Was daran liegt, dass ich diesen Kurs nie belegt habe. Ich habe Chemie abgewählt. Oder eher: Chemie hat mich rausgekickt, weil ich so grottenschlecht darin war.

»Wow.« Jen und Rachel wechseln einen Blick. Einen Blick, den ich eigentlich nicht hätte mitbekommen sollen. Er ist voller Mitleid und ich fühle mich deswegen schrecklich.

Ich suche angestrengt nach etwas, was ich sagen kann, um die angespannte Stimmung ein bisschen aufzulockern. »Wie läuft's denn mit Dom, Jen?«, frage ich, als mir der SMS-Wechsel wieder einfällt, den ich auf meinem Handy gefunden habe.

Jen lacht. »Abgefahren. Du weißt nicht mehr, wie wir uns kennengelernt haben, aber an Dom erinnerst du dich?«

»Tja, er scheint wahrhaft unvergesslich zu sein … Nein, ich hab gerade erst deine SMS über ihn gelesen.«

»Ach so«, antwortet sie und wird rot. »Ich weiß nicht so recht, was da los ist. Ich glaube, er mag mich, aber das ist schwer zu sagen. Er schreibt mir ständig Nachrichten, um rauszufinden, was wir vorhaben, und ich bin überzeugt, dass ich ihn schon ein paarmal dabei erwischt habe, wie er mir heimlich hinterhergeguckt hat, nur wenn wir dann mal die Gelegenheit bekommen, uns zu unterhalten, scheint er mir jedes Mal aus dem Weg zu gehen.«

»Okay, selbst mit Amnesie ist es offensichtlich, dass er voll auf dich abfährt«, beteuere ich.

»Ja, das hab ich ihr auch gesagt«, pflichtet Rachel mir bei und nickt.

Ich lächle Jen auf die gleiche Weise an, wie ich Deeta immer angelächelt habe, wenn wir eins unserer Gespräche von Frau zu Frau geführt haben, und hoffe, dass es nicht gezwungen oder aufgesetzt wirkt. »Geh einfach zu ihm und lad ihn auf ein Date ein. Was hast du schon zu verlieren?«

Jen errötet erneut. »Findest du? Ich weiß nicht, ob ich mich das traue. Seit wann bist du Jungs gegenüber so mutig? So was würdest du doch niemals machen!«

Ach nein? »Keine Ahnung. Mir kommt es irgendwie dumm vor, so alberne Spielchen zu spielen wie …« Wie ich mit Billy, bevor wir zusammengekommen sind. Dieses Umeinander-Herumtänzeln, während man so tut, als wäre man ach-so-cool und hätte nicht das geringste Interesse. Was für eine Zeit- und Energieverschwendung. »Was ist mit mir? Gibt es jemanden, auf den ich stehe? Jemanden, den ich vergessen haben könnte?«

Rachel runzelt die Stirn. »Du hast nie jemanden erwähnt. Eigentlich noch nie.«

»Was, noch überhaupt nicht?«

»Nein, nicht wirklich. Du hast immer gesagt, du hättest keine Zeit für Jungs. Zumindest nicht für die aus der Schule.«

Das habe ich gesagt?

»Oh. Es ist nur – ich hab so eine vage Erinnerung an einen Typen aus der Schule. Ich glaube, er heißt Will oder so. Ich hab das Gefühl – so eine Art sechsten Sinn –, dass ich ihn vielleicht mögen könnte ...«

Jen zieht die Augenbrauen hoch. »Mir fällt nur ein Typ auf der ganzen Schule ein, der Will heißt, und dass du den mögen würdest, hast du definitiv noch nie erwähnt. Der kann es auch gar nicht sein. Er ist viel zu großspurig und einer von den Prolls – so einer ist eindeutig nicht dein Typ.« Womit sie offensichtlich meint, dass er eindeutig auch nicht ihr Typ ist.

»Was ist denn mein Typ?«

»Keine Ahnung – ruhigere, einfühlsamere Jungs. Die was in der Birne haben.«

Wie es aussieht, stehe ich auf Nerds.

»Aber ich hatte noch nie einen Freund?«

»Nö. Aber das macht nichts, wir hatten auch noch nie einen. Jedenfalls nicht richtig. Nichts, was über ein bisschen Knutschen hinausgegangen wäre.«

Ich schnaube. »Soll das heißen, wir sind alle noch Jungfrauen? Echt jetzt?«

Kaum, dass ich es ausgesprochen habe, wünschte ich bereits, ich könnte es zurücknehmen. Dem schockierten, verletzten Blick nach zu urteilen, den Rachel und Jen wechseln, ist das wohl nichts, was die Ella, die sie kennen, sagen würde. Nicht mal im Scherz. Vollkommen unbeabsichtigt habe ich gerade meine beiden »engsten« (und momentan einzigen) Freundinnen vor den Kopf gestoßen und ihnen das Gefühl vermittelt, ich würde auf sie herabsehen. Sie starren mich an, als wäre ich nicht der Mensch, für den sie mich gehalten haben. Womit sie natürlich recht haben. Dieser Mensch bin ich nicht.

Wenn es etwas gibt, worüber ich mir zu einhundert Prozent sicher bin, dann, dass ich keine Jungfrau mehr bin. Selbst, wenn der Körper, in dem ich neuerdings stecke, meinen Freundinnen zufolge noch jungfräulich ist – mein Kopf ist es definitiv nicht mehr. An mein erstes Mal mit Billy kann ich mich genauer erinnern als an alles, was ich sonst jemals getan habe: an die Schmetterlinge in meinem Bauch, als mir klar wurde, dass es endlich passieren würde; die Angst, dass es wehtun könnte; das Gefühl, nackt neben einem anderen Menschen zu liegen, das Gefühl seiner Haut auf meiner, seines Gewichts auf mir. Ich weiß noch, dass ich überrascht war, wie schnell es vorbei war, und wie ich anschließend zu meinem großen Entsetzen feststellen musste, dass ich in all der Aufregung vergessen hatte, meine Socken auszuziehen. Ich sehe sie immer noch vor mir: gräulich weiße Knöchelsocken, die unter der Bettdecke hervorlugten und mich auszulachen schienen. Ich kann mich noch an alle Einzelheiten erinnern: die Unbeholfenheit und Schüchternheit, das viele Kichern, die Sauerei und – am schlimmsten – nicht zu wissen, was man hinterher sagen soll. Das Gefühl, jemandem so nah zu sein wie noch nie zuvor in meinem ganzen Leben, und gleichzeitig irgendwie ganz weit weg zu sein, allein und verwundbar. Und vor allem das Bewusstsein danach, als ich in den Bus nach Hause stieg, dass sich meine ganze Welt geändert hatte und es mir jeder, dem ich begegnete, bestimmt an der Nasenspitze ablesen konnte.

Ich weiß mit absoluter Sicherheit, dass ich das alles weder geträumt noch mir eingebildet habe. Das erste Mal ist nichts, was man sich bis ins letzte Detail ausmalen kann. Was auch immer man vorher darüber gehört oder gelesen hat: Die eigentliche Erfahrung ist ganz anders, als man es erwartet. Und ich meine damit nicht so sehr die körperliche Erfahrung, sondern eher das, was dabei im Kopf passiert.

Rachel und Jen starren mich immer noch an. »Ich dachte, du siehst das wie wir«, sagt Jen leise. »Wir waren uns doch einig, dass wir auf den Richtigen warten wollten. Es ist ja nicht so, als hätten wir ein Gelübde abgelegt oder so was.«

»Ich weiß, ich weiß. Tut mir leid. Keine Ahnung, wo das jetzt herkam. Ich bin gerade wirklich nicht ich selbst.«

»Schon gut«, antwortet Rachel, klingt allerdings nicht sonderlich überzeugend. »Vergessen wir es einfach.«

»Na, das ist doch mal was, worin ich echt gut bin«, erwidere ich und sie lacht. Jen dagegen lacht nicht, zumindest nicht richtig. Ich fürchte, ich habe sie bereits gekränkt, bevor ich sie überhaupt kennenlernen konnte.

Der Rest des Abends verläuft ganz gut, jedenfalls den Umständen entsprechend. Immerhin sage ich nichts mehr, was meine neuen/alten Freundinnen seltsam finden. Dafür lerne ich, wie schwer es ist, sich mit Leuten zu unterhalten, wenn man sich an nichts erinnern kann, woran sie sich erinnern, und man keine Anekdoten kennt, die man beisteuern könnte. Es ist ein bisschen, als würde man Tennis gegen jemanden spielen, der keinen Schläger hat: frustrierend und langweilig. Und einsam. Bisher habe ich eigentlich nie groß darüber nachgedacht – warum auch? –, aber im Grunde beruhen alle Freundschaften auf einer Basis aus gemeinsamem Wissen und Erfahrungen. Die erste Begegnung kann vollkommen beliebig sein, aber der Funke springt über, sobald man die gleichen Filme mag, die gleiche Musik hört, auf ähnliche Outfits steht und ähnliche Träume und Vorstellungen hat. Was einen verbindet, sind gemeinsame Bekannte, witzige Begebenheiten, die in der Schule passiert sind, oder Lehrer, die einem gehörig auf die Nerven gehen. Über nichts davon kann ich mit Rachel und Jen reden. Ich habe ja nicht mal den Geschmack oder die Erfahrungen, die sie mir zuschreiben. Das Einzige, was ich tun kann, ist lächeln und Fragen stellen.

Andererseits hat das Ganze auch was Gutes: Indem ich meine Freundinnen ausfrage, finde ich tatsächlich jede Menge über mich heraus – über mein neues Ich, um genau zu sein. Ich erfahre, dass ich eine vielbeschäftigte Person bin. Samstags jobbe ich in einem Café hier in der Nähe (was erklärt, warum so viel Geld auf meinem Sparkonto war) und in den Sommerferien helfe ich in einem Kinderferienlager aus. Außerdem betreue ich ehrenamtlich die Kunstprojekte im örtlichen Jugendzentrum. Ich bin eine glatte Einserschülerin und möchte später Architektur studieren, auch wenn ich eine Zeit lang mit dem Gedanken gespielt habe, Ärztin zu werden. Das klingt, als wäre ich der wahr gewordene Traum meiner Mutter. Oder besser: jeder Mutter auf dem gesamten Planeten. Kein Wunder, dass Mum mein Verhalten der letzten beiden Tage so beunruhigt. Es klingt jedenfalls nicht nach dem, wie ich mich kenne. Wie es aussieht, bin ich zu einer anderen Version von mir geworden, der Version, die ich vielleicht geworden wäre, wenn ich Billy oder Deeta nie kennengelernt hätte, wenn ich weniger Spaß gehabt und deutlich langweiliger gewesen wäre, wenn ich mehr gearbeitet und ein klares Ziel vor Augen gehabt hätte. Wenn ich doch nur verstehen könnte, *wie* ich dazu geworden bin. Und warum.

Meine Freundinnen bleiben nicht allzu lange. Warum auch? Viel Spaß kann es ihnen nicht machen, so von mir gelöchert zu werden, statt wie ganz normale Freundinnen einfach zusammen abzuhängen. Ich frage mich, ob ich für sie – von den komischen Fragen mal abgesehen – noch dieselbe bin. Besitze ich dieselbe Persönlichkeit wie früher? Lache ich über dieselben Witze? Oder ist es offensichtlich, dass sie es mit jemandem zu tun haben, der nicht bloß sein Gedächtnis verloren, sondern sich von Grund auf verändert hat? Einem Klon, einem Doppelgänger – oder wie auch immer sich das nennt, was ich bin? Ich wünschte, ich könnte sie danach fragen.

Wobei: Etwas gibt es, was ich sie fragen kann. Etwas, was

mir keine Ruhe lässt, seit ich gestern früh aufgewacht bin. Ich muss wissen, was am Sonntag passiert ist, dem Tag, bevor dieser ganze Albtraum begonnen hat. Falls denn etwas passiert ist. Ich muss herausfinden, ob es eine Art Auslöser für meine Verwandlung gab.

»Ich glaube, Sonntag waren wir zu dritt unterwegs, oder?«

Daran kann ich mich natürlich nicht erinnern, aber Mum hat es mir schließlich erzählt.

»Ja«, bestätigt Rachel. »Ihr seid beide zu mir nach Hause gekommen. Erst haben wir ein bisschen gelernt und dann sind wir noch eine Runde im Park spazieren gegangen. Auf dem Rückweg sind wir in dem Coffeeshop in der Innenstadt hängen geblieben.«

»Und war ich da, äh, ›normal‹? Ich selbst?«

»Ja«, antwortet Jen. »Alles war wie immer. Ein vollkommen normaler Tag. Das ist ja das Verrückte an deinem Gedächtnisverlust – der Unfall ist Wochen her und wir dachten, du hättest das alles längst überstanden. Dir ging es prima und dann, von einer Minute auf die andere … Das ist schon irgendwie seltsam, findest du nicht?«

Will sie damit andeuten, dass sie mir nicht glaubt?

»Seht ihr, genau das frage ich mich schon die ganze Zeit. Ist irgendwas passiert, als ich am Sonntag bei euch war? Irgendwas, was die ganze Sache erklären würde? Ich meine, ich hab mir nicht noch mal den Kopf angeschlagen, oder?«

»Nein. Nichts dergleichen.«

»Seid ihr sicher? Es ist nichts passiert, das irgendwie anders war als sonst? Nichts Merkwürdiges?«

Jen schüttelt den Kopf.

»Doch, um ehrlich zu sein, war da was«, erzählt Rachel. »Nichts Schlimmes, aber ein bisschen eigenartig war es schon. Weißt du noch, Jen, als wir Ella an der Bushaltestelle abgesetzt haben?«

»Moment mal«, unterbreche ich, bevor Jen antworten kann. »An welcher Bushaltestelle?«

»Die auf der Hauptstraße, draußen vor der Pizzeria.«

Genau da, wo ich heute eingestiegen bin. »Und was ist da passiert?«

»Das ist es ja gerade«, sagt Rachel. »Wir wissen es nicht so genau.«

Jen nickt. »Ja. Da war diese alte Frau …«

Ich spüre, wie mein Herz zu rasen beginnt. »Eine alte Frau?«

»Genau«, erwidert Rachel. »Du hast dich tierisch über sie aufgeregt, weil sie dich angeblich belästigt und bedroht hat.«

»Oh mein Gott. Und hatte diese alte Frau zufällig einen roten Schal um?«

»Das hast du jedenfalls behauptet«, entgegnet Jen. »Warum? Erinnerst du dich daran?«

»Ja … Nein … Nicht an Sonntag, aber – es muss dieselbe Frau gewesen sein – sie war heute schon wieder da, als ich auf dem Rückweg vom Friseur war. Sie hat mit dem Finger auf mich gezeigt, gemeine Sachen gesagt und mir gedroht. Ich hatte richtig Angst vor ihr. Aber was hast du eben gemeint, Jen? Wegen dem Schal? Du hast gesagt: ›Das hast *du* jedenfalls behauptet.‹ Soll das heißen, sie hat gar keinen roten Schal getragen? Hatte er eine andere Farbe?«

Jen zuckt mit den Schultern. »Keine Ahnung.«

»Äh – wie meinst du das?«

»Das ist es ja, was so seltsam daran war«, erklärt Rachel. »Man hat dir angemerkt, dass sie dir total unheimlich war, aber, na ja … wir konnten sie nicht sehen. Niemand konnte sie sehen. Wir dachten, sie wäre vielleicht auf der anderen Straßenseite gewesen oder so. Und dann bist du ganz still geworden, und obwohl du richtig gezittert hast, meintest du, wir sollten uns keine Gedanken machen. Der Bus kam und du bist nach Hause gefahren. Tags drauf warst du dann plötzlich nicht zu erreichen, sodass wir noch keine Gelegenheit hatten, mit dir darüber zu reden.«

Ich will das unbedingt nachvollziehen. »Noch mal zurück … Ihr behauptet also, ihr hättet sie nicht sehen können? Gar nicht?«

Rachel und Jen schütteln den Kopf. »Nein. Nada«, antwortet Jen. »Du warst die Einzige.«

Mir wird ganz flau im Magen. Die verrückte alte Frau muss etwas damit zu tun haben, was mit mir passiert ist, mir ist bloß noch nicht klar, was. Was ich nicht verstehe, ist, warum Rachel und Jen darauf bestehen, dass sie sie nicht gesehen haben. Denn damit scheinen sie ja anzudeuten, dass ich sie mir nur eingebildet habe. Das kann nicht stimmen. Auch wenn ich nicht den Hauch einer Erinnerung habe, was am Sonntag vorgefallen ist (schließlich bin ich mir ziemlich sicher, dass ich da in meinem anderen, richtigen Leben mit Deeta unterwegs war), weiß ich, was heute war. Die alte Frau war da, aus Fleisch und Blut, genau wie ich. Sie stand wahrhaftig vor mir und ich blickte in ihre wässrigen Augen, spürte ihren warmen, säuerlichen Atem auf meiner Haut und hörte die Feindseligkeit in ihrer Stimme. Die junge Frau, die mit mir an der Bushaltestelle saß – die hat sie ebenfalls gesehen und gehört.

Oder etwa nicht? Doch, sie muss sie gesehen haben. Anfangs hat sie so getan, als wäre nichts, wahrscheinlich, weil sie nicht hineingezogen werden wollte, aber das ist ja ganz normal. Ich an ihrer Stelle hätte mich wahrscheinlich genauso verhalten. Doch dann, während die Alte immer weiter auf mich einschimpfte, habe ich ihren Blick aufgefangen, und sie hat mit der Zunge geschnalzt, mitfühlend den Kopf geschüttelt und die Alte »Freak« genannt.

Aber was, wenn sie genau wie Rachel und Jen gedacht hat, es sei niemand da? Was, wenn sie gedacht hat, ich würde mit mir selbst reden und vor jemand Unsichtbarem zurückweichen? Was, wenn ich diejenige war, die sie zungenschnalzend als »Freak« bezeichnet hat?

Kann es sein, dass ich alte Frauen halluziniere?

Panik steigt in mir auf. Ich springe vom Bett und stürze zur Tür. »Wartet hier«, bitte ich Rachel und Jen. »Ich muss kurz was klären.«

Ich renne nach unten und platze ins Wohnzimmer, ohne überhaupt auf die Idee zu kommen, dass ich vorher vielleicht anklopfen sollte. Mum und Dad sitzen im Sessel und lesen, sie auf der einen Seite des Raumes, er auf der anderen. Mum liest ein Buch, Dad die Zeitung. So weit, wie sie auseinandersitzen, könnten sie sich genauso gut in getrennten Räumen aufhalten. Ohne Mum eines Blickes zu würdigen, gehe ich schnurstracks auf Dad zu. »Ich muss mit dir reden!«

Er sieht von seiner Zeitung auf. »Oh, hallo, Ella. Ich dachte, du wärst mit deinen Freundinnen zusammen. Sind sie schon gegangen?«

»Nein, sie sind noch oben. Aber ich muss dich was fragen. Es ist wichtig.«

Er legt die Zeitung auf seinen Schoß und nimmt die Lesebrille ab. »Was gibt es denn so Dringendes? Komm, setz dich.«

Ich bin zu hibbelig, um mich hinzusetzen. »Nein, nein, schon gut. Ich bleibe stehen. Es geht um den Unfall – meinen Unfall. Ich muss etwas über die alte Frau wissen. Wie genau hat sie ausgesehen? Hatte sie einen roten Schal an?«

»Das ist aber eine merkwürdige Frage«, sagt er. »Warum willst du das wissen?«

»Nicht so wichtig. Sag's mir einfach. Hatte sie einen roten Schal an? Ging sie gebeugt und sah ein bisschen wie eine Obdachlose aus? Hatte sie einen Einkaufswagen dabei?«

Er reibt sich über die Wange. »Um ehrlich zu sein, weiß ich das gar nicht. Im einen Moment bist du glücklich und zufrieden vor dich hin gefahren und im nächsten hast du plötzlich was von einer alten Frau gerufen und das Lenkrad so heftig rumgerissen, dass ich eingreifen musste. Dann sind wir in ein entgegenkommendes Auto gekracht und du hast dir den Kopf angeschlagen. Das ging alles so schnell, dass ich mich an die Einzelheiten gar nicht mehr so genau erinnern kann.«

»Aber Mum meinte, du hättest ihr erzählt, dass eine alte Frau auf die Straße gelaufen sei.«

»Ja, weil du mir das erzählt hast. Aber in dem ganzen

Trubel hab ich sie ehrlich gesagt nicht mit eigenen Augen gesehen. Ich musste mich erst mal vergewissern, dass es dir gut geht. Und bis der Krankenwagen und die Polizei da waren, war von der alten Frau nichts mehr zu sehen. Wahrscheinlich wollte sie nicht in die Angelegenheit verwickelt werden oder sie hatte Angst, dass sie Schwierigkeiten bekommen würde.«

Ich nicke. Es fühlt sich an, als würden meine Beine unter mir wegsacken und mir das gesamte Blut aus den Adern weichen. Jetzt muss ich doch sitzen, und zwar sofort. Ich strecke die Hand nach dem Sofa aus, verfehle es jedoch um einige Zentimeter, sodass ich mit dem Oberschenkel schmerzhaft gegen die Armlehne stoße. Es tut weh und ich zucke zusammen.

Also hat Dad die alte Frau auch nicht gesehen. Wie soll ich jetzt herausfinden, ob sie real war oder bloß eine Erscheinung? Das Einzige, worüber ich mir absolut sicher bin, ist die Tatsache, dass es ein und dieselbe Frau sein muss. Das heißt, dass sie jetzt schon dreimal erschienen ist und ich die Einzige war, die sie gesehen hat. Drei Gelegenheiten, bei denen ich sie mir genauso gut eingebildet haben kann. Oder sie war bei meinem Unfall wirklich da und die anderen beiden Male hat mein traumatisiertes Hirn sie herbeihalluziniert?

Ich fühle mich, als würde ich von einem Geist verfolgt. Aber warum?

Ein unlösbares Rätsel

Ich gehe den Rest der Woche nicht mehr zur Schule. Die gewonnene Zeit nutze ich, um wie geplant alle Poster in meinem Zimmer abzuhängen und einen Topf cremeweiße Wandfarbe zu kaufen. Wenn die Welt schon nicht von allein in ihren Normalzustand zurückkehrt, muss ich eben selbst nachhelfen, soweit mir das möglich ist. Das Streichen dauert allerdings ewig und außerdem stinkt es und macht eine Riesensauerei, deswegen gebe ich bereits nach einer Wand wieder auf und stelle stattdessen die Möbel um. Als ich fertig bin, trete ich einen Schritt zurück und bewundere mein Werk, nur um meinen anfänglichen Instinkten zum Trotz gleich darauf alles wieder in seine ursprüngliche Ausgangsposition zu versetzen. Sosehr ich mir auch wünsche, dass dieses Zimmer ein bisschen mehr wie mein altes aussieht und sich wieder wie *mein* Zimmer anfühlt, sagt mein Bauchgefühl mir, dass es wichtiger ist, dass das Bett an der Wand stehen bleibt. Jeden Morgen, bevor ich die Augen öffne, taste ich nach dieser Wand. Das ist das Allererste, was ich mache: ein tägliches Ritual, das mir verrät, in welchem Zimmer ich mich befinde und welche Ella ich bin. Ich gehe immer noch davon aus – oder hoffe zumindest darauf –, dass ich eines Tages aufwachen und ins Leere greifen werde. Und dann werde ich sofort wissen, dass ich wieder *ich* bin.

Die Zeit vergeht wie im Flug. Wenn ich nicht gerade stümperhafte Versuche unternehme, mein Zimmer umzugestalten, belagere ich Mum und versuche, sie davon zu überzeugen, endlich wieder zur Arbeit zu gehen und mich wenigstens für ein paar Stunden allein zu lassen, was mir schlussendlich auch gelingt. Oder ich surfe im Internet und google meine neuen und alten Freunde – und mich selbst –, in der Hoffnung herauszufinden, wer ich bin und an welcher Stelle ich hineinpasse. Eine schier unmögliche Aufgabe. Genauso gut könnte ich versuchen, aus den zusammengewürfelten Teilen zweier grundverschiedener Puzzles ein vollständiges Bild zusammenzusetzen.

Außerdem gehe ich jeden Tag spazieren, auf der Suche nach der alten Frau. Doch ich kann sie nicht finden und sie will sich mir offensichtlich nicht zeigen. Ich sitze an der Bushaltestelle, an der sie auf mich losgegangen ist, und warte, während ein Bus nach dem anderen anhält und weiterfährt und mein Hintern von dem harten Plastiksitz ganz taub wird. Ich laufe die Hauptstraße auf und ab und halte Ausschau nach Einkaufswagen, und wenn ich einen finde, folge ich ihren nichts ahnenden Besitzerinnen so lange, bis ich absolut sicher bin, dass sie nicht die sind, nach der ich suche. Jedes Mal bin ich zuerst enttäuscht und dann erleichtert. Denn die Vorstellung, die alte Frau tatsächlich zu finden, macht mir ziemliche Angst. Ich weiß ja nicht, was mich erwartet.

Um die Suche ein bisschen unterhaltsamer zu machen, tue ich manchmal so, als sei ich die Hauptdarstellerin einer neuen Fernsehserie – *Der Oma auf der Spur* – und hinter einer bösartigen Hexe her. Wenn Deeta jetzt hier wäre, würden wir uns über dieses Konzept totlachen. Nur dass es mit ihr wohl keine Krimireihe wäre, sondern eine Tierdoku. »Und dort drüben«, würde sie säuseln, »sehen Sie ein Exemplar der Gattung Faltige Alte Schachtel, erkennbar an der charakteristischen Dauerwelle, der Brille und der flauschigen Strickjacke, wie es sich gerade vorsichtig einen Weg über den Zebrastreifen bahnt.« Sie würde versuchen, den ernsthaften, bedächtigen Tonfall eines Dokumentarfilmsprechers nachzuahmen, daher aber vor lauter Kichern ständig aus der Rolle fallen. Ich konnte Stimmen und Akzente schon immer besser nachmachen als sie.

Konnte? Das klingt, als sei sie tot. In gewisser Weise ist sie das sogar – zumindest für mich. Und ich anscheinend auch für sie. Sie hat nämlich nach wie vor nicht auf meine Freundschaftsanfrage reagiert, und so langsam beginne ich, mich damit abzufinden, dass sie wohl beschlossen hat, sie schlichtweg zu ignorieren. In der Zwischenzeit hat sie schon mehrmals irgendwelche Beiträge gepostet und sogar ihr Profilbild ausgetauscht, daher kann ich mir schlecht einreden, dass sie noch nicht online war oder meine Anfrage einfach nicht bemerkt hat. Ihre Ablehnung schmerzt, auch wenn es mein »neues Ich« ist, das sie ablehnt. Immerhin hat Will/Billy meine Freundschaftsanfrage angenommen, obwohl ich vermute, dass er das bei jedem tut. Oder besser: jeder. Rachel und Jen erweisen sich weiterhin als gewissenhafte Freundinnen und erkundigen sich regelmäßig nach meinem Wohlbefinden, allerdings hat keine von ihnen seit unserem letzten Treffen vorgeschlagen, mal wieder vorbeizukommen.

Meine Nächte sind unruhig. Ich träume von Autounfällen und alten Frauen, davon, in CT-Röhren gefangen zu sein, und von Freunden ohne Gesicht. Normalerweise, wenn man aus einem Albtraum hochschreckt, weiß man, was real ist und was nicht. Ich weiß es nicht; wenn überhaupt, machen meine wirren Träume das Chaos in meinem Kopf nur noch schlimmer. Manchmal wache ich um fünf Uhr morgens auf – oder glaube zumindest, dass ich aufwache – und bin mir sicher, dass ich, während ich ganz allein im Dunklen liege, das Piep-piep-piep eines Apparates höre, auch wenn ich nicht erkennen kann, wo es herkommt.

Am Samstag beschließe ich, zu meinem Job in diesem Café in der Innenstadt zu gehen, nachdem ich zuvor sorgfältig recherchiert und meine Eltern ganz unauffällig danach ausgefragt habe. Ich brauche das Geld, überlege ich, außerdem muss ich dringend raus. Und obendrein: Wie schwer kann Kellnern denn schon sein? Meine Chefin weiß über meinen Unfall Bescheid, ich habe also die perfekte Ausrede, falls ich mal was »vergesse« oder irgendwie unkonzentriert oder tollpatschig sein sollte. Die Entscheidung erweist sich als goldrichtig: Der Job ist wirklich nicht schwierig und der viele Trubel tut mir gut. Da ist es dann auch egal, dass ich fast den ganzen Vormittag auf den Beinen und in einem fort damit beschäftigt bin, Kaffeetassen wegzuräumen und Tische abzuwischen. Zum ersten Mal seit fast einer Woche brauche ich mal nicht darüber nachzudenken, wer ich bin oder was mit mir passiert ist. Ich brauche überhaupt nicht nachzudenken. Ich muss bloß lächeln, freundlich sein und Dinge hin- und hertragen, ohne sie unterwegs fallen zu lassen. Meine Chefin Maria, eine nette ältere Dame mit grauem Lockenschopf und üppigem Busen, lässt mir alle Zeit, die ich brauche, und ich darf sogar alle Trinkgelder behalten, die ich von den Kunden bekomme. Das gibt mir ein gutes Gefühl, ja, ein fast schon unbekanntes Selbstvertrauen. Warum ist mein altes Ich nie auf die Idee gekommen, sich einen Wochenendjob zu suchen? Die Wahrheit ist: Ich habe es nie auch nur in Erwägung gezogen. Und wenn doch, hätte ich vermutlich einfach behauptet, ich hätte keine Zeit für so was.

Und dann ist es plötzlich Montag und mir fällt kein guter Grund mehr ein, nicht wieder zur Schule zu gehen. Ich habe mich seit Tagen nicht mehr übergeben und auch mein Verhalten ist meiner Mutter zufolge nicht mehr ganz so beunruhigend. (Tatsächlich bin ich lediglich besser darin geworden, meine Verwirrung zu verbergen.) »Du hast schon viel zu viel Unterrichtsstoff verpasst«, mahnt sie. »Außerdem ist es wahrscheinlich das Beste für dich, wenn du langsam wieder in deine normale Routine zurückfindest.«

Da bin ich ganz ihrer Meinung. Wenn es doch nur möglich wäre.

In der Schule ist es gar nicht so schlimm. Jedenfalls sofern es einem nichts ausmacht, wenn einen alle anstarren, hinter vorgehaltener Hand über einen tuscheln und man wie ein rohes Ei behandelt wird. Ich weiß nicht, wem meine Eltern von meinem Zustand erzählt haben und was genau sie angegeben haben, aber inzwischen ist meine »Amnesie« in der gesamten Schule ein offenes Geheimnis und ich bin zu einer Art Zirkusattraktion mutiert – auf einer Skala von »normal« bis »Freak« rangiere ich irgendwo zwischen »merkwürdig«

und »bedauernswert«. Rachel und Jen warten jeden Morgen an der Schultür auf mich und weichen den Rest des Tages nicht von meiner Seite, als wären sie meine Betreuer. Sie bringen mich von Klassenzimmer zu Klassenzimmer und vergewissern sich ständig, ob es mir gut geht. Dazwischen stellen sie mich allen möglichen Leuten vor, die angeblich meine Freunde sind und deren Namen und Telefonnummern ich in meinem Handy finde, obwohl ich kaum ihre Gesichter kenne. Diese Leute sagen nette Dinge zu mir, berühren mich am Arm und lächeln viel und einige von ihnen sprechen mich auf meine neue Frisur an: dass ich damit ganz verändert aussehe, aber dass sie ihnen trotzdem gut gefällt. Ich schätze, es gibt Schlimmeres, als von vorne bis hinten bemuttert zu werden.

Ein-, zweimal begegnet mir Deeta im Schulflur. Beim ersten Mal erwischt es mich eiskalt. Ich japse auf und muss mich fast schon mit Gewalt davon abhalten, zu ihr zu rennen und sie zu umarmen. Doch sie geht schnurstracks an mir vorbei, ohne mich auch nur eines Blickes zu würdigen. Sie dreht sich sogar von mir weg, um sich mit dem Mädchen zu unterhalten, das neben ihr herläuft. Es ist das sportlich gekleidete Mädchen, mit der ich letzte Woche vor den Schließfächern gesprochen habe. Als sie das zweite Mal auf mich zukommt, diesmal allein, lächle ich sie an und nehme all meinen Mut zusammen, um ihr Hallo zu sagen. Ich strecke die Hand aus und berühre sie am Ellbogen. Sie bleibt stehen und sieht mich einen Augenblick mit ausdruckslosem Gesicht an, dann schnalzt sie genervt mit der Zunge und geht weiter. Es trifft mich bis ins Mark, so von ihr abgewiesen zu werden. Ich bin nicht mal mehr wütend deswegen, es macht mich einfach nur furchtbar traurig. Ist mein neues Ich so anders als mein altes Ich, so langweilig, dass Deeta es offenbar für reine Zeitverschwendung hält, sich mit mir abzugeben? Wie kann es sein, dass wir keine Freundinnen sind, ja, nicht mal flüchtige Bekannte? Ich frage mich, ob es irgendeine Möglichkeit gibt, wie ich es arrangieren kann, dass ich einen Moment mit ihr alleine bin. Ich bin mir sicher, dass ich mich nur ein paar Minuten mit ihr unterhalten muss, und schon springt der Funke über und wir werden wieder beste Freundinnen.

Will/Billy sehe ich ebenfalls ein paarmal. Er ist normalerweise von seinen Freunden umgeben und ich von meinen, daher kommen wir nicht dazu, miteinander zu reden. Aber er lächelt mich immerhin an und einmal, als ich mich umdrehe, erwische ich ihn dabei, wie er mir hinterhersieht. Unsere Blicke treffen sich und er errötet tatsächlich.

Der Unterricht dagegen ist echt heftig. Ich ziehe den Kopf ein und hoffe, dass mir niemand eine Frage stellt, während ich versuche, mich, so gut es geht, zu konzentrieren. Aber obwohl ich mir alles durchgelesen habe, was Rachel und Jen für mich mitgeschrieben haben, und zusätzlich sogar noch meine Textbücher und die Aufgabenhefte gewälzt habe, die in meinem Rucksack steckten, verstehe ich die meiste Zeit nur Bahnhof und fühle mich ziemlich fehl am Platz. Manchmal passiert es jedoch, dass ich für einen Moment vollkommen abschalte und mir nicht mal mehr die Mühe mache, dem Unterricht zu folgen, und seltsamerweise plötzlich Dinge verstehe, die ich eigentlich nicht verstehen sollte: chemische Gleichungen zum Beispiel oder komplizierte mathematische Fragestellungen. Mein Gehirn scheint mehr zu wissen als ich. Offenbar ist es in der Lage, sich in Richtungen zu winden, wo ich es niemals vermutet hätte. Wie das sein kann, ist mir ein völliges Rätsel. Es ist ein bisschen wie bei diesen 3-D-Bildern, bei denen man das Bild inmitten der Farbmuster erst sieht, wenn man die Augen bewusst unscharf stellt. Aber sobald man es einmal geschafft hat, gelingt es einem immer wieder.

Trotzdem ist mir klar, dass ich den Stoff niemals aufholen werde – schließlich ist es nicht, wie alle glauben, bloß eine Woche, die mir fehlt, sondern mehr als ein ganzes Jahr. Daher erkundige ich mich ein paarmal zaghaft, ob es vielleicht möglich ist, die Fächer zu wechseln, muss jedoch erfahren, dass das so kurz vor den Abschlussprüfungen nicht mehr geht. Niemand kann nachvollziehen, warum ich bei Hausaufgaben und Tests plötzlich so schlecht abschneide und warum ich die Fächer aufgeben möchte, in denen ich »doch sonst so gut« bin, um als Ersatz Filmwissenschaften zu belegen, für die ich »bisher nicht das geringste Interesse gezeigt« habe. Stattdessen bietet meine Klassenlehrerin an, für mich Nachhilfeunterricht bei einem gewissen Mr Perry zu arrangieren. »Der bringt dich ganz leicht zurück in die Spur«, beteuert sie. »Und im Nullkommanichts bist du wieder Klassenbeste.« Anscheinend bin ich eine ihrer »besten Schülerinnen«. So hat mich in meinem wahren Leben noch niemand genannt.

Bis zum Ende der Woche habe ich in eine gewisse Routine gefunden, auch wenn es keine ist, an die ich mich erinnern kann oder die irgendetwas mit mir zu tun hat. So zu leben ist ganz schön anstrengend und oft fühle ich mich ziemlich einsam dabei. Immer wieder sagen mir die Leute, ich würde in mich gekehrt wirken, stiller als üblich. Ich habe den Verdacht, dass ich mich bei meinem Versuch, mich wie die Ella zu verhalten, die sie kennen, nicht besonders geschickt anstelle. Aber hey, ich stelle mich auch nicht viel geschickter dabei an, ich selbst zu sein. Ich glaube, so langsam verwandle ich mich in eine Art Hybrid-Ella – ich bin beide Ellas und doch keine so richtig.

Mein einziger Zufluchtsort ist das Kunstatelier. Hier fühle ich mich ausnahmsweise nicht fehl am Platz und kann sogar fast nahtlos daran anknüpfen, wo ich beim letzten Mal aufgehört habe. An den Wänden entdecke ich Bilder von mir, selbst wenn ich mich an keins von ihnen erinnern kann. Trotzdem weiß ich auf Anhieb, dass sie von mir sein müssen, weil ich meinen Stil wiedererkenne, die Art, wie ich die Farbe in dicken Schichten auftrage, und mein Faible für leuchtende Farben. Hier, im Kunstatelier, sind mein altes und mein neues Ich so gut wie eins.

Am Freitag nach Schulschluss lasse ich mich dazu breitschlagen, mit Jen, Rachel und einigen »unserer« Freunde noch einen Kaffee trinken zu gehen. Es kann sicher nicht schaden, ein bisschen guten Willen zu zeigen, und außerdem sind sie alle echt nett. *Nett*, eines der nichtssagendsten Wörter überhaupt: lieb, gut, freundlich, ohne jegliche Macke.

Sie sind gerade dabei, mich über irgendwas an der Schule auf den neuesten Stand zu bringen, und ich nicke und lächle an den richtigen Stellen und hake scheinbar interessiert nach, als ich plötzlich spüre, wie mein Handy in meinem Rucksack vibriert. Unauffällig ziehe ich es hervor und werfe unter dem Tisch einen kurzen Blick darauf. Die Nachricht muss ich dann allerdings gleich zwei Mal lesen, weil sie nämlich überhaupt keinen Sinn ergibt:

Alles gut bei uns? Ich weiß, du hast gesagt, ich soll dir nicht schreiben, aber du bist nicht aufgetaucht und hast dich auch nicht gemeldet. Ich hab die ganze Woche gewartet. Hoffe, du hast es dir nicht anders überlegt. Schreib mir. x

Neben der Nummer steht kein Name, also kann die Nachricht von niemandem aus meiner Kontaktliste stammen. Könnte sie von jemandem aus meinem anderen Leben sein? Ich zerbreche mir schier den Kopf, um herauszufinden, ob mir irgendein Teil der Nummer bekannt vorkommt, aber vergebens. Die einzige Nummer, die ich auswendig kann, ist die von Deeta und von ihr kann die Nachricht nicht sein. Ich verspüre einen Anflug von Aufregung, gemischt mit einem Hauch Angst. Die Nachricht ist so geheimnisvoll. Wo bin ich nicht aufgetaucht? Und wann? Warum habe ich dieser Person gesagt, er oder sie solle nicht schreiben, und was hätte ich mir anders überlegen können? Und warum hat der- oder diejenige nicht seinen oder ihren Namen dazugeschrieben?

Dann wird mir klar, dass es sich wahrscheinlich um ein Missverständnis handelt, dass gar nicht ich gemeint bin, sondern der Absender vermutlich in aller Eile die falsche

Nummer eingegeben hat. Vielleicht sollte ich die Nachricht also einfach löschen und die ganze Sache vergessen. Aber andererseits …

Rachel reißt mich aus meinen Gedanken. »Alles okay, Ella? Du bist so still geworden.«

Schnell lege ich mein Handy zurück in die Tasche und lächle. »Ja, alles gut. Ich hab bloß gerade eine Nachricht von Mum bekommen, die wissen wollte, wann ich zu Hause bin. Sorry. Wer hat Lust auf noch einen Kaffee?«

Meine gar nicht so böse Stiefmutter

Den Rest des Abends denke ich nicht mehr groß über die geheimnisvolle Nachricht oder ihren Absender nach und am folgenden Tag auch nicht. Mir geht auch so schon genug im Kopf herum, ganz zu schweigen von den Hausaufgaben, die ich irgendwie bewältigen muss, und meinem Samstagsjob. Schon als ich ankomme, ist im Café die Hölle los und das ständige Hintergrundrauschen aus dem Geplauder der Gäste und dem Klappern des Geschirrs übertönt all meine Gedanken. Für einen kurzen Moment überlege ich, die Schule einfach hinzuschmeißen und stattdessen Vollzeit hier zu arbeiten. Das Leben wäre so viel leichter und unkomplizierter.

»Ella, schau mal, ob du ein paar von den Leuten ein bisschen Dampf machen kannst oder sie dazu bringst, noch etwas zu bestellen«, bittet mich Maria mitten im größten Mittagstrubel. »Uns gehen langsam die Tische aus.«

Ich komme hinter dem Tresen hervor, laufe durchs Café und spreche die Gäste an. Dabei fällt mir eine Frau ins Auge, die ganz allein in der hintersten Ecke sitzt, eine leere Kaffeetasse vor sich auf dem Tisch. Obwohl sie mir den Rücken zuwendet, kommt mir irgendetwas an ihrer Haltung, an ihrer Gestalt, bekannt vor. So unauffällig wie möglich gehe ich um sie herum, um sie mir genauer ansehen zu können.

Als mein Blick auf ihr Profil fällt, schnappe ich unwillkürlich nach Luft. Es besteht kein Zweifel: Diese Frau ist meine Stiefmutter. Tamsyn. Sie ist zwar deutlich lässiger angezogen, als ich es von ihr gewohnt bin, und ihre Haare sind kürzer und nicht ganz so straff nach hinten gekämmt, aber ihre feinen Züge sind unverwechselbar. Für einen Moment vergesse ich, dass sich alles geändert hat, und bin einfach nur wütend auf sie. Es ärgert mich, dass sie hier ist. Bis zu diesem Moment war ich total entspannt und jetzt sitzt sie da und macht alles kaputt.

Mit einem zittrigen Gefühl gehe ich zurück hinter den Tresen und mache mit meinen anderen Aufgaben weiter, während ich versuche, mich zu beruhigen. Wenn ich sie ignoriere, rede ich mir ein, geht sie ja vielleicht von selbst, bevor ich mich näher mit ihr befassen muss. Ich betrachte ihren Rücken, oder besser: Ich durchbohre ihn mit meinen Blicken. Ist sie nur in dieses Café gekommen, um mich zu ärgern? Weil sie weiß, dass ich hier arbeite? Dann wird mir klar, wie lächerlich ich mich eigentlich benehme: Meine Eltern sind immer noch zusammen und Dad scheint nicht die geringste Ahnung zu haben, dass sie existiert. Mag ja sein, dass sie aussieht wie die Frau, die mir als meine Stiefmutter bekannt ist, aber das hier ist nicht die Tamsyn, die meiner Mum ihren Mann geklaut hat. Diese Tamsyn kennt mich nicht und hat uns auch nichts getan. Mein Ärger ist vollkommen unbegründet. Das ist so, als wäre man auf jemanden wütend, weil der einem im Traum wehgetan hat.

Ich versuche, so zu tun, als wäre sie nicht da, und kümmere mich um die anderen Gäste, bis Maria mich zu ihr an den Tisch schickt und ich sie nicht länger meiden kann. »Kann ich Ihnen noch etwas bringen?«, erkundige ich mich, bemüht, einigermaßen normal zu klingen.

Sie sieht zu mir auf, sieht mir direkt in die Augen, und ihr Blick verrät mir, dass ich für sie wirklich nichts anderes bin als eine Kellnerin. »Ähm, äh, nein danke.« Sie lächelt mich sogar an dabei, was wahrscheinlich das allererste Mal überhaupt ist.

»Okay, also, es ist nur so, dass gerade ziemlich viel los ist und es kaum noch freie Tische gibt. Wenn Sie also nichts mehr bestellen möchten, wäre es nett, wenn Sie den Tisch für andere Gäste freimachen könnten.«

Sie schaut auf ihre Uhr und dann zur Tür. »Oh, in dem Fall nehme ich doch noch einen Kaffee. Und, äh, ein Glas Leitungswasser, bitte. Ich warte auf jemanden, weißt du?«

»Verstehe … Dann würde ich Sie allerdings bitten, noch eine Kleinigkeit zu essen zu bestellen. Wir haben gerade Mittagszeit.«

Ihre Haltung wird merklich angespannter. »Das ist jetzt ein wenig unangenehm. Es ist so, ich bin mit einem Freund verabredet, aber er ist etwas spät dran. Ich hoffe, es ist okay, wenn ich hier sitzen bleibe und erst mal nur was trinke. Sobald er hier ist, bestellen wir auch was zu essen, versprochen.« Ihre Stimme ist sanft und freundlich. Kein bisschen wie die meiner Stiefmutter. Bei ihr klang jedes Wort, das sie an mich gerichtet hat, als wäre es mit einer Lage Stacheldraht umwickelt.

Ich zögere. Mein anderes Ich hätte die Gelegenheit,

Tamsyn in aller Öffentlichkeit vor die Tür zu setzen, aus vollem Herzen genossen. Doch diese Frau scheint, soweit ich es auf den ersten Blick beurteilen kann, keinerlei Ähnlichkeiten mit der Tamsyn zu haben, die ich kenne: der spießigen, zickigen Tussi, die meinen Dad um den kleinen Finger gewickelt und alles darangesetzt hat, dass ich so wenig Zeit wie möglich mit ihm verbringen konnte. Diese Tamsyn dagegen wirkt warmherzig und fast ein wenig traurig. Ich habe keinen Grund, sie zu hassen. »Na gut.«

Weitere zwanzig Minuten verstreichen. Maria hält mich dermaßen auf Trab, dass ich keine Zeit habe, mir Gedanken über Tamsyn zu machen oder sie gar zu überwachen. Als ich schließlich doch zu einer kurzen Verschnaufpause komme, beobachte ich sie aus einigem Abstand. Die meisten Mittagsgäste sind inzwischen gegangen, aber sie sitzt immer noch allein an ihrem Tisch und hält sich an ihrem letzten Rest Wasser fest. Alle paar Minuten wirft sie einen Blick auf ihr Handy und auf ihre Armbanduhr und seufzt. Zu guter Letzt gehe ich wieder zu ihr an den Tisch. »Kann ich Ihnen noch etwas bringen?«

Sie rückt vom Tisch weg, als wolle sie aufstehen. »Nein, danke, ich würde jetzt gerne gehen. Kann ich die Rechnung haben? Es tut mir aufrichtig leid, dass ich hier so lange gesessen habe, ohne etwas zu essen. Das war nicht meine Absicht.«

»Ich kann Ihnen noch etwas bringen, wenn Sie mögen. Es ist jede Menge übrig.«

»Nein danke. Mir ist der Appetit vergangen.« Sie lacht. »Tut mir leid.«

Ich stelle ihr eine Rechnung über zwei Tassen Kaffee aus. »Ihr Freund hat es also nicht mehr geschafft?« Es ist vermutlich ein bisschen unverschämt, sie das so direkt zu fragen, aber ich bin nun mal neugierig.

Sie schüttelt den Kopf. »Um ehrlich zu sein, war es kein richtiger Freund. Es war ein Date. Ich kenne den Kerl bisher nur aus dem Internet. Das hier sollte unser erstes Treffen werden. Ganz schön erbärmlich, was? Er hat sich noch nicht mal die Mühe gemacht, mir eine Nachricht zu schreiben und abzusagen.«

»Echt mies.« Eigentlich müsste es mich glücklich machen, dass Tamsyn sitzen gelassen worden ist. Karma und so – weiß der Geier, wie oft ich ihr heimlich schlimme Dinge an den Hals gewünscht habe. Seltsamerweise tut sie mir jetzt vor allem leid. Ich frage mich, ob ihr das schon öfter passiert ist. Und ob sie so – in einem anderen Leben, meinem anderen Leben – auch meinen Dad kennengelernt hat: bei einem Date im Café, nachdem sie sich übers Internet verabredet hatten. Ich glaube, ich habe ihn nie danach gefragt, wie er sie gefunden hat. Ziemlich sicher, weil ich es gar nicht wissen wollte.

Sie seufzt. »Tja, das kommt vor. Er hat wohl was Besseres gefunden.«

»Ach was, ich glaube, Sie können froh sein, dass er Ihnen erspart geblieben ist.«

»Ja. Da hast du wohl recht. Ich bin übrigens Tamsyn. Mit Y.«

Ich nicke, kann mich aber gerade noch rechtzeitig davon abhalten, ihr zu sagen, dass ich das bereits weiß. »Ella.«

»Wie alt bist du? Neunzehn, zwanzig?«

»Ich bin siebzehn.«

»Hast du einen Freund?«

Habe ich einen Freund? »Äh, so halb. Das heißt, nein, eigentlich nicht. Warum?«

Sie lacht. »Okay. Dann lass dir von jemandem sagen, der sich damit auskennt: Wenn du irgendwann, mit vierundzwanzig, fünfundzwanzig oder so, einen tollen Freund hast, lass ihn auf keinen Fall gehen. Denk bloß nicht, du würdest in ein paar Jahren noch jemand Besseren finden, denn das wirst du wahrscheinlich nicht. Glaub mir: Mit Mitte dreißig Single zu sein, ist zum Kotzen. Es sagen zwar immer alle, es schwimmen noch jede Menge Fische im Meer des Onlinedatings, aber was sie vergessen zu erwähnen, ist, dass es sich dabei größtenteils um den stinkenden schleimigen Bodensatz handelt.« Sie rückt erneut zurück und diesmal steht sie auf. Sie wirkt beschämt. »So genau wolltest du das vermutlich gar nicht wissen. Tut mir leid, dass ich dich damit überfahren habe, und danke, dass ich hier so lange sitzen durfte, ohne etwas zu bestellen.«

Ich lächle. »Gern geschehen.«

»Übrigens«, sagt sie, als sie in ihre Jacke schlüpft und ihr Handy in die Innentasche schiebt, »ich finde deine Frisur echt toll. Du siehst damit aus wie Louise Brooks.«

Ich sehe zu, wie sie das Café verlässt, und verspüre einen seltsamen Anflug von Bedauern. Nachdem sie gegangen ist, gehe ich zurück an ihren Tisch, um abzuräumen. Unter der Untertasse klemmt eine Zehn-Pfund-Note. Der Kaffee hat gerade mal zwei Pfund pro Tasse gekostet. Das ist mit

Abstand das größte Trinkgeld, das ich an diesem Tag bekomme.

Tamsyn geht mir den Rest des Nachmittags nicht mehr aus dem Kopf. Als ich mich dezent nach ihr erkundige, erzählt Maria, dass sie praktisch Stammgast ist und oft mit ihrem Laptop hier sitzt oder sich mit Freunden trifft. Sie sagt auch, dass ich Tamsyn schon oft bedient habe und dass sie immer großzügig Trinkgeld gibt. Komisch, das passt überhaupt nicht zu dem, was Mum über sie erzählt hat. Mum zufolge war Tamsyn nämlich bloß hinter Dads Geld her und Dad wiederum war ein alter Narr, der nur deswegen auf sie abfuhr, weil sie jung und hübsch war. Wie kann es sein, dass die Frau, der ich heute begegnet bin, so anders erscheint als die Tamsyn, die mein anderes Ich gekannt hat? Lag es an Dad oder an mir, dass sie so schrecklich geworden ist? War sie am Ende nur deswegen gemein zu mir, weil ich sie abgelehnt und ihr für alles die Schuld gegeben habe? Weil ich ihr nie eine Chance gegeben habe? Oder ist die freundliche, nette Tamsyn bloß Fassade?

All diese Überlegungen setzen natürlich voraus, dass es jemals eine Tamsyn gegeben hat, die meinen Dad geheiratet hat und meine Stiefmutter geworden ist. Jetzt nagen die Zweifel wieder an mir. Ich weiß noch, dass ich vor vielen, vielen Jahren, als ich klein war, mal *Der Zauberer von Oz* geguckt habe und total enttäuscht war, als mir am Ende klar wurde, dass all die Figuren, denen Dorothy in Oz begegnet war – die Vogelscheuche, der Blechmann, der Löwe und sogar der Zauberer selbst – nichts weiter als abgewandelte Versionen von Menschen waren, die ihr aus Kansas vertraut waren. Ihre Reise in eine andere Welt war nur ein Traum, das Ergebnis eines Schlags auf den Kopf, den sie erlitten hatte, als der Tornado ihr Haus traf. Diese Erinnerung weckt in mir einmal mehr die Frage, ob alle anderen nicht doch recht haben. Vielleicht gibt und gab es wirklich keine andere Ella, sondern nur diese hier, und nachdem ich mir bei einem Autounfall den Kopf angeschlagen habe, hat mein verkorkstes Gehirn sich einfach eine imaginäre Welt zusammengesponnen, die von leicht veränderten Versionen der Menschen, die ich aus dieser Welt kenne – manche gut, andere nur flüchtig –, bevölkert wird. Vielleicht war Deeta ja nie meine beste Freundin, sondern schon immer bloß ein Mädchen, das ich aus der Schule und nur vom Sehen her kannte. Vielleicht ist Tamsyn gar nicht die böse Stiefmutter, sondern lediglich eine alleinstehende junge Frau, der ich im Café hin und wieder einen Cappuccino serviert habe. Was, wenn es kein Oz gibt, sondern nur Kansas und ich für den Rest meines Lebens hier festsitze?

Sosehr ich mich auch bemühe, eine andere Erklärung zu finden, lande ich über kurz oder lang doch wieder bei dieser – es ist nun mal die wahrscheinlichste, die logischste. Trotzdem, »Ich wachte auf und alles war nur ein Traum« kommt mir so abgeschmackt vor wie das größte Klischee aller Zeiten. Da muss einfach mehr dahinterstecken. Oder nicht? Ich weiß, dass es irgendwo eine Antwort auf meine Fragen geben muss, und kann es kaum erwarten, sie endlich zu finden.

Nach der Arbeit bin ich eigentlich mit Rachel und Jen verabredet. Wir wollen ins Kino, uns eine romantische

Komödie ansehen, und ich freue mich riesig darauf, mal für zwei Stunden der Realität zu entfliehen und mit niemandem reden oder über meine gegenwärtige Situation nachdenken zu müssen. Auch wenn es nicht unbedingt die Art von Film ist, auf die ich normalerweise stehe (im Arthouse-Kino läuft zeitgleich die restaurierte Fassung von *Metropolis*, die ich mir ehrlich gesagt viel lieber angucken würde), war mein Leben in letzter Zeit nicht besonders spaßig, daher sehne ich mich regelrecht danach, mal wieder richtig lachen zu können. Doch als ich meine Schicht beende, entdecke ich auf meinem Handy eine Nachricht von Rachel, in der sie mich bittet, sie zurückzurufen, weil es eine kurzfristige Planänderung gibt.

»Jen ist am Boden zerstört«, erklärt sie. »Kannst du zu mir nach Hause kommen? Sie braucht dringend ein paar Streicheleinheiten.«

»Ja, na klar. Was ist los?«

Rachel räuspert sich. »Jungsprobleme … aber das soll sie dir selber erzählen.«

»Oh. Aber ich dachte … Egal. Ich geh nur schnell nach Hause und zieh mich um, dann mach ich mich sofort auf den Weg.«

»Danke, Süße. Kannst du ein bisschen Eis oder so was mitbringen? Ich hab Nachos und Dips hier. Wenn es Jen wieder ein bisschen besser geht, könnten wir nachher vielleicht noch eine DVD gucken.«

»Okay.« Ich zögere, weil es mir tierisch unangenehm ist, in dieser Situation wieder auf meine eigenen »Probleme« zu sprechen zu kommen, bitte sie dann aber doch: »Wär nett, wenn du mir noch mal deine Adresse schicken könntest. Tut mir leid.«

Rachel seufzt, als könne sie immer noch nicht so recht glauben, dass ich vergessen habe, wo sie wohnt. »Wird gemacht.«

Es ist ein gutes Gefühl, gebraucht zu werden. Gerade, weil es in letzter Zeit den Anschein hatte, als würden Rachel und Jen ihre Freundschaft zu mir nur noch aus Gewohnheit aufrechterhalten, tut es gut zu wissen, dass sie sich in Krisenzeiten weiterhin an mich wenden. Mag ja sein, dass ich die beiden nicht unbedingt als meine besten Freundinnen betrachte, aber Mitgefühl habe ich trotzdem.

Auf dem Weg zu Rachel komme ich mir vor wie eine Touristin; ich muss tatsächlich die Karten-App auf meinem Handy benutzen, um zu ihr zu finden. Ich erkenne ihre Straße nicht und auch ihr Haus wirkt wenig vertraut, wenn man mal davon absieht, dass es meinem eigenen Zuhause recht ähnlich ist, was daran liegt, dass die Häuser hier in der Gegend alle etwa zur selben Zeit gebaut worden sind. Die Tatsache, dass ich Rachel und Jen nicht besonders gut kenne, hat zur Folge, dass ich nicht mal weiß, welche Eissorten sie eigentlich mögen (was mir allerdings erst auffällt, als ich bereits vor dem Tiefkühlregal stehe), also kaufe ich zur Sicherheit gleich zwei Großpackungen: eine mit karamellisierten Pekannüssen – meine Lieblingssorte – und eine mit ganz normalem Schokoladeneis. Alle mögen Schokoladeneis, oder? Ich drücke sie Rachel noch an der Haustür in die Hand und sie bedankt sich und lächelt. Da sie sich weder beschwert, dass ich kein Erdbeereis mitgebracht habe, noch mit mir schimpft, weil Jen an einer lebensgefährlichen Nussallergie leidet, nehme ich mal an, dass meine Auswahl ganz in Ordnung ist.

Jen ist bereits in Rachels Zimmer. Sie sitzt im Schneidersitz auf dem Boden, den Rücken gegen das Bett gelehnt. Ich kann sehen, dass sie geweint hat. Ihre Augen sind ganz rot und verquollen und ihre Nase ist pink und voller Schnodder. Wenn sie Mascara benutzen würde, würde ihr der jetzt in schwarzen Schlieren über die Wangen laufen, so wie es bei mir immer war, wenn Billy und ich mal wieder Schluss gemacht hatten. Sie tut mir leid, auch wenn ich keine Ahnung habe, warum oder wegen wem sie so durch den Wind ist.

Sie umarmt mich und ich spüre, wie meine Wange ganz nass wird. »Oh, Ella, ich komm mir ja so dämlich vor«, schnieft sie.

Während Rachel sie in den Arm nimmt, lege ich den Kopf schief und reibe mein Ohr an meiner Schulter trocken. Dann setze ich mich zu ihnen auf den Boden und lege mitfühlend meine Hand auf Jens Arm. »Was ist passiert?«, erkundige ich mich. »Rachel hat es mir nicht verraten.«

»Es ist wegen D-D-Dom.«

»Dom? Was hat er angestellt? Ist etwas zwischen euch vorgefallen?«

Erneut steigen ihr die Tränen in die Augen. »Ja … nein … Nicht so richtig. Gott, ich bin ja so bescheuert …«

Rachel reicht ihr ein Taschentuch. »Im Grunde hat sie ihm gestanden, dass sie ihn mag, und ihn gefragt, ob er mal mit ihr ausgehen will, und er meinte, dass er nicht auf diese Weise an ihr interessiert ist.«

»Oh, Jen.« Ich streichle ihren Arm. »Das ist echt mies.« Abgewiesen zu werden ist furchtbar. Wer wüsste das besser als ich.

»Er hat gesagt, dass ich da wohl was falsch verstanden haben muss«, schluchzt sie. »Er war nicht mal gemein oder so. Dass ich ihn mag, schien ihn richtig zu überrumpeln. Er meinte, ich sei echt nett, aber einfach nicht sein Typ.«

Schuldbewusst wende ich den Blick ab. Das beschreibt fast haargenau, was ich für Jen empfinde – sie ist nett, aber einfach nicht der Typ, mit dem ich normalerweise befreundet sein würde. Und war ich es nicht, die sie überhaupt erst in diese Situation gebracht hat, nur weil ich unbedingt auch meinen Senf dazugeben musste? Dabei weiß ich noch nicht mal, wer dieser Dom eigentlich ist.

»Kein Wunder, dass du ihn falsch verstanden hast«, bemerkt Rachel. »Er hat dir doch total missverständliche Signale gesendet. Ständig kam er an, wollte wissen, was du vorhast, und war nett zu dir. Was hat er denn gedacht, wie du das interpretieren würdest?«

»Ganz genau«, stimme ich ihr zu. »Es ist nicht deine Schuld. So übereifrig sind Jungs sonst nur, wenn sie was von einem wollen.« Ich denke daran, wie Billy sich ständig in meiner Nähe herumdrückte, mich bei jeder Gelegenheit angesprochen hat und immer versucht hat rauszubekommen, welche Pläne ich hatte. Unwillkürlich fällt mir wieder ein, wie er mir neulich im Flur nachgesehen hat, und in meinem Bauch breitet sich plötzlich ein seltsames, gar nicht mal so unangenehmes Gefühl aus.

Jen schnieft. »Wirklich?«

»Absolut. Es sei denn, er ist sehr viel aufrichtiger als die meisten anderen Typen.«

Das hätte ich wohl besser nicht sagen sollen. »Aber genau das ist er ja«, ruft Jen und verzieht das Gesicht, als wolle sie gleich wieder anfangen zu weinen. »Er ist umwerfend. Freundlich, klug, lieb …« Sie schluckt hörbar. »Und jetzt will er bestimmt nie wieder mit mir reden.«

»Blödsinn«, widerspricht Rachel energisch. »Das kommt alles in Ordnung. Kann sein, dass es die ersten Tage ein bisschen seltsam ist, aber am Ende renkt es sich schon wieder ein. Wie ich vorhin gesagt habe.«

»Wann ist das denn passiert?«, frage ich.

»Heute Mittag. Wir haben uns getroffen, um das Projekt durchzusprechen. Der Augenblick schien günstig, also hab ich ihn einfach gefragt, ob er mal mit mir ausgehen will. Argh.«

Ich habe keinen blassen Schimmer, was das »Projekt« ist, glaube aber, dass dies nicht der passendste Moment ist, danach zu fragen.

Jen wirft Rachel einen schuldbewussten Blick zu und sieht dann wieder mich an. »Tut mir leid, dass ich dich nicht gleich angerufen hab, Ella. Aber du warst gerade auf der Arbeit und, na ja, du weißt schon.«

Wir wissen beide, was sie damit meint. Sie hat nicht angerufen, weil ich in letzter Zeit nicht richtig für sie da war, weil ich mich so merkwürdig verhalten habe, weil zwischen uns eine gewisse Distanz entstanden ist. Warum sollte sie auch jemanden anrufen, der sich offenbar kaum an sie erinnern kann? Was mich zu der naheliegenden Frage führt, ob ich mich im Gegenzug bei Rachel oder ihr melden würde, wenn ich jemanden zum Reden brauchen würde. Nein, ziemlich sicher nicht. Andererseits: An wen würde ich mich sonst wenden? Für den Bruchteil einer Sekunde überlege ich, ob dies wohl der richtige Zeitpunkt ist, die Karten offenzulegen und ihnen von meinem anderen Ich zu erzählen. Aber irgendwie glaube ich nicht, dass sie mich verstehen würden. Und was sollte das schon bringen? »Mach dir keinen Kopf deswegen«, antworte ich. »Du hast es mir ja jetzt erzählt, das reicht doch. Hey, ich glaube, es wird Zeit für eine Portion Eis. Danach sieht die Welt gleich viel besser aus, was meint ihr?«

Wir stopfen uns mit Riesenmengen Eiscreme voll und gucken uns eine dämliche DVD an, die ich angeblich schon kenne, selbst wenn ich mich nicht daran erinnern kann, und als der Abend zu Ende geht, ist Jen tatsächlich wieder etwas fröhlicher. Mission erfüllt. Es ist schon spät, weswegen Rachel anbietet, mich nach Hause zu fahren, aber weil ich nur ein paar Straßen zu laufen habe und dringend frische Luft brauche, bestehe ich darauf, zu Fuß zu gehen. Nach etwa der Hälfte der Strecke fange ich an, meine Entscheidung zu bereuen. Ich friere, fühle mich einsam und habe Angst – und das nicht zu knapp. Die Straßenbeleuchtung verdient kaum ihren Namen und die Gegend ist so verschlafen, dass fast keine Autos unterwegs sind. Ich stecke mein Handy griffbereit in meine Jackentasche, hole meine Schlüssel aus dem Rucksack und schließe meine Faust so darum, dass ich sie notfalls als Waffe gebrauchen kann. Dabei weiß ich nicht mal, wovor ich mich mehr fürchte: einem Räuber oder Vergewaltiger in die Arme zu laufen oder der gruseligen alten Frau zu begegnen. Obwohl inzwischen einige Tage verstrichen sind, seit ich sie das letzte Mal angetroffen habe, rechne ich immer noch jederzeit und überall damit, sie wiederzusehen – hinter jeder Ecke, an jeder Bushaltestelle und in jedem Schatten, in dem sie lauern könnte. Glücklicherweise bleibt sie mir an diesem Abend vom Hals. Vielleicht liegen alte Frauen um diese Zeit ja längst im Bett, egal, ob eingebildet oder real.

Mum ist bereits schlafen gegangen, als ich nach Hause komme, aber Dad ist noch auf. Im Gästezimmer brennt Licht, und als ich den Kopf zur Tür hineinstecke, entdecke ich ihn am Computer. Er sieht auf und lächelt mich an. Nach meiner Begegnung mit Tamsyn heute Mittag frage ich mich unwillkürlich, wenn auch vielleicht zu Unrecht, ob er möglicherweise in irgendwelchen Onlinedating-Portalen unterwegs ist. Ich habe keine große Lust, mich mit ihm zu unterhalten, daher lasse ich ihn bloß wissen, dass ich heil zu Hause angelangt bin, und wünsche ihm eine »Gute Nacht«. Dann wasche ich mir noch schnell das Gesicht und schließe mich in meinem Zimmer ein.

Ich bin nicht müde. Daran sind vermutlich die Riesenmenge Cola light und die Berge von Junkfood schuld, die ich in den letzten Stunden vertilgt habe. Ich werfe einen Blick auf mein Handy und finde eine Nachricht von Rachel, die sich erkundigt, ob ich wohlbehalten angekommen bin. Ich antworte ihr und überlege dann, es mal mit einem der Bücher aus dem Regal zu versuchen – den Büchern der anderen Ella –, aber eigentlich ist mir nicht nach Lesen. Also schnappe ich mir stattdessen mein Tablet und surfe eine Weile im Internet. Irgendwann höre ich, wie sich die Tür zum Gästezimmer schließt, dann tappen Schritte durch den Flur und wenig später rauscht im Bad das Wasser. Kurz darauf geht die Schlafzimmertür meiner Eltern auf und wieder zu und danach ist alles still.

Es ist einsam hier, in diesem dunklen Zimmer. Ich verspüre das dringende Bedürfnis, mit jemandem zu chatten, mit jemandem, den ich kenne, also sehe ich nach, wer von meinen Freunden online ist. Einer der wenigen Namen, neben denen ein grüner Punkt aufleuchtet, ist der von Will Roberts (meinem Billy). Ich lasse den Mauszeiger einige Sekunden über seinem Namen kreisen, während ich all meinen Mut zusammennehme. Ich weiß, dass es eine total bescheuerte Idee ist, ihn anzuschreiben, aber gleichzeitig erfüllt mich der Gedanke mit einer gewissen Vorfreude. Was habe ich schon zu verlieren?

Ich klicke ihn an. Und dann tippe ich: *Hey.*

Keine Antwort. Es vergeht eine gefühlte Ewigkeit und ich frage mich, ob das bedeutet, dass er meine Nachricht einfach noch nicht gelesen hat, oder ob er vielleicht eingeschlafen ist, ohne sich vorher auszuloggen. Natürlich könnte es auch sein, dass er mich schlicht und ergreifend ignoriert – und wenn ich ehrlich bin, ist das wohl die wahrscheinlichste Erklärung. Wie peinlich. Wenn es doch nur einen Weg gäbe, meine Nachricht zu löschen.

Ich will mich gerade ausloggen, als ich bemerke, dass er etwas schreibt.

Hey. Was geht?

Mir ist nicht ganz klar, warum ich diesen Chat überhaupt begonnen habe. Ich habe ihm doch nichts zu sagen. Nichts, und zugleich so vieles. *Nichts Besonderes. Mir war nur irgendwie nach Quatschen und ich hab gesehen, dass du noch online warst.*

Wir können gerne quatschen … solange du mich nicht wieder Billy nennst. Ich heiße Will. Abgemacht, geheimnisvolle Fremde?

Er weiß also, mit wem er es zu tun hat, und erinnert sich offensichtlich noch an den Vorfall in der Cafeteria. Das ist einerseits natürlich von Vorteil, andererseits aber auch ganz schön unangenehm. *Abgemacht, Will. Auch wenn ich finde, dass Billy besser zu dir passt.*

Gott, was tue ich hier eigentlich? Ich weiß genau, was ich tue. Ich flirte mit ihm!

Treib es nicht zu weit.

Vergib mir. Ich hab Amnesie.

Ja, ich hab von deinem Unfall gehört und der Sache mit deinem Gedächtnisverlust. In der Schule reden alle drüber. Echt übel.

Aber so was von übel – das mit der Amnesie und dass alle über mich reden.

Ist mir auch mal passiert. Bin mit solchem Schwung gegen einen Torpfosten gerumst, dass ich k. o. gegangen bin. Hatte 'ne Riesenbeule am Kopf. Wir sind also so was wie Gehirnerschütterungszwillinge.

Keine zwei Minuten sind vergangen und er redet schon wieder über Fußball. Gut, ausnahmsweise drücke ich wohl mal ein Auge zu. *Na, wir sind ja zwei Glückspilze. Mr und*

Mrs Bums. Oh Gott, habe ich das wirklich gerade geschrieben? *Hast du auch dein Gedächtnis verloren?*

Na ja, ich konnte mich zumindest einige Minuten nicht dran erinnern, ob der Ball reingegangen ist oder nicht. Ha!

Wie ätzend! Bist du immer so ein Draufgänger? Ich spüre, wie ich rot werde, und das, obwohl ich ganz allein in meinem dunklen Zimmer sitze.

Es entsteht eine Pause, bevor er antwortet. *Reden wir noch über Fußball?*

Mein Herz schlägt schneller. *Vielleicht. Vielleicht auch nicht.*

Interessant, geheimnisvolle Fremde.

Hör mal, wenn du willst, dass ich Will zu dir sage, musst du aber auch aufhören, mich »geheimnisvolle Fremde« zu nennen. Ich heiße Ella.

Ja, ich weiß. Das hast du mir neulich schon gesagt. Und verrückterweise steht über deinem Profilfoto auch Ella. Ich finde einfach, dass »geheimnisvolle Fremde« besser passt.

LOL. Touché.

Also, raus damit: Was wolltest du mich unbedingt fragen?

Oh, verdammt.

Ach, war nicht so wichtig. Vergiss es.

Na los, erzähl schon. Das hat mich echt verrückt gemacht.

Ernsthaft?

Ja. Es passiert nicht so oft, dass wildfremde Mädchen an meinen Tisch kommen, mich Billy nennen und dann Hals über Kopf die Flucht ergreifen. Genau genommen warst du die Erste.

Auweia. Ich kann ihm wohl schlecht die Wahrheit sagen,

oder? »Mein verkorkstes Gehirn hat sich eingebildet, wir wären zusammen.« Na gut, ich könnte wahrscheinlich schon, aber das würde dann aussehen wie der schlechteste Anmachspruch aller Zeiten, und das von dem langweiligsten Mädchen aller Zeiten. Und wenn ich schreibe: »Ganz ehrlich, es war nichts. Ich war nur ein bisschen neben der Spur«, wird er mich vermutlich für ein armes Würstchen halten und bemitleiden. Er steht auf geheimnisvoll? Kann er haben. *Das kann ich dir hier nicht sagen. Ist was Privates.*

Okay. Das heißt, du willst es mir nur persönlich sagen?

Jetzt habe ich so richtig Schmetterlinge im Bauch, und zwar riesige, die wie wild mit ihren gewaltigen Flügeln schlagen.

Nur, wenn du dich traust.

Bin dabei, schreibt er. Ohne zu zögern. Genau das hatte ich erwartet. Billy ist der geborene Jäger und Eroberer; was er nicht so gut kann, ist alles, was danach kommt. *Also, wann sehen wir uns?*

Wie es scheint, habe ich gerade ein Date mit Billy klargemacht. War das meine Absicht, das, worauf ich gehofft habe, als ich ihn angeschrieben habe? Ich habe keinen blassen Schimmer. Es ist echt schwer, ehrlich zu sich selbst zu sein, wenn man keine Ahnung hat, wer man eigentlich ist. Will ich mich wirklich auf ein Date mit meinem Exfreund einlassen, der mich verletzt, verarscht und oft genug einfach nur gelangweilt hat? Das ist noch mal eine ganz andere Frage.

Wann immer dir danach ist, tippe ich.

Cool. Wie wär's mit nächstem Mittwoch?

Okay.

Lass uns bowlen gehen.

Ich lache in mich hinein. Bowling. Genau das, was Ella und Billy bei ihrem – unserem – ursprünglichen ersten Date gemacht haben. Anscheinend ist er also doch gar nicht so anders. Bowling war zwar noch nie mein Ding, aber na ja, es gibt auch weitaus schlimmere Wege, einen Abend zu verbringen.

Klar, antworte ich. *Warum nicht?*

Daniel

Am Montag steht meine erste Nachhilfestunde auf dem Programm. Eigentlich sollen mir diese Stunden helfen, das aufzuholen, was ich verpasst habe, aber ich habe etwas ganz anderes geplant. Ich betrachte den Zusatzunterricht eher als eine Art Anfänger-Crashkurs in Fächern, die ich, jedenfalls soweit ich mich erinnere, nie belegt hatte. Falls ich den Stoff nicht packe – wovon ich, ehrlich gesagt, ausgehe –, hoffe ich, dass die Schule mir doch noch erlaubt, diese Fächer abzuwählen. Dann werde ich sie irgendwie mit meinem umfangreichen Wissen über das Kino des zwanzigsten und einundzwanzigsten Jahrhunderts beeindrucken und mich auf diese Weise zurück in den Filmwissenschaftskurs mogeln. So lautet mein teuflischer Plan.

Ich soll mich um Punkt sechzehn Uhr in Zimmer 123 bei Mr Perry einfinden. Als ich Rachel und Jen davon erzähle, wechseln die beiden einen besorgten Blick.

»Was ist? Ist er ein Sklaventreiber oder so was?«

»Mr Perry ist ein bisschen unheimlich«, erklärt Jen. »Wir versuchen, ihm nach Möglichkeit aus dem Weg zu gehen. Aber daran kannst du dich anscheinend nicht erinnern.«

»Nein, sein Name sagt mir gar nichts. Warum ist er so unheimlich? Er wird doch wohl nicht versuchen, mich zu begrapschen, oder?«

»Nein, das nicht«, beschwichtigt Rachel. »Zumindest hab ich noch nichts in dieser Richtung gehört. Es ist die Art, wie er einen anstarrt. So, als würde er direkt durch dich hindurchsehen.« Sie schaudert theatralisch.

»Super. Na, vielen Dank auch, Leute. Jetzt freu ich mich gleich noch viel mehr darauf.«

Jen klopft mir auf die Schulter. »Viel Glück, Süße.«

Und so begebe ich mich, als all meine anderen Stunden rum sind und die Schule praktisch menschenleer ist, mit einer gewissen Beklommenheit zu Zimmer 123 und klopfe vorsichtig an.

»Herein«, ruft eine Stimme, die eigentlich recht freundlich und nicht besonders unheimlich klingt.

Ich folge der Aufforderung, achte allerdings sorgfältig darauf, dass ich die Tür hinter mir nicht ganz zuziehe, um mir für alle Fälle einen Fluchtweg offen zu halten. Als ich mich umdrehe, entdecke ich einen kleinen, dünnen, jungen Mann, der am anderen Ende des Raums hinter dem Pult sitzt. »Ach – *du* bist das!«, stelle ich erleichtert fest und gehe auf ihn zu. Es ist Daniel, der Laborassistent, der so nett zu mir war, als ich an meinem ersten Schultag als neue Ella so verstört und aufgewühlt war. »*Du* bist Mr Perry?«

Mit einem schiefen Grinsen steht er auf, sieht an sich herab, richtet seine Krawatte und streicht sich das Jackett glatt. »Ja, ich denke, man kann sagen, dass ich das ziemlich sicher bin.«

»Tut mir leid, ich kannte deinen Nachnamen ja nicht. Du hast damals nur gesagt, dass du Daniel heißt. Als wir uns das letzte Mal getroffen haben, meine ich – aber das weißt du wahrscheinlich gar nicht mehr.«

»Schon okay. Daniel ist mir sowieso lieber.« Er lächelt. »Und doch, ich erinnere mich sehr wohl noch daran. Selbstverständlich.«

Um ehrlich zu sein, hat er tatsächlich einen etwas irren, durchdringenden Blick. Wenn er mich ansieht, fühlt es sich fast so an, als würde er mich durchleuchten – aber nicht auf eine perverse Art. Es wirkt nicht, als wolle er einen mit den Augen ausziehen, sondern eher, als sehe er in einen hinein, bis auf den Grund des Herzens. Vielleicht ist das genau das, was ich brauche: jemanden, der endlich versteht, dass die Ella, die er sieht, nicht die wahre Ella ist.

Trotzdem bringt es mich erst einmal aus der Fassung und ich sehe weg. »Also, ich vermute mal, du weißt bereits, dass ich das Mädchen bin, das einen Schlag auf den Kopf gekriegt und dadurch ihr Gedächtnis verloren hat.«

»Das stimmt«, antwortet er. »Was auch erklärt, warum du neulich so durch den Wind warst. Jetzt müssen wir einfach nur zusehen, dass wir dich wieder in die Spur bringen und du den Blick fürs Wesentliche wiederfindest. Und genau deswegen bin ich hier.«

Ich lache. »Mach dich auf eine Herausforderung gefasst.«

»Harte Nüsse zu knacken, ist quasi mein Lebenselixier«, erwidert er. »Also, dann setz dich bitte hin und zeig mal, was du so draufhast.« Er winkt mich zu einem der Stühle in der ersten Reihe und nimmt ein Blatt Papier vom Pult, das er mir vor die Nase legt. Ein Test, das erkenne ich sofort. Die Panik, die mich daraufhin erfasst, scheint mir ins

Gesicht geschrieben zu stehen, denn er beeilt sich, mich zu beruhigen. »Keine Sorge, das ist keine Prüfung. Ich werde dich nicht benoten. Es geht nur darum, dass ich sehe, was du schon kannst und wo noch Nachholbedarf besteht.«

»In Ordnung …«

Er kehrt an seinen Platz hinter dem Pult zurück. »Fang doch mal an und sag Bescheid, wie du vorankommst. Okay?«

»Okay.« Ich ziehe den Zettel näher zu mir heran und lese mir die Aufgaben durch. Bei Nummer eins verstehe ich nur Bahnhof und Nummer zwei ist auch nicht viel besser. Bei Nummer drei dürfte ich zumindest die erste Hälfte der Aufgabe irgendwie hinkriegen, aber in der zweiten Hälfte taucht dann schon wieder ein Begriff auf, den ich noch nie gehört habe. Aufgabe vier und fünf könnten genauso gut auf Altgriechisch geschrieben sein. Das Blatt fängt an, vor meinen Augen zu verschwimmen, alles verläuft ineinander: Grundlagen und Fakten, die mir nichts sagen, Ziffern und Klammern, X und Ys. Mein Atem geht schneller und mir wird ganz flau im Magen, meine Wangen glühen und mir steigen Tränen in die Augen. »Ich kann das nicht«, sage ich und schiebe das Blatt von mir weg. »Tut mir leid. Es ist hoffnungslos.«

Daniel springt auf und kommt zu mir. »Kein Grund, dich deswegen fertigzumachen, Ella. Ich bin schließlich hier, um dir zu helfen. Nichts ist hoffnungslos. Was hältst du davon, wenn wir das Blatt mal zusammen durchgehen?«

Ich schniefe. »Okay. Wenn du meinst.«

Er zieht sich einen Stuhl heran, für mein Gefühl vielleicht ein bisschen zu nah, und fängt an, die erste Aufgabe zu besprechen. Er erklärt mir die Fragestellung und zeigt mir den richtigen Lösungsweg. Was er sagt, ergibt tatsächlich sogar irgendwie Sinn. »Gut«, bemerkt er, »ich schreibe dir jetzt eine ähnliche Aufgabe auf und dann sehen wir mal, ob du sie lösen kannst.«

»Okay.«

Er dreht das Blatt um und kritzelt etwas auf die Rückseite. Während ich es mir durchlese, ringe ich die aufsteigende Panik und das Bedürfnis, aufzugeben, bevor ich überhaupt angefangen habe, nieder. Tapfer kämpfe ich mich durch die Aufgabe, indem ich mich strikt an die Regeln halte, die er mir gerade beigebracht hat, und reiche ihm dann nervös den Zettel mit meiner Lösung.

Er sieht sie sich durch, wobei er wiederholt nickt. »Ja. Ja. Ja. Das ist die richtige Lösung. Siehst du, du *kannst* es doch. Mit ein bisschen Übung hast du das alles schon bald wieder drauf.«

Ich lächle, doch dann schüttle ich den Kopf und blicke zu Boden. »Nein, das glaube ich nicht. Anscheinend bist du ein echt guter Lehrer, weil ich nämlich erstaunlicherweise genau verstanden habe, was du mir gezeigt hast. Aber ich schwöre bei meinem Leben, dass ich das alles gerade zum allerersten Mal gehört habe.«

Daniel wirkt ziemlich perplex, was vermutlich auch kein Wunder ist. »Das kann nicht sein. Was genau willst du mir damit sagen?«

Ich hole tief Luft. Ich weiß nicht, woran es liegt, aber aus irgendeinem Grund habe ich das Gefühl, dass mein Geheimnis bei ihm sicher ist. Vielleicht liegt es daran, dass er selbst ein wenig seltsam ist, ein Außenseiter, sodass es mir egal ist, was er von mir denkt. Oder ich kann es einfach nur keine Sekunde länger für mich behalten und er ist lediglich zur richtigen Zeit am richtigen Ort. »Das mit der Amnesie ist vollkommener Blödsinn. Ich schiebe sie bloß vor, um den Leuten eine simple Erklärung zu bieten, warum ich vieles nicht weiß, was ich ihrer Meinung nach eigentlich wissen sollte.«

»Ich glaube nicht, dass ich das verstehe.«

»Ja, ich auch nicht. Es ist so … Okay, was würdest du sagen, wenn ich dir erzähle, dass ich mir ziemlich sicher bin, dass ich Mathe und Chemie noch nie auf Leistungskursniveau gelernt habe?«

»Ich würde sagen, dass du nur das Vertrauen in dich selbst verloren hast. Die Fähigkeit dazu hast du auf jeden Fall, Ella. Ich habe deine Noten und Zeugnisse gesehen.«

»Nein, ganz im Ernst.« Ich lache. »Das hat nichts mit Selbstvertrauen zu tun. Und ich habe auch nicht vergessen, dass ich im Mathe- und Chemieleistungskurs war. Ich kann mich nämlich bestens daran erinnern, dass ich andere Leistungskurse belegt habe. Filmwissenschaften zum Beispiel, obwohl ich diesen Kurs angeblich nie besucht habe. Ich kann es dir sogar beweisen … Bring mir eine von ihren Klausuren – jetzt gleich, wenn du willst – und ich werde sie mit Bestnote bestehen. Ich werde dir beweisen, dass ich Dinge weiß, die ich allem Anschein nach gar nicht wissen kann. Ich kann dir den gesamten Lehrplan aufsagen und die Titel sämtlicher Aufsätze, die ich dafür geschrieben habe, runterbeten … Erklär mir mal, wie das sein kann, wenn ich diesen Kurs doch scheinbar nie belegt habe.«

Ich breche ab. Zum Teil, weil mir die Luft ausgeht, zum Teil aber auch, weil mir bewusst ist, dass ich langsam ein bisschen hysterisch klinge. Mein Herz pocht so heftig, dass ich Angst habe, dass es jeden Moment meinen Brustkorb sprengt. *Sag was,* flehe ich Daniel in Gedanken an. *Bitte sag doch was.*

Aber Daniel schweigt. Eine Weile scheint sich sein Blick noch tiefer in mich hineinzubohren als vorhin, dann wirkt es beinahe, als würde er sich in sich selbst zurückziehen. Sein Körper ist starr, seine Augen unfokussiert. »Jetzt mal langsam«, sagt er schließlich, sieht mich jedoch weiterhin nicht an. »Du behauptest also, dass du dich an Dinge erinnern kannst, die nie passiert sind, aber nicht an Dinge, die passiert sind?«

»Ja. Das kommt ungefähr hin. Ich erinnere mich an andere Dinge als die Leute um mich herum.«

»Und das ist seit deinem Unfall so?«

»Nicht ganz. Das kam erst später. Eines Morgens bin ich aufgewacht und alles war irgendwie verschoben und seltsam.«

»Nicht nur in der Schule, nehme ich mal an?«

»Nein, nicht nur in der Schule – mein ganzes Leben stand plötzlich kopf. Ich bin nicht mehr ich selbst. Ich bin eine andere.«

Ich erzähle ihm von Billy und Deeta, von meinen Eltern und ihrer »Nicht-Scheidung«. Von Rachel und Jen, die mich fälschlicherweise für ihre beste Freundin halten. Ich beschreibe, wie ein Poltergeist mein Zimmer anscheinend über Nacht umgeräumt hat und wie in derselben Zeit meine

Haare um fünfzehn Zentimeter gewachsen sind, bevor ich sie mir wieder habe abschneiden lassen. Ich schildere ihm auch, wie ich am Samstag meine eigene Stiefmutter im Café bedient habe und sie mir ein dickes, fettes Trinkgeld gegeben hat, weil sie fand, ich hätte einen guten Job gemacht … Ich berichte, dass ich persönliche Details über Leute – wie zum Beispiel meine Friseurin – kenne, die ich eigentlich nicht wissen dürfte, weil diese Leute bei allem, was ihnen heilig ist, schwören würden, dass sie mir noch nie zuvor begegnet sind. Ich gestehe ihm wirklich alles, nur das mit der alten Frau verschweige ich, weil ich mir sicher bin, dass mich das endgültig wie eine Verrückte dastehen lassen würde. Als ich fertig bin, fange ich an zu lachen. Und sobald ich einmal damit angefangen habe, kann ich gar nicht mehr aufhören.

Daniel wartet ab, bis ich mich beruhigt habe und wieder einigermaßen zu Atem gekommen bin. »Das ist eine faszinierende Geschichte«, sagt er. »Wirklich faszinierend.«

Ich hätte eigentlich damit gerechnet, dass er noch mehr sagt, dass er ein Urteil zu dem, was ich ihm gerade erzählt habe, abgibt. Aber das tut er nicht. Er scheint völlig in Gedanken verloren zu sein.

»Denkst du, dass ich lüge oder mir das alles nur ausgedacht habe?«

»Nein, ich kann sehen, dass es dir absolut ernst damit ist.«

»Also denkst du, dass ich komplett einen an der Murmel habe?«

Er lächelt, wodurch es aussieht, als würden seine Augen von Licht durchflutet. »Nein, ich habe den Eindruck, dass du bei vollkommen klarem Verstand bist … und möglicherweise recht außergewöhnlich.«

Jetzt muss ich grinsen. Ich mag es, wenn man mich als »außergewöhnlich« bezeichnet, selbst wenn ein Hauch von »Freak« darin mitschwingt. »Was denkst du denn dann, was mit mir passiert ist?«, frage ich ihn fast schon flehentlich. »Ich muss das einfach wissen. Du bist der einzige Mensch, dem ich davon erzählt habe. Nicht zu wissen, was du darüber denkst, ist echt ein Scheißgefühl.«

»Tut mir leid«, erwidert er. »Ich habe es nicht so mit spontanen Schlussfolgerungen oder abgedroschenen Feststellungen. Ich muss mir das erst eine Weile durch den Kopf gehen lassen.«

»Oh, okay. Glaube ich.« Einen Moment lang bin ich still. »Und, wie lang ist eine Weile? Eine Stunde? Ein Tag?«

»Na ja, unsere nächste Nachhilfestunde ist für Freitag angesetzt, oder? Wir könnten uns dann weiter darüber unterhalten.«

Ich nicke. »Du redest aber mit niemandem über das, was ich dir gerade erzählt habe, oder? Mit der Rektorin oder meinen Eltern, meine ich.«

»Nein, natürlich nicht, Ella. Und ich würde vorschlagen, dass du das ebenfalls für dich behältst. Wie du sicher weißt, sind nicht alle Menschen so verständnisvoll wie ich.«

»Keine Sorge«, antworte ich. »Die Leute halten mich auch so schon für schräg genug.«

»Na, dann«, meint er und zieht die linke Augenbraue hoch, »haben wir wohl was gemeinsam.«

Kurz danach ist die Stunde rum, worüber ich ehrlich gesagt ganz froh bin, weil ich mich eh nicht mehr konzentrieren kann. Daniel gibt mir eine Reihe von Übungen als Hausaufgabe mit und verspricht mir, dass er in den nächsten Tagen über meine »Angelegenheit« nachgrübeln wird. Als ich das Klassenzimmer verlasse, sitzt er immer noch am Pult, völlig in Gedanken versunken. Ich kann es nicht mit Sicherheit sagen, aber es scheint, als rede er dabei leise mit sich selbst.

Bevor ich nach Hause gehe, lege ich noch einen kurzen Abstecher zur Toilette ein. In der Kabine beschließe ich, einen Blick auf mein Handy zu werfen, das den ganzen Nachmittag mucksmäuschenstill in meiner Tasche lag. Eine ungelesene Nachricht. Die Nummer kenne ich nicht.

Ich bin's noch mal. Ich muss dringend mit dir reden. Warum gehst du mir aus dem Weg?

Stirnrunzelnd betrachte ich die Nachricht, während ich auf dem Klo sitze, stecke das Handy dann aber erst mal weg, um mir etwas Klopapier abzureißen. Nachdem ich mir die Hände gewaschen und abgetrocknet habe, hole ich es wieder hervor und lese erneut die Nachricht durch. Wahrscheinlich sollte ich diesmal doch lieber zurückschreiben. Alles andere wäre wohl ziemlich unhöflich. *Tut mir leid,* tippe ich. *Ich glaube, Sie haben die falsche Nummer erwischt.*

Die Antwort kommt, als ich gerade durchs Schultor trete.

Hör auf, Spielchen mit mir zu spielen. Ich weiß, dass du das bist, Ella.

Das verunsichert mich jetzt schon. Also hat sich der Absender doch nicht verwählt – wer auch immer es ist, er kennt meinen Namen. Ich dagegen habe nicht die leiseste Ahnung, mit wem ich es zu tun habe. Vermutlich, weil ich gerade an einer Bushaltestelle stehe, schießt mir kurz der Gedanke durch den Kopf, dass es sich vielleicht um die alte Frau handeln könnte. Aber der Text klingt irgendwie nicht nach ihr. Außerdem schreiben alte Frauen normalerweise keine SMS, oder?

Wer bist du?

Diesmal folgt die Antwort prompt. *Ist das dein Ernst? Ella, ICH bin's!*

Das ist nun wirklich keine große Hilfe, wenn man bedenkt, dass so ziemlich jeder auf der ganzen Welt von sich als »ich« spricht (außer der Queen, die »wir« sagt, wenn sie sich meint, aber ich möchte doch stark bezweifeln, dass diese SMS von ihr stammt).

Zeit, mal wieder die Amnesie-Karte auszuspielen. *Tut mir leid, aber ich weiß ehrlich nicht, wer du bist. Erinnerungslücken wg. Gehirnerschütterung …*

Ja, davon hab ich gehört. Aber ich glaube einfach nicht, dass du dich so gar nicht an mich erinnerst.

Jetzt werde ich langsam sauer. *Glaub, was du willst. Aber sag mir bitte endlich, wer du bist.*

Ich bin's, Dom.

Dom? Jens Dom? Warum um alles in der Welt sollte Jens Dom mir schreiben? Worüber will er so dringend mit mir reden? Ich scrolle durch alle seine Nachrichten, aber eine ältere als die, die ich letzten Freitag ignoriert habe, gibt es von dieser Nummer nicht. Habe ich die Nachrichten davor alle gelöscht? Wenn ja, warum? Und wenn wir uns kennen, wie er behauptet, warum ist seine Nummer dann nicht in meinem Handy gespeichert?

Kann es sein, dass mein »neues Ich« ein bisschen interessanter ist, als ich gedacht habe?

Es dauert eine Weile, bis ich mich bereit fühle zu antworten. Vom Rücksitz des Busses aus tippe ich: *Ich weiß nicht, warum du mir schreibst, Dom.*

WTF? Triff dich mit mir, Ella. Wir müssen echt reden.

So neugierig ich auch bin, weiß ich nicht, ob das eine gute Idee ist. *OK*, schreibe ich zu guter Letzt. *Kannst du morgen nach dem Unterricht zu mir an die Schule kommen?*

Da muss ich arbeiten. Außerdem hast du gesagt, ich soll auf keinen Fall zu dir an die Schule kommen. Wie wär's, wenn ich dich am Samstag nach der Arbeit im Café abhole?

Er kennt mich also gut genug, um zu wissen, wo ich arbeite und wie lange? *OK.*

Bitte komm.

Das werde ich, antworte ich. Wenn ich nur wüsste, warum.

Reinkarnationen

Vor langer Zeit habe ich mal eine ziemlich merkwürdige Geschichte über einen Jungen namens James gehört, der von Flugzeugen fasziniert war. Mit zwei bekam er auf einmal Albträume. Er wachte schreiend auf, weil er von Flugzeugen geträumt hatte, die ins Meer gestürzt waren, und von Männern in Todesangst, die in einem brennenden Flugzeug gefangen waren. Zunächst dachten alle, er habe eine ausgesprochen lebhafte Fantasie oder müsse zufällig irgendetwas in der Art im Fernsehen gesehen haben, doch seine Eltern beteuerten, dass es daran nicht liegen könne, weil er ausschließlich Kindersendungen guckte. Als seine Albträume immer häufiger auftraten und immer schrecklicher wurden, brachten seine Eltern ihn zu einem Therapeuten. Dort fing er an, Dinge zu beschreiben, die er beim besten Willen nicht hätte wissen können: die technischen Details eines Flugzeugs, präzise Angaben, was Jagdfliegern während des Krieges zugestoßen war, den Namen eines Flugzeugträgers, von dessen Deck er angeblich gestartet war, und seinen besten Freund, mit dem er zusammen geflogen war.

Aus Sorge um seinen Sohn und weil ihn das, was er gehört hatte, ziemlich verstörte, begann James' Vater, im Internet zu recherchieren. Zu seinem großen Erstaunen fand er heraus, dass es sowohl den Flugzeugträger als auch den Piloten, von denen sein Sohn erzählt hatte, tatsächlich gegeben hatte. Bald darauf fing der kleine Junge an, seine Wachsmalstiftkrakeleien mit »James 3« zu unterzeichnen. Dann berichtete er seinem Vater, dass er vor der japanischen Insel Iwojima abgeschossen worden sei, wobei er bis ins Detail darstellte, wie und wo das Flugzeug getroffen worden war. Historische Dokumente belegten, dass es wirklich einen Piloten namens James M. Huston Jr. gegeben hatte, der im März 1945 vor Iwojima abgeschossen worden war, und zwar auf exakt die Weise, die der kleine James beschrieben hatte. Sein Flugzeug war in den Pazifik gestürzt und in Flammen aufgegangen und er war, darin eingeschlossen, ums Leben gekommen.

Obwohl sie wussten, dass es gegen jede Vernunft ging, kamen James' Eltern zu dem Schluss, dass es nur eine einzige Erklärung für all das geben konnte: Die Albträume des kleinen Jungen kündeten von einem vergangenen Leben, der Existenz einer gequälten Seele, die keine Ruhe fand und schließlich, sechs Jahrzehnte später, in ihrem Sohn wiedergeboren worden war. Selbst Hustons Schwester war davon überzeugt. Als der Junge älter wurde, klangen die Albträume nach und nach ab. Aber die Familie glaubte weiter fest daran, dass ihr Sohn James die Reinkarnation von James M. Huston Jr. war.

Diese Geschichte geht mir durch den Kopf, als ich mich für mein Date mit Will zurechtmache. Ich gebe mir alle Mühe, so wenig wie möglich über meine missliche Lage nachzudenken, und versuche, mich mit meinem Leben als neue Ella zu arrangieren – denn wenn ich darüber nachdenke, gerate ich bloß wieder in Panik und fühle mich hundeelend, ohne dass es auch nur das Geringste ändern würde. Trotzdem stürzen jedes Mal, wenn ich auch nur für ein paar Minuten allein bin, sofort unzählige Ideen und Theorien auf mein Hirn ein. Meistens passiert das, wenn ich gerade unter der Dusche stehe; irgendwas an dieser Mischung aus Wärme, hoher Luftfeuchtigkeit und dem Geräusch von prasselndem Wasser scheint meine Gedanken automatisch in den Leerlauf zu schalten. An diesem Abend grüble ich über James nach, während ich mir das Gesicht wasche und die Zähne putze, und frage mich, ob das, was ihm passiert ist, sich mit dem, was mir passiert ist, vergleichen lässt.

Bis jetzt war ich mir eigentlich sicher, dass es nur eine Ella Samson gibt und dass diese neue Version von mir – diese Gegenwart, in der zu leben ich gezwungen bin – ein Traum oder Einbildung ist oder vielleicht auch das Ergebnis einer finsteren Verschwörung. Aber was, wenn ich mich irre? Was, wenn es zwei verschiedene Ella Samsons gibt (so ungewöhnlich ist der Name ja nun nicht), zwei getrennte Leben, die auf irgendeine Weise vereint worden sind? Wäre es möglich, dass ich – die richtige Ella – im Körper einer anderen Ella Samson wiedergeboren worden bin, nur halt nicht sechzig Jahre, sondern nur ein paar Stunden oder Tage später? Sind meine Erinnerungen die Erinnerungen einer anderen Person? Kann es sein, dass ich, anders als der kleine James, nicht bloß Albträume habe, sondern zusätzlich auch noch Tagträume, und dass alles irgendwie durcheinandergeraten ist?

Aber das würde bedeuten, dass dieses Leben mein wirkliches Leben ist … und ich für immer darin festsitze.

Und diese Theorie hat noch einen Haken, einen ziemlich verstörenden sogar … Die erste Ella ist nicht tot.

Oder doch?

Jetzt jage ich mir schon selber Angst ein. Ich greife nach meinem Handtuch, traue mich aber nicht, in den beschlagenen Badezimmerspiegel zu gucken, aus Furcht, dass er mir eine Art Gespensteraura zeigt, die hinter mir schwebt. *Das hier ist kein Horrorfilm, Ella,* ermahne ich mich. *Reiß dich zusammen und konzentrier dich lieber auf das Date. Stell dir vor, wie es ablaufen wird.* Ohne mich noch mal umzudrehen, verlasse ich das Bad und gehe zurück in mein Zimmer, um mich anzuziehen. Ich stelle fest, dass ich unerwartet nervös bin. Vor einem ersten Date ist das natürlich nichts Ungewöhnliches, nur ist das hier nun mal kein normales erstes Date. Es ist überhaupt kein erstes Date; vielmehr hatten wir davor schon Dutzende, wenn nicht gar Hunderte Dates (zugegeben, richtige Dates waren die wenigsten davon, in den meisten Fällen haben wir uns einfach irgendwo getroffen). Billy und ich sind schon seit einigen Jahren zusammen und ich weiß praktisch alles über ihn, was es zu wissen gibt – wahrscheinlich sogar mehr, als er selbst über sich weiß (er ist nicht so der tiefgründige Typ). Für mich geht es heute Abend also nicht darum, ihn kennenzulernen, sondern eher darum, nicht durchblicken zu lassen, wie viel ich bereits über ihn weiß. Ach ja, und ich muss aufpassen, dass ich ihn nicht wieder Billy nenne. Oder, schlimmer noch: Willy.

Egal, wie gut die Dinge heute Abend auch laufen: Ich bin mir selbstverständlich im Klaren darüber, dass es eine ausgesprochen dumme Idee ist, wieder mit ihm zusammenkommen zu wollen. Wenn ich in diesem Leben eine beste Freundin hätte, würden wir das jetzt bis spät in die Nacht durchdiskutieren, wieder und wieder und wieder. Sie würde mir davon abraten und ich würde so lange auf sie einreden, bis sie irgendwann entnervt verkünden würde, dass sie sich selbst dann noch mehr für mich freuen würde, wenn ich mit einem Ziegenbock verabredet wäre. Und na ja, vielleicht würde ich es mir dann ja noch mal anders überlegen. Aber ich habe nun mal keine beste Freundin, ich habe nur Rachel und Jen und denen habe ich noch nicht mal von diesem Date erzählt. Um ein Haar wäre es mir rausgerutscht, aber ich wusste, dass sie es nicht gutheißen würden. Außerdem schien es mir ein bisschen unsensibel, darüber zu sprechen, nachdem Jen gerade erst von Dom abgewiesen worden ist. (Dom SMS habe ich aus naheliegenden Gründen ebenfalls mit keinem Sterbenswörtchen erwähnt.) Wenn es heute Abend gut läuft, werde ich aber wohl doch etwas sagen müssen. Falls es heute Abend gut läuft … Könnte das passieren? Ist das hier meine Chance, noch einmal von vorne anzufangen und unsere Beziehung diesmal richtig hinzubekommen?

Mein echtes erstes Date mit Billy lief alles andere als gut. Aber so spielt das Leben nun mal. Bowlingbahnen sind nicht unbedingt der geeignetste Ort für etwas Romantik: Das Neonlicht ist zu grell, der Lärmpegel zu hoch und es sind einfach viel zu viele Menschen um einen herum. Die unförmigen Bowlingschuhe mit ihren flachen Sohlen standen in krassem Gegensatz zu meinem schicken schwarzen Kleid, und meine Bewegungen waren hoffnungslos unkoordiniert, sodass ich die Kugel bei fast allen Versuchen in die Rinne beförderte. Billy dagegen war voll in seinem Element, denn hier konnte er seine sportlichen Fähigkeiten perfekt in Szene setzen. Tatsächlich warf er in nahezu jeder Runde einen Strike. Immerhin versuchte er, mir beizubringen, wie das ging, indem er sich hinter mich stellte, einen Arm um mich schlang und mir mit dem anderen beim Schwungholen half, doch sein warmer Atem an meinem Hals und der Anblick seines Bizeps brachten mich derart aus dem Konzept, dass ich außer einem nervösen Kicheranfall nicht mehr viel zustande brachte. Schließlich gab er auf und entschied sich, mich stattdessen lieber zu küssen. Es war ein unvergesslicher erster Kuss, wenn auch aus den erdenklich falschesten Gründen. Erst kurz davor hatte er nämlich einen Hotdog gegessen, dessen Überreste sich, wie ich feststellen musste, immer noch in seinem Mund befanden. Das wäre wohl für wirklich jeden ein absoluter Stimmungskiller gewesen, aber ich war noch nicht lange Vegetarierin, und der Geschmack löste bei mir einen regelrechten Würgereiz aus.

Als ich auf den Eingang der Bowlingbahn zugehe, steht mir dieser Moment so lebhaft vor Augen, dass ich förmlich erschaudere. Heute würde ich mir vermutlich irgendeine schlagfertige Bemerkung einfallen lassen, um meinen Ekel zu überspielen und ihm das Gefühl zu geben, dass es ihm nicht allzu peinlich sein muss. Aber damals war ich gerade mal vierzehn und schämte mich in Grund und Boden. Meine erste Reaktion – »Iiih, wie eklig!« – war vermutlich auch nicht sonderlich hilfreich. Was danach passiert ist, weiß ich nicht mehr, und auch nicht, wie wir es geschafft haben, das Ganze aus dem Weg zu räumen und richtig zusammenzukommen, doch was ich sagen kann, ist, dass es mit dem Küssen von da an steil bergauf ging.

»Hey, Ella.« Will kommt mit einem breiten Grinsen im Gesicht auf mich zu. Er ist deutlich muskulöser und nicht mehr so schlaksig wie bei unserem ersten Date mit vierzehn. Sein Körper wirkt erwachsener und an seinem Kinn zeichnen sich echte Stoppeln ab, anstelle des mickrigen Flaums von damals. Bis auf das gestreifte Shirt, das ich noch nie zuvor an ihm gesehen habe, sieht er haargenau so aus wie der Billy, mit dem ich bis vor wenigen Wochen zusammen war. Als er sich vorbeugt, um mich auf die Wange zu küssen, bemerke ich, dass er auch wie mein Billy riecht. Er trägt sein Lieblings-Aftershave, den Duft, den ich ihm so gut wie jedes Jahr zu Weihnachten und zum Geburtstag geschenkt habe, denn bei den wenigen Gelegenheiten, wenn ich es mal mit etwas Einfallsreicherem versucht habe, wirkte er nicht besonders erfreut. Ich frage mich, wer es wohl jetzt für ihn kauft.

»Hey«, erwidere ich und versuche, diese wenig hilfreichen Gedanken aus meinem Hirn zu verdrängen. »Wie geht's?«

»Gut so weit.« Er tritt einen Schritt zurück und betrachtet mich von Kopf bis Fuß, genau, wie er es immer gemacht hat, und in mir kommen wieder die gleichen gegensätzlichen Gefühle wie früher hoch: Einerseits genieße ich seine Anerkennung, andererseits habe ich den Eindruck, dass er ein bisschen zu viel Wert auf mein Äußeres legt. »Du siehst hübsch aus.«

»Danke.« Ich habe mich für etwas praktischere Kleidung entschieden als bei unserem ursprünglichen ersten Date: Jeans und ein eng anliegendes Top. Das Top ist grün und gehört der anderen Ella. Ich bin dazu übergegangen, zumindest einen Teil ihrer Sachen anzuziehen, weil ich es mir schlicht und einfach nicht leisten kann, ihren kompletten Kleiderschrank auszuwechseln.

Er geht zur Kasse und führt mich dann zu dem Tresen, an dem wir unsere Schuhe gegen Bowlingschuhe eintauschen müssen. Die Schlange davor ist lang und es kostet mich größte Überwindung, nicht instinktiv seine Hand zu nehmen oder mich bei ihm unterzuhaken. Ich weiß, dass es dafür noch zu früh ist, auch wenn es sich für mich wie das Natürlichste auf der Welt anfühlt. Eine Weile herrscht betretenes Schweigen, weil keiner von uns weiß, worüber er mit dem anderen reden soll. Bei einem richtigen ersten Date stellt man an diesem Punkt normalerweise alle möglichen Fragen: *Was für Musik hörst du so? Wie viele Geschwister hast du? Was willst du nach der Schule machen?* All diese Standardfragen, von denen eine hoffentlich zu einem interessanten Gesprächsthema führen wird oder durch die man sich plötzlich ein ganzes Stück näherkommt, weil man entdeckt, dass man etwas gemeinsam hat, zum Beispiel, dass beide einen jüngeren Bruder haben (unglaublich!) oder auf dieselbe Band stehen, die sonst nur noch zwei Millionen andere Menschen gut finden. Anderen Leuten Fragen zu stellen war noch nie Billys/Wills große Stärke und ich kenne bereits alle Antworten auf die klassischen Kennenlern-Fragen. Viel lieber würde ich mit ihm über den

Streit reden, den wir auf der Party hatten, an dem Abend, bevor ich aufgewacht bin und alles ganz anders war. Inzwischen kann ich mich kaum noch erinnern, worum es dabei ging, aber vermutlich war der Auslöser mal wieder, dass ich mich völlig harmlos mit einem anderen Kerl unterhalten habe. Darum drehte es sich meistens. Aber das ist definitiv nicht der richtige Zeitpunkt dafür. Nicht mal das richtige Leben.

»Lass mich raten«, sage ich schließlich und tue so, als würde ich seine Füße unter die Lupe nehmen. »Schuhgröße sechsundvierzig?« Ich weiß, das ist, als würde ich bei einer Klausur spicken, aber mir ist gerade irgendwie danach, ihn aufzuziehen.

»Ja. Gut getippt.« Er wirft einen Blick auf meine Füße. »Größe siebenunddreißig?«

»Neununddreißig.«

Er zuckt mit den Schultern. »Bei dir war's auch nur ein Zufallstreffer.«

»Nee, ich kann hellsehen. Wetten, dass ich noch viel mehr über dich weiß?«

»Ja, na klar. Okay, wie lautet mein zweiter Vorname?«

Das weiß ich: Er ist nach seinem Großvater Andrew benannt. Allerdings darf ich jetzt nicht zu schnell mit der richtigen Lösung rausrücken. Also schließe ich die Augen und runzle die Stirn, als würde ich mich ganz stark konzentrieren. »Ich sehe ein A … Adam?«

»Falsch! Aber mit dem ›A‹ hast du recht.«

»Warte … Es kommt gleich. Ich sehe einen Namen, der irgendwie schottisch klingt … Alistair?«

Er schüttelt den Kopf. »Nein! Rate weiter.«

»Jetzt weiß ich's – ich hab's! Andrew!«

Er grinst. »Richtig. Aber erst im dritten Anlauf und auch nur mit meiner Hilfe – das war kein Hellsehen, sondern reines Glück. Doch stimmt, es ist tatsächlich ein schottischer Name. Die Familie meines Dads stammt aus Schottland.«

Inzwischen haben wir die Spitze der Schlange erreicht. Wir nehmen unsere Schuhe entgegen und setzen uns auf die Bank, um sie anzuziehen. Amüsiert stelle ich fest, dass Will zwei verschiedene Socken anhat. Links eine schwarze und rechts eine graue, und die graue hat noch dazu ein riesiges Loch, aus dem bereits die Spitze seines großen Zehs ragt. Er versucht, es zu verbergen, indem er so schnell wie möglich in seinen Bowlingschuh schlüpft, vergisst dabei aber, erst die Schnürsenkel zu lockern, und muss deswegen schlussendlich noch mal von vorne anfangen. Ich tue so, als würde ich nichts davon mitbekommen.

»Also dann, Ella«, sagt er, als er fertig ist. »Bist du bereit, in Grund und Boden gebowlt zu werden?«

Ich kichere. »Wow, Will, du bist ja ein echter Romantiker. Und was für ein Kavalier erst!«

»Ich bin nur ehrlich. Aber ich lasse mich gern vom Gegenteil überzeugen.«

»Woher weißt du, dass ich nicht ein echter Bowlingchampion bin? Vielleicht bereite ich mich ja gerade auf die nächsten Olympischen Spiele vor.«

»Ach ja? So gut also?« Ich nicke und er lacht. »Beeindruckend. Nur blöd, dass Bowling keine olympische Disziplin ist. Jedenfalls noch nicht.«

»Oh.« Ich schweige kurz. »Na gut, ich bin auch kein Bowlingchampion. Um ehrlich zu sein, schaffe ich es nicht mal, die Kugel auch nur halbwegs geradeaus zu werfen.«

»Keine Sorge«, antwortet er und legt mir eine Hand auf den Rücken, woraufhin mir ein warmer Schauer durch den gesamten Körper läuft. »Ich helfe dir.«

Wie sich zeigt, finde ich Bowling gar nicht so ätzend, wie ich dachte, und bin auch nicht annähernd so schlecht wie in meiner Erinnerung – oder vielleicht ist die andere Ella auch einfach superoft bowlen gegangen, sodass mein Arm von alleine weiß, wie man geradeaus wirft. Jedenfalls gelingt es mir, mehrere Pins umzuwerfen, und ich bringe sogar einen vollkommen unverdienten Strike zustande. Will hilft mir ein bisschen, kommt mir dabei aber nicht so nahe, wie ich es gerne hätte, und er versucht auch nicht, mich zu küssen, obwohl ich sehnsüchtig darauf warte, dass er es endlich tut (Hotdogs gibt es diesmal nämlich keine, sondern eine Portion Pommes, die wir uns teilen). Ich weiß nicht mal, ob ich wirklich ihn will oder ob ich mich nicht einfach nur nach einer vertrauten Berührung sehne, und sei es auch bloß eine simple Umarmung. Man muss allerdings dazusagen, dass Billy und ich uns bereits kannten, als wir unser ursprüngliches erstes Date hatten. Wir gehörten zur selben Gruppe von Freunden und hatten schon monatelang miteinander geflirtet, bevor irgendetwas passierte. Heute Abend ist es anders: Was Will betrifft, bin ich praktisch eine Fremde. Das Verrückte daran ist, dass er tatsächlich irgendwie anders ist als Billy, auch wenn er genauso aussieht wie er, dieselben Angewohnheiten hat und auch auf die gleiche Weise redet.

Schwer zu deuten, ob es nur daran liegt, dass er einen guten Eindruck machen will, aber er wirkt irgendwie ruhiger, freundlicher und reifer als Billy, nicht so oberflächlich und unbedarft. Er erzählt mir, dass er Sportwissenschaft studieren will und dass er samstags eine Kinderfußballmannschaft trainiert. Billy war nicht so zielstrebig. Er stand zwar auch auf Fußball, hatte jedoch noch mehr Spaß daran, mit seinen Kumpels rumzublödeln, wenn er nicht gerade versucht hat, sie mit irgendwas zu beeindrucken. Außerdem finde ich heraus, dass er teilweise noch dieselben Freunde hat, allerdings nicht mehr mit Deetas Leuten rumhängt. Als ich sie erwähne – in der Hoffnung, vielleicht über ihn an sie ranzukommen –, meint er, dass er zwar weiß, wer sie ist, aber sie nur vom Sehen kennt.

Will ist wie eine aufpolierte Version von Billy, so, als hätte jemand dessen Ecken und Kanten glatt geschmirgelt. Wir haben immer noch nicht viel gemeinsam, aber ich glaube, ich mag ihn lieber. Was sich nicht geändert hat, ist die Wirkung, die er auf mich hat. Es fühlt sich an, als wäre da etwas, das mich magisch zu ihm hinzieht, als müsste ich einfach in seiner Nähe sein. Wenn ich ihn nur sehe, fängt alles in mir an zu kribbeln. Mit Billy war das sogar dann noch so, wenn ich eigentlich sauer auf ihn war oder er mich mal wieder zum Weinen gebracht hatte. Deswegen fanden wir auch nach jedem Streit, nach jeder Trennung letzten Endes doch wieder zusammen. Zwischen uns stimmte wohl die Chemie. Oder war es Biologie? Meinen Freundinnen zufolge war es reine Dummheit.

Gegen zehn beginnt die Bowlingbahn, sich langsam zu

leeren. Ich bin nicht besonders scharf drauf, jetzt schon zu gehen, und allem Anschein nach geht es Will genauso. Aber es ist nun mal unter der Woche und die Bahn schließt bald, also bleibt uns kaum eine andere Wahl. Wir schlüpfen in unsere Straßenschuhe, ziehen unsere Jacken an und gehen schweigend zum Ausgang. Irgendwie ist die Befangenheit vom Anfang des Abends zurückgekehrt. Sie hängt wie ein Vorhang zwischen uns und sorgt dafür, dass wir uns beide wieder zurückhaltend und schüchtern verhalten. Erst als wir durch die schwere Schwingtür getreten sind, holt Will plötzlich tief Luft und greift nach meiner Hand. Das Ganze kommt so unerwartet und gleichzeitig habe ich mich so lange danach gesehnt, dass die Berührung einen Stromschlag durch meinen ganzen Körper jagt und das Herz in meiner Brust Purzelbäume schlägt. Ohne ihn anzusehen, schließe ich meine Finger um seine, und so schlendern wir schweigend hinaus.

Draußen halten wir an und stehen eine Weile unschlüssig in der Gegend herum, immer noch Hand in Hand. »Wie kommst du nach Hause? Bist du mit dem Auto da?«, erkundigt sich Will schließlich.

»Ich hab keinen Führerschein. Und seit der Gehirnerschütterung darf ich eh nicht mehr fahren. Ich bin mit dem Bus gekommen.«

Das scheint ihn zu freuen. »Ich kann dich nach Hause fahren«, bietet er an. »Mein Auto steht ein Stück die Straße runter.«

»Danke. Das wär echt nett.«

Er führt mich zu seinem Auto, einem verbeulten alten

Fiat, dessen Farbe ich in der Dunkelheit nicht erkennen kann. Billy hatte einen ebenso heruntergekommenen Ford. Ich habe ihn am Tag nach seiner bestandenen Führerscheinprüfung mit ihm ausgesucht. Will öffnet die Tür und steigt ein, dann beugt er sich herüber und entriegelt die Beifahrertür für mich. Ich steige ebenfalls ein, lege den Sicherheitsgurt an und warte darauf, dass er den Motor anlässt.

Er grinst. »Du musst mir schon sagen, wo du wohnst. Ich bin hier nicht derjenige mit den hellseherischen Fähigkeiten, vergessen?«

»Ach ja, richtig, ich Dummerchen.« Ich nenne ihm meine Adresse, während ich insgeheim mal wieder darüber staune, wie verrückt diese Welt doch ist, in der mein langjähriger Freund, der mich öfter nach Hause gefahren hat, als ich zählen kann, keine Ahnung hat, wo ich wohne.

So ähnlich habe ich mich auch schon heute Nachmittag gefühlt, als ich Mum von meinem Date erzählte. »Wer ist dieser Will?«, erkundigte sie sich. »Du hast ihn noch nie erwähnt.« Daraufhin musste ich an all die Male denken, die Billy bei mir zu Hause gewesen war und höfliche Konversation mit meinen Eltern betrieben hatte oder sich später an den Sonntagen von meinem Dad während unbehaglicher Mittagessen ausfragen lassen musste, und hätte um ein Haar geantwortet: »Das ist der, den du so unhöflich und einsilbig findest und der deine beste Tischdecke mit Ketchup vollgekleckert hat, weißt du noch?«

Will startet den Motor und legt den ersten Gang ein. Er schaltet das Radio ein und wählt einen Sender aus, auf dem die Art von Chartsongs läuft, die sich einem tief ins Hirn bohren und dort als hartnäckiger Ohrwurm festsetzen, obwohl man sie ganz schrecklich findet. Aber Musik war noch nie so sein Ding. Als wir losfahren, fühle ich mich plötzlich unwohl, auch wenn ich nicht sagen kann, woran das liegt. Ich habe ein flaues Gefühl im Magen, eine ungute Vorahnung, als hätte ich etwas Schlimmes getan und wüsste, dass mir ein Riesenärger bevorsteht. Ich klammere mich am Türgriff fest und versuche, mich auf den Song zu konzentrieren, der gerade läuft, in der Hoffnung, dass Will nicht merkt, wie nervös ich unerklärlicherweise auf einmal bin.

Für einen Mittwochabend herrscht in der Innenstadt noch erstaunlich viel Verkehr. Es ist kurz vor Beginn der Sperrstunde und aus den Bars und Restaurants strömen die Gäste. Als wir uns der großen Kreuzung nähern, torkeln drei betrunkene Mädchen in High Heels auf die Straße. Sie halten sich gegenseitig zurück, zögern kurz und laufen dann weiter. Will muss voll auf die Bremse treten und ich klammere mich noch fester an den Türgriff. Als die drei endlich an uns vorbei sind, wird die Ampel rot und zwingt uns, noch länger stehen zu bleiben. Ich verspüre einen Schlag, als hätten wir irgendetwas gerammt, und plötzlich taucht die alte Frau vor uns auf. Sie stützt sich auf die Motorhaube. Obwohl ich sie nicht höre, kann ich an den heftigen Bewegungen ihrer Lippen erkennen, dass sie uns durch die Windschutzscheibe hindurch anschreit. Ich bin zu verängstigt, um etwas zu sagen oder mich auch nur zu rühren. Wie erstarrt sehe ich nach vorne aus dem Fenster und warte darauf, dass Will irgendeine Bemerkung macht, dass er sie wahrnimmt, aufs Gaspedal tritt und um sie herumfährt. Doch er zeigt keinerlei Reaktion. Die alte Frau richtet ihren entsetzlich verkrümmten Zeigefinger auf mich und dann auf Will, aber er nickt bloß im Takt der Musik und klopft mit der Hand aufs Lenkrad, ohne das Geringste davon mitzubekommen.

Sie ist nicht real. Sie kann nicht real sein. Diesmal bin ich mir absolut sicher.

Ich handle instinktiv und tue das Erstbeste, was mir einfällt, um diese groteske Halluzination zu vertreiben: Ich schließe die Augen, ziehe Will zu mir herüber und küsse ihn leidenschaftlich. Im ersten Moment wirkt er geschockt, beinahe zurückhaltend, doch dann spüre ich, wie sich sein Körper entspannt und er meinen Kuss erwidert. Seine Lippen schmecken wie früher und fühlen sich auch noch genauso an. Ich lasse mich mitreißen, überrascht, wie viel Spaß das macht, wie schnell mein Herz auf einmal schlägt und wie der Kuss meinen ganzen Körper zum Kribbeln bringt. Lautes Hupen hinter uns deutet an, dass die Ampel auf Grün geschaltet hat und wir den Verkehr aufhalten. Erschrocken reißt sich Will von mir los und würgt in seiner Hektik loszufahren, prompt den Wagen ab. Das Hupen wird lauter und zahlreicher und er flucht. Ich halte die Augen immer noch geschlossen und werde, nein, *kann* sie erst wieder öffnen, wenn wir weitergefahren sind. Als ich es schließlich tue, ist die alte Frau verschwunden.

»Sorry wegen gerade«, entschuldigt sich Will. »Das mit dem Abwürgen, meine ich.«

»Kein Ding.«

Er legt mir die Hand aufs Bein und fährt eine Weile einhändig weiter, bis er den Gang wechseln muss. Das hat Billy auch immer gemacht, wenn er mich nach Hause gebracht hat. Irgendwie finde ich es schön, eine gewisse Verbindung zu ihm und der alten Ella zu spüren. Wir biegen in meine Straße, weit und breit das einzige Auto in diesem verschlafenen Viertel. Seltsam, wie finster die Bäume im Dunkeln wirken. Vor dem Hintergrund des nächtlichen Himmels sehen die Äste aus wie die Finger einer alten Frau. Aber ich gebe mir gerade alle Mühe, nicht an die verrückte Alte zu denken, und deswegen frage ich mich jetzt auch nicht, warum sie mir schon wieder erschienen ist oder was genau sie mir da entgegengeschrien hat. Darüber kann ich mir später immer noch den Kopf zerbrechen.

Ich weise Will an, das Auto ein paar Häuser von meinem entfernt zu parken, falls meine Eltern noch auf sind und uns durchs Fenster beobachten.

»Hier wohne ich«, sage ich, als er den Motor abstellt. »Danke fürs Fahren.«

»Gern geschehen. Das war echt ein toller Abend.«

»Ja, fand ich auch.«

Schweigen. »Also dann«, setzt er an.

»Also dann«, wiederhole ich. »Danke schön.« Ich drehe mich zur Tür und greife nach der Klinke, doch Will legt mir eine Hand auf die Schulter und hält mich sanft zurück.

»Du hast etwas vergessen«, meint er. »Wir sind vorhin ziemlich unsanft unterbrochen worden …«

Sein Gesicht nähert sich meinem und das Licht der Straßenlaternen bringt seine Augen zum Leuchten. Er sieht mich an, die Pupillen ganz groß und dunkel, und dann nimmt er mein Gesicht in beide Hände und fängt an, mich zu küssen, erst ganz sanft und langsam, dann eindringlicher und intensiver. Sein Atem streicht heiß und schnell über meine Haut, sein Gewicht drückt mich rückwärts in meinen Sitz. Gleich darauf beginnen seine Hände, an meinem Körper herabzuwandern, mich zu streicheln, an meinen Sachen zu zerren. Es wäre so einfach, es weitergehen und die Dinge ihren natürlichen Lauf nehmen zu lassen, und ein Teil von mir möchte genau das. Aber das hier ist angeblich unser erstes Date. Außerdem befinden wir uns in einem Auto. Und das hier ist Will, nicht Billy. Ich will nicht, dass er denkt, ich sei leicht zu haben. Vor allem will ich nicht, dass seine Freunde denken, ich sei leicht zu haben.

Ich mache mich los, schiebe seine Hände beiseite und versuche, wieder zu Atem zu kommen.

»Wow!«, keucht er.

Ich lächle. »Ich sollte jetzt gehen.«

»Okay. Wann kann ich dich wiedersehen?«

Falls ich noch irgendwelche Zweifel hätte, dass Will anders ist als Billy, wäre das der ultimative Beweis. Billy war nie so eifrig oder geradeheraus.

»Bald«, antworte ich. »Schreib mir.«

Termin bei Mrs Schlamm

Mit einem Lächeln auf den Lippen betrete ich das Haus. So gut habe ich mich schon seit Wochen nicht mehr gefühlt. Und das liegt nicht nur daran, dass es echt aufregend war, Will zu küssen, sondern vor allem daran, dass ich heute Abend zur Abwechslung mal nicht schauspielern musste. Will kennt die neue Ella nicht, daher musste ich nicht versuchen, wie sie zu sein, und auch keine Angst haben, aus der Rolle zu fallen, so wie es mir bei Rachel und Jen, in der Schule oder mit meinen Eltern ständig geht. Ich konnte einfach ich selbst sein, was auch immer das heißen mag.

Mum erscheint auf dem Treppenabsatz und kommt zu mir nach unten. Sie trägt ihren Morgenmantel, so ein flauschiges blassrosa Teil mit Reißverschluss, den sie bis unters Kinn zuziehen kann. »Oh, gut, du bist zu Hause«, sagt sie. »Hattest du einen schönen Abend?«

»Ja danke.«

Sie umarmt mich. »Ich hab mir schon ein bisschen Sorgen gemacht. Hat er dich nach Hause gefahren, dieser Will?«

»Ja.«

»Und, was habt ihr so gemacht?«

»Wir waren bowlen.«

»Und?«

»Und dann hat er mich nach Hause gebracht.«

Sie schnaubt. Anscheinend ärgert es sie, dass ich nicht näher ins Detail gehe. Aber warum sollte ich? Wer liefert seiner Mutter schon eine ausführliche Beschreibung eines Dates? Wenn die andere Ella so was gemacht hat, muss sie Mum sehr viel nähergestanden haben als ich.

»Du wirkst nicht sonderlich begeistert, Ella. Ist es nicht so gut gelaufen?«

Ich schnalze entnervt mit der Zunge. »Warum gehst du automatisch davon aus? Es war toll. Absolut fantastisch. Ich werde ganz sicher wieder mit ihm ausgehen. Möchtest du auch noch wissen, wie er küsst?«

»Ella! Ich versuche doch nur, mich mit dir zu unterhalten. Früher haben wir über alles Mögliche geredet. Soweit ich mich erinnere, war das dein erstes richtiges Date, da interessiert es mich natürlich, wie es gelaufen ist. Ist das denn so schlimm?«

»Nein, wahrscheinlich nicht. Tut mir leid.«

»Ich werde jetzt nicht mit dir schimpfen, aber es ist schon ganz schön spät geworden, wenn man bedenkt, dass morgen Schule ist.«

»Ich weiß. Das tut mir ebenfalls leid.«

Sie schüttelt den Kopf, als wisse sie einfach nicht mehr weiter. »Ich sollte jetzt ins Bett gehen. Und du auch. Vergiss nicht, dass du morgen deinen ersten Termin bei der Therapeutin hast. Dad holt dich gleich nach der Schule ab.«

Ich nicke. Das habe ich garantiert nicht vergessen.

Und deswegen finde ich mich Donnerstagnachmittag um halb fünf einmal mehr im Wartezimmer meines Hausarztes wieder, diesmal mit Dad an meiner Seite. Er bemüht sich, Konversation zu betreiben, indem er Zeitschriften aus dem Stapel mit der ziemlich Dad-unfreundlichen Auswahl fischt und mich auf irgendwelche Dinge hinweist. So prasselt ein schier endloser Strom von Kommentaren im Stile von »Was hältst du von diesem Outfit? Ich meine, wer zieht denn so was an? Lächerlich!«, »Dieses Model ist viel zu dünn, findest du nicht auch? Als ich in deinem Alter war, sahen Frauen nicht so aus« und »Wer um alles in der Welt ist das und warum sollte ich mich für das heimliche Verbrecherdasein ihres Bruders interessieren?« auf mich ein. Ich bin zu sehr in Gedanken, um darauf einzugehen. Natürlich denke ich an Will, aber in erster Linie geht mir das Gespräch mit Rachel und Jen heute in der Schule nicht aus dem Kopf.

»Wo warst du gestern Abend? Du warst nicht online«, wollte eine von ihnen, ich glaube, es war Jen, wissen.

»Ja«, stimmte die andere mit ein. »Wir haben uns schon Sorgen gemacht. Du hattest gar nicht erwähnt, dass du etwas vorhattest.«

Also habe ich ihnen von meinem Date mit Will erzählt: Wie gut es gelaufen ist und dass ich glaube, dass ich ihn mag und dass wir bald wieder zusammen ausgehen wollen. Sie waren sauer und gekränkt, weil ich ihnen nichts davon gesagt hatte, woraufhin ich ein schlechtes Gewissen bekam und mir wünschte, ich hätte vorher mit ihnen darüber geredet.

Mir wird langsam bewusst, dass ich Rachel und Jen nicht als zwei eigenständige Personen wahrnehme, sondern als eine Einheit: RachelundJen. Ich weiß, das ist echt mies und ich sollte mich vermutlich etwas mehr bemühen, sie als Individuen zu betrachten, aber ich kann einfach nicht anders. Sie sind wie siamesische Zwillinge mit einem Körper und zwei Köpfen: Sie machen alles gemeinsam, haben die gleichen Ansichten, ziehen sich ähnlich an und stützen sich gegenseitig, wenn es einer von ihnen schlecht geht. Wenn ich einer von ihnen etwas erzähle, gilt es als selbstverständlich, dass sie es der anderen weitersagt, weil sie keine Geheimnisse voreinander haben. Tief in mir drin weiß ich genau, dass ich mich bemühen kann, wie ich will – aus uns wird niemals RachelundJenundElla werden. Die beiden sind echt lieb, doch ich will nicht so sein wie sie. Ich glaube, insgeheim wissen die beiden das auch, aber anders als ich finden sie das schade und daher geben sie sich weiterhin Mühe, mich zu einer von ihnen zu machen. Was sie betrifft, sieht es aus, als hätte ihre beste Freundin durch diesen Schlag auf den Kopf nicht nur ihr Gedächtnis verloren, sondern auch ihre Persönlichkeit geändert. Es passiert ständig, dass sich Freunde auseinanderleben, das wissen wir alle. Nur normalerweise eben nicht über Nacht.

Dad stupst mich an und reißt mich damit aus meinen Gedanken. »Du bist an der Reihe. Hast du das nicht gehört?«

Ich springe auf. Die Arzthelferin holt mich zu sich heran. Anscheinend werden Therapiestunden nicht über die Lautsprecher durchgesagt. Vielleicht denken sie, dass es den Leuten peinlich wäre. »Zimmer acht«, sagt sie. »Mrs Tomlinson erwartet dich bereits.«

Ich winke Dad, der mit kritischem Blick die Schlagzeilen einer drei Wochen alten Fernsehzeitschrift unter die Lupe nimmt, und gehe durch den Flur zu Zimmer acht. Als ich anklopfe, antwortet eine sanfte, höflich klingende Stimme: »Herein.« Der Raum auf der anderen Seite der Tür ist so gut wie leer. Eine Frau sitzt in einem gemütlich aussehenden Sessel, einen blauen Hefter auf dem Schoß. Hinter ihr befindet sich ein Bücherregal, in dem lauter Bücher mit langweiligen Titeln wie *Der personzentrierte Ansatz* und *KVT in der Praxis* stehen. Therapeutenliteratur. Sie schenkt mir ein routinemäßiges Lächeln und bedeutet mir, in einen identischen Sessel ihr gegenüber Platz zu nehmen. Ich bemerke, dass ich mit Blick auf ein Fenster sitze, aber als ich rausschaue, sehe ich lediglich die weiße Wand des benachbarten Gebäudes.

Die Therapeutin ist ungefähr so alt wie meine Mum, nur dass sie sogar noch nachlässiger gekleidet ist als sie. Alles an ihr ist braun, von ihrer nichtssagenden Frisur über die Hornbrille und ihren beige gesprenkelten milchkaffeefarbenen Pulli bis hin zu ihrem schmucklosen schokobraunen Rock im A-Linien-Schnitt. Eine glänzende, halb blickdichte braune Strumpfhose und flache braune Schnürschuhe vervollständigen das Outfit. Sie sieht aus wie menschgewordener Schlamm.

»Mein Name ist Mrs Tomlinson«, stellt sie sich vor. »Ich möchte erst einmal betonen, dass alles, was du mir hier, in diesem Raum, erzählst, streng vertraulich behandelt wird. Also, was führt dich heute zu mir, Ella?«

Ich ziehe die Augenbrauen hoch. Sollte sie das nicht eigentlich wissen? »Mein Arzt meinte, ich bräuchte eine Therapie. Und meine Eltern fanden das auch. Also bin ich hier.«

»Und du bist nicht der Meinung, dass du eine Therapie brauchst?«

Ich zucke mit den Schultern. »Keine Ahnung. Mir ist nicht ganz klar, wie reden mir helfen soll.«

»Die Idee dahinter ist, dass es dir helfen soll, einen Weg zu finden, besser mit deiner Situation klarzukommen«, erklärt sie, während sie den Hefter auf ihrem Schoß durchblättert, der vermutlich meine Akte enthält. »Es geht darum, alte Verhaltensmuster, die nicht funktionieren, aufzubrechen und neue, gesündere Strategien zu finden, um mit deinen Ängsten fertigzuwerden.«

Für mich klingt das wie reines Psychoblabla. »Aha. Also, ich finde eigentlich, dass ich auch ganz gut allein zurechtkomme. Den Umständen entsprechend, meine ich.«

»Ja, aber natürlich«, erwidert sie. »Ich bin mir sicher, dass du ganz ausgezeichnet zurechtkommst. Ich weiß, du hast durch den Unfall eine schwierige und traumatische Zeit durchlitten. Aber es ist völlig in Ordnung zuzugeben, wenn dir manche Dinge Schwierigkeiten bereiten. Niemand hat deswegen eine schlechtere Meinung von dir.«

»Okay.«

»Dann erzähl doch mal, wie es dir seit dem Unfall geht.« Ihr Ausdruck ist so ernsthaft und voller aufgesetztem Einfühlungsvermögen, dass ich fast lachen muss. Irgendwie habe ich so gar nicht das Gefühl, dass sie mich verstehen wird. Trotzdem bin ich bereit, ihr eine Chance zu geben, ihr alles zu erzählen und zu sehen, wie sie darauf reagiert. Daniel hat mir zwar geraten, niemandem sonst etwas anzuvertrauen, aber ich glaube, eine Therapeutin zählt nicht.

Immerhin hat sie mir doch gerade selbst versprochen, dass alles, was ich sage, unter uns bleiben wird.

»Genau das ist es ja«, lege ich los. »Alle sagen, ich hätte einen Unfall gehabt. Ich kann mich nicht im Geringsten daran erinnern. Ich kann mich nicht mal daran erinnern, Auto gefahren zu sein. Ich kann mich eigentlich an kaum was erinnern. Mein Gedächtnis ist ein einziger weißer Fleck. Und das, woran ich mich erinnere, ergibt keinen Sinn.«

Sie nickt und murmelt etwas von posttraumatischer Amnesie. »Fahr fort …«

»Ich fühle mich, als sei ich nicht mehr ich selbst. Vor ein paar Wochen bin ich eines Morgens aufgewacht und es schien, als wäre ich über Nacht jemand anderes geworden.«

»Das Gefühl, dass man sich durch eine traumatische Erfahrung verändert hat, ist nichts Ungewöhnliches.«

»Es ist mehr als das«, beteuere ich und dann schildere ich ihr all das, was ich auch Daniel erzählt habe. »Es ist, als befände ich mich in einem vollkommen neuen Leben, das in Wirklichkeit jemand anderem gehört.«

»Hmm. Empfindungen wie diese sind in deinem Alter ganz normal. Das Gefühl, nicht dazuzugehören, nicht zu wissen, wer man sein soll. Vielleicht hat der Unfall das noch verstärkt.«

Ich kann es nicht ausstehen, wenn man mich behandelt, als sei ich ein kleines Kind. Ich verdrehe die Augen. »Mit meinem Alter hat das nichts zu tun. Ich stecke in keiner Emo-Phase, und das, was mit mir passiert, ist auch keine Metapher für irgendwelche Teenager-Ängste.«

»Du wirkst ziemlich wütend.«

»Nein, ich bin bloß frustriert.« Ich sehe sie an, wie sie da vor mir sitzt, so selbstgefällig und überzeugt, dass sie alles besser weiß, und verspüre das dringende Bedürfnis, sie zu schocken. »Sagen wir mal so: Teenager mit Identitätskrise haben für gewöhnlich nicht regelmäßig Halluzinationen, in denen sie alte Frauen sehen, oder?«

Als ich die imaginären alten Frauen erwähne, wirkt sie plötzlich aufgeregt, fast schon erfreut. »Alte Frauen, sagst du. Interessant …«

»Und bevor Sie fragen: Nein, ich bin nicht auf Drogen.«

Sie lächelt. »Erinnern dich diese alten Frauen denn vielleicht an jemanden, den du kennst? Deine Großmutter zum Beispiel?«

»Es ist immer dieselbe alte Frau. Und sie ist kein bisschen wie meine Oma. Sie ist ziemlich gemein und Furcht einflößend, wie eine Hexe. Ich hab sie jetzt schon ein paarmal gesehen. Einmal ist sie an der Bushaltestelle auf mich losgegangen und hat behauptet, ich sei gefährlich.«

»Aha.« Sie wirkt so ernsthaft. »Und denkst *du*, du könntest gefährlich sein, Ella?«

Ich lache. »Ich? Echt jetzt? Nein!«

»›Gefährlich‹ könnte alles Mögliche bedeuten. Vielleicht hast du Schuldgefühle wegen irgendetwas, was du getan hast.«

»Nee. Und wenn doch, kann ich mich nicht dran erinnern.« Ich sehe aus dem Fenster und betrachte die Wand gegenüber, während ich unruhig in meinem Sessel herumrutsche. Ich fühle mich hier nicht wohl und ich fühle mich auch nicht wohl dabei, mit dieser Frau zu reden, die mir das

Gefühl gibt, dass das, was auch immer nicht mit mir stimmt, ganz allein meine Schuld ist. Bei Daniel hatte ich das Gefühl nicht.

Sie kritzelt etwas in ihr Notizbuch und drängt mich fortzufahren. Sie stellt mir noch weitere Fragen, will wissen, was alles vorgefallen ist und wie sich das auf mich ausgewirkt hat, doch ich bin längst ausgestiegen. Ich antworte ihr kurz und einsilbig, hauptsächlich mit Ja und Nein, was sie zu frustrieren scheint. Sie will Einzelheiten und ich will sie ihr nicht geben. Ich weiß doch überhaupt nichts über sie, abgesehen von ihrem Namen und ihrem Beruf. Schließlich seufzt sie. »Du wirkst etwas zwiegespalten, was unsere Arbeit angeht, Ella. Wir kommen hier jedoch nicht weiter, solange du dafür nicht offen bist und dir von mir wirklich helfen lassen willst.«

Ich zucke erneut mit den Schultern. »Nichts für ungut, aber ich glaube nicht, dass Sie mir helfen können.«

»Du solltest wirklich versuchen, dich auf eine Therapie einzulassen. Ich weiß, der Prozess kann schmerzhaft sein, und es ist nicht immer einfach, mit jemand Fremdem über seine Probleme zu reden, aber ich verspreche dir, dich nicht zu verurteilen. Wärst du wenigstens bereit, noch mal darüber nachzudenken?«

»Vielleicht«, antworte ich. »Möglicherweise.«

Sie sieht auf ihre Armbanduhr. »Unsere Zeit ist fast rum. Lass uns einen neuen Termin vereinbaren und dann sehen wir mal, wie wir weitermachen, okay?«

»Ja, okay.« Doch das ist gelogen. Insgeheim habe ich längst beschlossen, nicht wieder herzukommen. Und ich wüsste auch nicht, wie sie mich zwingen sollten, mit Mrs Schlamm zu reden. Ich meine, was können sie schon machen, wenn ich mich weigere?

Dad rappelt sich aus seinem Stuhl hoch, kaum dass er mich sieht. »Alles okay?«, erkundigt er sich und ich nicke. »Können wir dann los? Ich will nicht eine Minute länger in diesem bazillenverseuchten Raum verbringen.« Er senkt die Stimme. »Ich habe mir bestimmt drei verschiedene Erkältungen und eine Magen-Darm-Grippe eingefangen, während du dadrin warst.«

Draußen auf der Straße saugt er gierig die frische Luft ein. Langsam gehen wir zurück zu seinem Auto. Als wir uns dem Wagen nähern, versuche ich, mich zu erinnern, ob es das gleiche Modell ist, das er früher hatte, oder einfach nur irgendein beliebiger dicker schwarzer Schlitten. Mir ist aufgefallen, dass viele Details aus meinem früheren Leben mit der Zeit immer mehr verblassen – wie etwas aussieht, die Reihenfolge, in der sich bestimmte Dinge ereignet haben, die genauen Worte, die die Leute benutzt haben. Ich durchstöbere mein Gehirn und versuche, eine Erinnerung zu fassen zu kriegen, aber sie entgleitet mir regelrecht, wie bei einem dieser Greifarme auf dem Jahrmarkt, der das Plüschtier, das man gerne hätte, immer knapp verfehlt.

Als wir schließlich im Wagen sitzen, beugt sich Dad zu mir herüber, um mir dabei zu helfen, meinen Sicherheitsgurt festzuschnallen. »Und, wie war deine Therapiestunde so? Hat's geholfen?«

»War ganz okay, denke ich.«

Er sieht mich etwas ungläubig an. »Im Ernst?«

»Na gut, wenn du die Wahrheit wissen willst: Es war Kacke. Total sinnlos.«

Er wirkt nicht sonderlich überrascht. »Tut mir leid, das zu hören, Ella. Ich weiß, wie schwer es sein kann, jemand Wildfremdem sein Seelenleben zu offenbaren.«

»Woher weißt du das? Du warst doch nie in Therapie, oder?«

Er zögert. »Um ehrlich zu sein, doch.«

»Ist nicht wahr! Wann?« Ich kann mir beim besten Willen nicht vorstellen, wie Dad jemandem wie Mrs Schlamm sein Herz ausschüttet.

»Ich war mit deiner Mutter da, vor ungefähr einem Jahr. Wir sind zusammen hingegangen. Ehetherapie nennt sich das.«

»Oh.« Peinlich berührt wende ich den Blick ab. Mir ist nicht ganz wohl dabei, mit ihm über so was zu reden. »Hat es denn geholfen?«

Er seufzt. »Nein, nicht wirklich. Vielleicht am Anfang ein bisschen.« Für einen Moment hat es den Anschein, als wolle er mir irgendetwas anvertrauen, doch dann reißt er sich zusammen. »Tut mir leid, dass ich das überhaupt erwähnt habe. Das ist nicht unbedingt ein Thema, das ich mit dir besprechen sollte, oder? Das wäre auch deiner Mutter gegenüber nicht ganz fair.«

Ich schüttle den Kopf. »Wahrscheinlich nicht.« Aber jetzt bin ich neugierig. Nicht so sehr wegen der Sache mit der Therapie, sondern auf sein Verhältnis zu Mum. Von all den Dingen, die sich geändert haben, als mein Leben über Nacht auf den Kopf gestellt worden ist, ergibt die Tatsache, dass sie immer noch zusammen sind, für mich am allerwenigsten Sinn. »Dad, darf ich dich mal was Ernstes fragen? Ist aber eine nicht ganz einfache Frage.«

»Nur zu.«

»Okay. Liebst du Mum?«

»Aber natürlich tue ich das«, antwortet er schnell. Fast etwas zu schnell.

»Nein, ich meine: Liebst du sie wirklich? Nicht bloß, weil ihr verheiratet und seit zehntausend Jahren zusammen seid. Ich weiß, dass ihr nicht glücklich seid – ich bin ja nicht blöd. Ich kann euch manchmal streiten hören.«

»In jeder Ehe wird hin und wieder gestritten.«

»Mag ja sein. Aber ihr macht nichts anderes mehr. Ihr redet nicht miteinander, ihr habt keinen Spaß und ihr geht auch nicht mehr aus. Um ehrlich zu sein, weiß ich gar nicht, warum ihr noch zusammen seid.«

Er wirkt geschockt und gleichzeitig irgendwie schuldbewusst. »Oh, Ella, ich hatte ja keine Ahnung, dass du das so empfindest. Es ist … kompliziert.«

»Habt ihr vor, euch scheiden zu lassen? So ungewöhnlich wäre das nicht. Die Hälfte der Leute, die ich kenne, hat geschiedene Eltern. Ich könnte es also verstehen. Und ich würde damit klarkommen – das weiß ich.«

Das ist nicht nur so dahergesagt; ich weiß es wirklich.

»Sich scheiden zu lassen ist ein schwerwiegender Schritt. Deine Mutter und ich … wir dachten, wir versuchen, die Dinge wieder ins Lot zu bringen.«

»Aber das klappt nicht, oder?«

Er schüttelt den Kopf und seufzt, als wisse er nicht so

recht, wohin mit sich oder was er mir darauf antworten soll. »Es könnte besser laufen.«

»Glaubst du, du wärst glücklicher, wenn ihr euch trennen würdet?«

»Nein … Ja … Vielleicht. Doch es geht ja nicht nur darum, was ich will. Eine Trennung würde sich schließlich auch auf andere auswirken.«

»Du meinst, mich?«

»Ja, vor allem auf dich. Wir wollen dein Leben nicht durcheinanderbringen, wenn es für dich in der Schule so gut läuft.«

Das also ist die Wahrheit, die Erklärung: Sie sind der anderen Ella zuliebe zusammengeblieben. Und das schmerzt, denn das haben sie mir zuliebe nicht getan. Warum nicht? Vielleicht war ihre Trennung am Ende ja doch meine Schuld. Vielleicht habe ich mich nicht genug angestrengt, war nicht gefestigt genug, um in ihren Augen der Mühe wert zu sein. Sie haben mich aufgegeben, so wie sie einander aufgegeben haben.

»Dad, glaubst du, du wärst glücklicher, wenn du stattdessen mit jemand anderem zusammen wärst?«

»Möglicherweise. Aber dann hätten wir dich niemals bekommen, oder?«

»Nein, ich meine: Wenn ihr euch getrennt hättet und du danach jemand anderen kennengelernt hättest?«

Er schüttelt den Kopf. »Dazu wird es nicht kommen. Ich hab mir die Suppe eingebrockt, dann sollte ich sie auch auslöffeln, meinst du nicht? Mal abgesehen davon: Wer würde schon einen alten Spinner wie mich wollen?«

Ich denke an Tamsyn, die ihn so glücklich machen könnte – und es in einem anderen Leben auch getan hat. Ich stelle mir vor, wie sie jetzt, in diesem Moment zu Hause sitzt, mit irgendeinem Loser chattet und von der Existenz meines Dads so wenig ahnt wie er von ihrer. Und sage natürlich kein Wort.

Quantenkleider und goldene Schuhe

Letzte Nacht habe ich nicht gut geschlafen. Ich lag wach und machte mir Gedanken über meine Eltern, ging mein Gespräch mit der Therapeutin noch mal durch, machte mir Sorgen darüber, was Rachel und Jen wohl über mich denken, und rang mit meinen Gefühlen für Will. Als ich schließlich doch wegdämmerte, fing ich prompt an, zusammenhanglose, verstörende Dinge zu träumen. Fremde Finger bohrten sich anklagend in meine Richtung und riesige Bowlingkugeln rollten auf mich zu, während ich wie gelähmt am Ende der Bahn stand. Gegen sechs Uhr morgens wurde ich von einem seltsamen, mechanischen Piepton geweckt, der lauter und lauter wurde und erst exakt in dem Moment aufhörte, in dem ich die Augen aufschlug. War vermutlich die Alarmanlage irgendeines Autos.

Übermüdet und mies gelaunt schleppe ich mich zur Schule, dankbar, dass die Woche beinahe rum ist. Und froh, dass ich Daniel nachher sehen werde. Trotz allem, was die Leute über ihn sagen, habe ich das Gefühl, dass ich ihm vertrauen kann. Außerdem ist er der Einzige, mit dem ich über echte Themen reden kann, der Einzige, der mich zu verstehen scheint. Ich weiß, er ist kein Freund im eigentlichen Sinne, aber er ist auch kein Lehrer. Und unheimlich finde ich ihn auch nicht. Bloß anders.

Ich bin gerade auf dem Weg zu Daniel – und schon ziemlich spät dran –, als ich Will im Flur begegne. Er lässt seine Freunde vorgehen und kommt auf mich zu, berührt mich sanft am Arm und beugt sich vor, als wolle er mich küssen, scheint es sich dann aber anders zu überlegen und tippt mit seinem Kinn meine Schulter an. In meinem Bauch fliegen Schmetterlinge auf.

»Hey«, sagt er. »Wo geht's hin? Lust auf einen Kaffee oder so was? Die anderen kommen auch ohne mich klar.«

Ich lächle. »Klingt gut, aber ich kann leider nicht. Ich muss wo hin.«

»Du versuchst nicht gerade, mich auf nette Weise abzuservieren, oder?«

»Nein, red keinen Quatsch. Ich bin wirklich verabredet.«

Er wirkt misstrauisch und das ärgert mich. Ich hatte gehofft, Will hätte mit Billys Eifersüchteleien nichts am Hut. »Mit einem Typen?«

»Ja, aber nicht so, wie du denkst. Er ist so was wie mein Lehrer. Ich krieg Nachhilfe. Du kannst ja mitkommen, wenn du willst – dann kannst du mir bei den quadratischen Gleichungen helfen.«

Er lacht. »Nee danke, ich glaub, das überlass ich ganz dir.«

Ich werfe einen Blick auf meine Uhr. »Ich sollte jetzt besser los …«

»Warte kurz.« Er berührt mich wieder am Arm, diesmal mit etwas mehr Selbstvertrauen. »Hast du morgen Abend Zeit?«

»Weiß ich noch nicht. Ich hatte mal zugesagt, mich mit

Jen und Rachel zu treffen. Aber wir sind nicht richtig verabredet oder so.«

»Ah ja … Ich dachte, wir könnten vielleicht ins Kino gehen.«

»Okay, klar, warum nicht? Ruf mich doch einfach nachher an.« Ich drehe mich um und verrenke mir fast den Hals, um einen Blick den Flur entlang zu werfen, an dessen Ende Daniel auf mich wartet. »Ich muss jetzt aber wirklich los.«

»Viel Glück mit deinen dramatischen Vergleichen«, wünscht er und ich bin mir nicht sicher, ob das ein Scherz sein soll oder ob er schlicht und ergreifend ein Idiot ist.

Als ich den Klassenraum betrete, nimmt Daniel mich bereits an der Tür in Empfang. Heute trägt er wieder seine grauenhaften braunen Sandalen mit weißen Socken und dazu ein grünes Cordsakko mit braunen Lederflicken an den Ellbogen. Er sieht aus, als hätte er sich das Outfit aus einem Katalog für Nerdmode bestellt. Er blickt auf die Uhr. »Wann genau waren wir noch mal verabredet?« Er wirkt nicht sonderlich verärgert, aber bei Daniel ist das schwer zu erkennen.

»Tut mir leid, dass ich zu spät bin.«

»Aus Sicht eines Physikers kannst du gar nicht zu spät kommen«, meint er. »Zeit ist relativ.«

Heute hatten anscheinend alle Clowns zum Frühstück.

Wir gehen die Hausaufgaben durch, die er mir aufgegeben hat und von denen ich einen Teil erledigt habe, einen Teil aber auch nicht. Einige Aufgaben habe ich wirklich nicht verstanden, bei anderen habe ich mir mit Absicht keine Mühe gegeben, weil ich insgeheim immer noch hoffe, dass ich Mathe und Chemie abwählen darf. Anschließend erklärt er mir ein paar neue Aufgabenstellungen und verkündet, dass er mit meinen Fortschritten sehr zufrieden ist. Und dann sagt er: »Ich habe mir dein Problem mal durch den Kopf gehen lassen.«

»Ach ja? Echt? Ich war nämlich gestern bei einer Therapeutin und die war die reinste Zeitverschwendung. Es wäre also echt cool, wenn du mir helfen könntest, die ganze Sache irgendwie zu verstehen.«

»Aha. Hast du schon mal von Quantentheorie gehört?«

»Ja. In gewisser Weise. Ich meine, ich hab schon mal davon gehört, aber ich weiß nicht genau, worum es dabei geht.« Wem mache ich hier was vor? »Nein, um ehrlich zu sein, hab ich keine Ahnung.«

Er grinst. »Damit versuchen wir Naturwissenschaftler, Raum und Zeit zu erklären. Keine Sorge, das ist ziemlich komplex und du brauchst dich mit den Details nicht lange aufzuhalten. Aber in Anbetracht dessen, was du mir neulich erzählt hast, glaube ich, dass darin der Schlüssel zu dem, was mit dir passiert ist, liegen könnte.«

»Okay … Alles klar … Das ist aber nicht bloß irgendeine linke Nummer, damit ich mich noch mehr mit Naturwissenschaften beschäftige, oder?«

Der strenge Blick, den er mir daraufhin zuwirft, macht mir unmissverständlich klar, dass dies nicht der Fall ist. »Was weißt du über Multiversen? Besser bekannt als Paralleluniversen?«

»Wie bei *Doctor Who*? Oder in Science-Fiction-Filmen?

Du meinst, dass es andere Welten gibt, die wie unsere sind, nur mit kleinen Abweichungen?«

Er nickt, sichtlich erfreut, dass ich keine totale Hohlbirne bin. »Ja, ganz genau. Einfach ausgedrückt, besagt die Paralleluniversumstheorie, dass sich das Universum in jedem einzelnen Moment in zwei parallel verlaufende Versionen aufteilt – eine, die in die eine Richtung geht, und eine, die entgegengesetzt verläuft. Jedes Mal, wenn du in deinem Leben eine Entscheidung treffen musst, entspringt aus jeder dieser Entscheidungen ein neues Universum. Und so weiter. Es ist ein bisschen, als würdest du an eine Weggabelung kommen und müsstest wählen, ob du links oder rechts weitergehst. Welchen Weg du auch nimmst: Jeder wird dich in eine andere Richtung führen. Es gibt ein Universum, in dem du nach links gehst, und eins, in dem du nach rechts gehst, und aus beiden entspringen Millionen weitere Universen.«

Ich versuche zu verarbeiten, was er mir da gerade erzählt. »Du meinst, wenn ich mir für eine Party ein Kleid kaufen will und mich spontan für das rote anstelle des grünen entscheide, gibt es gleichzeitig ein Universum, in dem ich das grüne Kleid kaufe?« Ich kichere leicht beschämt, als mir aufgeht, wie tussimäßig mein Beispiel ist. Dabei war es einfach nur das Erste, was mir in den Sinn gekommen ist. »Und zur selben Zeit, in der ich in meinem roten Kleid auf der Party stehe, trage ich irgendwo, in einem anderen Universum, auf derselben Party ein grünes Kleid.«

Er lacht. »Das ist zwar nicht unbedingt das Beispiel, das mir als Erstes dazu eingefallen wäre, aber ja, ganz genau so ist es. Nur dass es eben nicht bloß zwei Entscheidungen gibt,

Ella, sondern viele Entscheidungen und viele Universen, von denen jedes einer bestimmten Entscheidung entspringt. Und aus jeder Entscheidung, die in einem dieser Universen getroffen wird, entstehen wieder neue Universen. Mit anderen Worten: Es gibt unendlich viele solcher Universen.«

So langsam tut mir das Gehirn weh. »Einen Moment noch – tut mir leid, dass ich so auf diese Kleider fixiert bin, aber so kann ich es mir besser vorstellen … Sagen wir also, ich befinde mich in dem Universum, in dem ich mich für das grüne Kleid entschieden habe. Als Nächstes muss ich doch dann in einen Laden, um mir passende Schuhe zu kaufen, oder? Ich könnte mir schwarze holen oder goldene. Willst du sagen, dass je nachdem, wie ich mich entscheide, zwei vollkommen neue Universen entstehen?«

»Ja. Und so weiter. Vielleicht kommt auf der Party, auf die du in dem roten Kleid gegangen bist, ein Junge auf dich zu, dessen Lieblingsfarbe Rot ist, fordert dich zum Tanzen auf und dadurch kommt ihr schließlich zusammen. Auf der Party, auf der du das grüne Kleid trägst, bemerkt er dich dagegen nicht mal.«

»Gott, der ist aber ganz schön oberflächlich.«

»Allerdings. Ich versuche ja auch nur, dir zu zeigen, dass jede Entscheidung unendlich viele Auswirkungen haben kann. Vielleicht kaufst du dir die goldenen Schuhe, doch die sind ein kleines bisschen zu hoch, sodass du beim Tanzen stolperst und dir den Knöchel brichst, weswegen du die Party verlassen und in die Notaufnahme fahren musst. Dadurch erfährst du erst am nächsten Tag, dass auf der Party jemand eine Zigarette hat fallen lassen, die prompt das ganze Haus in Brand gesteckt hat. In dem Universum, in dem du dir die schwarzen Schuhe gekauft hast, fällst du nicht hin und bleibst daher auf der Party. Und kommst in den Flammen um.«

»Wundervoll. Was für eine fröhliche Vorstellung. Aber dann wäre ich ja tot und damit gäbe es auch keine neuen Universen mehr.«

»Oh nein. Du wärst ja nur in diesem einen Universum tot. In all den anderen Universen, in denen du nicht auf dieser Party warst, lebst du noch. Genau wie in all den Universen, in denen du zwar auf der Party warst, aber kurz frische Luft schnappen wolltest oder schon früh nach Hause gegangen oder zu einer anderen Party weitergezogen bist. Oder in denen du das rote Kleid anhattest und deswegen mit unserem oberflächlichen Freund zusammen warst, der dich rechtzeitig in Sicherheit gebracht hat.«

Ich spüre, dass ich plötzlich ganz energiegeladen bin, ja, ich bebe regelrecht vor Aufregung, so wie früher, wenn ich mit jemandem über Filme geredet habe und mir die Gedanken scheinbar aus dem Nichts nur so zuflogen. Dieses Gefühl hatte ich schon ewig nicht mehr und es hat mir wirklich gefehlt. »Das ist echt faszinierend. Aber ich verstehe noch nicht ganz, wie das zu dem passt, was mir widerfahren ist. Du willst doch nicht ernsthaft behaupten, dass ich einfach so in ein Paralleluniversum gehüpft bin? Denn wenn doch, bist du wahrscheinlich sogar noch verrückter als ich.«

Anstelle einer Antwort sieht er mich bloß an und zieht die Augenbrauen hoch, dann holt er tief Luft und lehnt sich mit verschränkten Armen auf seinem Stuhl zurück.

»Daniel, ist es das, worauf du hinauswillst? Dass ich mein Leben deswegen nicht wiedererkenne, weil ich von einem Universum in ein anderes gesprungen bin? Aber Paralleluniversen sind nicht real. Das ist doch nur eine Theorie.«

Energisch schüttelt er den Kopf. »Die Vorstellung, ins All zu fliegen, war lange nicht mehr als eine Theorie. Genau wie die Atombombe. Und die Schwerkraft gab es auch schon, bevor Newton endlich eine Theorie entwickelt hat, um sie zu erklären. Ich glaube, dass Multiversen nicht nur möglich sind, sondern dass es sie wirklich gibt, und damit bin ich nicht der Einzige. Ich kann es dir im Moment noch nicht beweisen … Daran arbeite ich in meiner Forschungsarbeit. Aber nach allem, was du mir erzählt hast, halte ich es für die logischste Erklärung für das, was dir widerfahren ist, auch wenn es erst mal völlig verrückt klingt.«

Ich lasse mir das eine Weile durch den Kopf gehen. Er hat recht. Es würde tatsächlich erklären, warum es zwei Versionen von mir zu geben scheint – die alte Ella und die neue Ella –, die beide der gleiche Mensch sind und doch irgendwie verschieden, die beide fast identische Leben führen, nur eben mit kleinen Abweichungen. Es würde auch erklären, warum Billy mich nicht kennt, Deeta nicht meine Freundin ist und meine Eltern nicht geschieden sind – so wie all die anderen Ungereimtheiten. Auf jeden Fall ist es eine deutlich reizvollere Erklärung, als dass ich nicht mehr alle Tassen im Schrank habe oder an einer bizarren selektiven Art von Amnesie leide, und auch nicht annähernd so behämmert wie die Annahme, dass ich von Aliens entführt oder als jemand anderes wiedergeboren wurde. Mir gefällt der Gedanke, etwas Besonderes zu sein, außergewöhnlich, und nicht bloß verkorkst oder krank. Trotzdem ergibt es für mich immer noch keinen Sinn. Wenn ich in ein Paralleluniversum gesprungen bin, warum kann ich mich dann immer noch an mein Ursprungsuniversum erinnern? Dessen sollte ich mir doch dann gar nicht bewusst sein, oder?

All diese Fragen stelle ich Daniel. Es bringt ihn nicht im Geringsten aus der Fassung. »Das ist es ja, was deinen Fall so interessant macht«, erläutert er. »Dass du dir dessen bewusst bist. Es scheint, als hätte etwas, was wir noch nicht näher identifiziert haben, dein Bewusstsein dazu veranlasst, aus deinem Ursprungsuniversum in ein Paralleluniversum überzutreten. Normalerweise passiert das nicht. Es sollte auch gar nicht passieren. Aber hin und wieder tut es das eben doch.«

»Hin und wieder? Willst du damit sagen, es gibt noch andere Menschen wie mich? Dass ich kein totaler Freak bin?«

»Ja. Du bist nicht der erste Fall, von dem ich höre. Es gab vor dir schon andere. Wenn wir uns das nächste Mal treffen, bringe ich dir ein paar Beispiele mit.«

»Aber Daniel, ich kann mich nicht erinnern, dass ich irgendeine Entscheidung getroffen hätte oder etwas in der Art. Ich bin nicht einfach irgendwo links abgebogen statt rechts. Ich bin lediglich eines Montagmorgens aufgewacht und alles war anders. Ich bin aufgewacht und konnte mich an ein Gestern erinnern, das es in diesem Universum nie gegeben hat – an ein ganzes Leben, das es hier nie gegeben hat. Wie kann das sein?«

Er legt die Stirn in Falten. »Das weiß ich nicht. Vielleicht ist dein Bewusstsein nicht genau in dem Moment erwacht, als es übergeschritten ist, sondern zu einem späteren Zeitpunkt. Es muss irgendeinen Auslöser gegeben haben.«

Langsam dämmert mir etwas – etwas, worüber ich wirklich nicht nachdenken will. Obwohl ich Angst vor seiner Antwort habe, frage ich leise: »Wäre es möglich, dass ich in meinem Ursprungsuniversum gestorben bin?«

»Ja, wie ich vorhin schon bei unserem Partybeispiel beschrieben habe, ist es durchaus möglich, dass jemand in einem Universum stirbt und in einem anderen weiterlebt.« Er legt eine Denkpause ein. »Aber ich glaube nicht, dass das bei dir der Fall ist, denn wenn du in dem Universum, an das du dich erinnerst, gestorben wärst, wäre auch dein Bewusstsein ausgelöscht worden.«

»Das ist doch gut.« Ich will mir gar nicht vorstellen, tot zu sein, weder hier noch in irgendeinem anderen Universum. Denn wenn ich tot bin, werde ich niemals in der Lage sein, mein wahres Ich wiederzufinden. »Warum sind manche Dinge genau gleich, wie zum Beispiel die Schule und das Haus, in dem ich wohne, und andere ganz anders? Zum Beispiel, dass meine Mum auf einmal weiße Haare hat?«

»Alles, was anders ist, muss das Resultat von etwas sein, was du gesagt oder getan hast. Du bist der gemeinsame Nenner deiner Universen. Denk mal gründlich nach. Wie weit reicht die Erinnerung an dein anderes Leben zurück? Vielleicht liegt der Bifurkationspunkt – der Moment der Abzweigung – bereits eine ganze Weile in der Vergangenheit, aber du bist dir dessen erst vor Kurzem bewusst geworden.«

»Schwer zu sagen. Es muss auf jeden Fall schon ewig her sein, weil Billy mich hier nicht kennt und behauptet, er würde Will heißen, obwohl wir seit Jahren zusammen sind.«

»Denk drüber nach, Ella. Versuch, dich zu erinnern, ob es einen Moment gibt, der all diesen Veränderungen zugrunde liegt. Das können wir dann beim nächsten Mal besprechen. Und überleg dir auch, ob in letzter Zeit irgendetwas passiert ist, dass dein Bewusstsein wachgerufen haben könnte. Ich glaube schon, dass ich dir helfen kann, aber dafür brauche ich mehr Informationen. Und denk dran: Du darfst auf keinen Fall jemandem von diesem Gespräch erzählen.«

»Werde ich nicht«, antworte ich und füge dann leicht spöttisch hinzu: »Außerdem würde mir doch eh keiner ein Wort glauben.«

Ich frage mich, was er mit *Ich glaube schon, dass ich dir helfen kann* meint. Wie will er mir denn helfen? Er klingt so selbstsicher, fast als stünde draußen auf dem Parkplatz sein Raumschiff, mit dem er mich einfach in meinem alten Leben absetzen kann, so als würde er mich von der Schule nach Hause fahren. Macht er mir nur etwas vor, weil er denkt, dass es das ist, was ich hören will? Aus irgendeinem Grund glaube ich das nicht. Ich bin überzeugt, dass er wirklich absolut aufrichtig ist.

Als unsere Stunde rum ist, beschließe ich, nicht mit dem Bus nach Hause zu fahren, sondern zu laufen. Unterwegs gehe ich wieder und wieder durch, was Daniel mir erklärt hat. Mein Kopf schwirrt vor lauter aufregenden Theorien, Fragen und Ideen, und mein Hirn blättert durch meine Erinnerungen wie durch ein Daumenkino, während ich versuche, den Augenblick festzumachen, in dem sich alles verändert hat. Wie lange ist es her, dass ich meine Tage nicht damit verbracht habe, mit Deeta zu quatschen oder mich wegen Billy verrückt zu machen? Wann gab es eine Zeit ohne sie? Vor ihnen? Eine Zeit, zu der sie für mich nicht einmal existierten? Wann genau sind die alte und die neue Ella auseinandergegangen? Wann haben sie und ich verschiedene Wege eingeschlagen?

Als ich in meine Straße biege, fällt es mir plötzlich wie Schuppen von den Augen. Ich erinnere mich noch so lebhaft daran, als wäre es gestern gewesen. Zeit ist eben doch relativ.

Die Geburtstagsparty

Ich bin dreizehn Jahre alt. Ich befinde mich auf einer Geburtstagsparty. Ich trage einen kurzen blauen Tellerrock, einen schwarzen Lurexpulli und brandneue Chucks, die noch zu sauber sind, um cool auszusehen. Außerdem habe ich zum allerersten Mal roten Lippenstift benutzt. Ich finde, ich sehe hammermäßig aus.

Einige meiner Freundinnen sind mit mir hier. Wir kennen uns schon ewig, seit der Grundschule, und sind alle zusammen auf die gleiche weiterführende Schule gewechselt. Den Großteil unseres bisherigen Lebens haben wir damit verbracht, uns gegenseitig zu besuchen, beieinander zu übernachten und zu unseren jeweiligen Geburtstagspartys zu gehen. Jetzt sitzen wir im Wohnzimmer unserer Freundin Kim auf dem Boden und quatschen über dieselben Dinge, über die wir immer quatschen, und lästern über dieselben Leute, über die wir immer lästern. Ich bin nicht richtig bei der Sache. Mir schlafen andauernd die Beine ein und ich fühle mich irgendwie rastlos und gelangweilt. So fühle ich mich in letzter Zeit öfter, als sei ich bereit für etwas Neues, auch wenn ich weder weiß, was das sein soll, noch, wo ich es finden kann.

»Ich muss mir mal ein bisschen die Beine vertreten«, sage ich schließlich, an niemand Bestimmten gerichtet. Ich klopfe mir mit den Händen auf die Unterschenkel und zucke zusam-

men, als die Durchblutung wieder einsetzt. »Das kribbelt wie verrückt.« Ich weiß nicht, ob mich irgendwer gehört hat, aber ich stehe auf und schlendere durchs Erdgeschoss des Hauses, stecke hier und da meinen Kopf durch eine Tür, um zu sehen, ob irgendwo etwas Interessantes passiert. In der Küche stehen ein paar Leute und gießen sich etwas zu trinken ein. Sie heben die Köpfe und sehen mich an, wenden sich dann aber wieder ihrer Unterhaltung zu. Ich folge dem Klang von Gelächter, das aus dem Garten zu kommen scheint, doch es ist bereits zu dunkel, um dort draußen irgendwen zu erkennen. Also gehe ich stattdessen nach oben und schnüffle in den Schlafzimmern herum, wo ich jedoch nichts finde als einen Berg Jacken in dem einen Zimmer und einem streitenden Pärchen in einem anderen. Ich beschließe, aufs Klo zu gehen, teils, weil ich wirklich muss, teils, weil mir nichts Besseres mehr einfällt. Davor steht bereits ein Mädchen an und wartet. Sie ist ungefähr so groß wie ich, hat leicht gewelltes, schulterlanges schwarzes Haar und trägt eine Art Tutu, ein Disney-Sweatshirt und knöchelhohe Turnschuhe. Sie hämmert gegen die Klotür.

»Na los! Beeil dich mal! Was machst du denn dadrinnen?« Sie dreht sich zu mir um. »Er ist seit locker zehn Stunden dadrin. Wenn das noch länger dauert, puller ich noch auf den Boden.« Das Mädchen hat große runde Augen in der Farbe reifer Oliven. Ich lächle und sie wendet sich wieder zur Tür um. Eine Weile stehen wir schweigend da und warten, dann schaut sie mich an und verdreht die Augen. »Verdammt noch mal, Sam! Jetzt gib mal ein bisschen Gas! Wir stehen schon Schlange hier draußen!«

»Ja«, füge ich kichernd hinzu. »Ich kann's nicht mehr lang aufhalten.«

Sie lächelt. »Ich bin Deeta. Toller Lippenstift übrigens. Und der Typ da drin« – sie deutet mit dem Daumen in Richtung Klotür – »heißt Sam.«

»Danke. Ich bin Ella. Bist du eine Freundin von Kim? Ich glaube, ich hab dich hier noch nie gesehen.«

»Oh nein, ich kenne Kim gar nicht. Wohnt sie hier? Wir haben die Partyankündigung auf Facebook entdeckt, und weil es ganz in der Nähe war, dachten wir, wir kommen mal vorbei und gucken es uns an. Und du bist also eine Freundin von Kim, ja?«

Ich nicke. »Mehr oder weniger. Wir kennen uns schon ewig. Du weißt schon, aus der Schule und so.«

»Ach so. Bis jetzt ist die Party ganz schön brav. Denkst du, da kommt noch ein bisschen Schwung rein?«

»Keine Ahnung. Hoffentlich.«

Sie dreht sich wieder zur Tür um. »Sam! Alles klar dadrin? Wenn du nicht bald rauskommst, sehe ich mich gezwungen, die Tür einzutreten. Bist du eingeschlafen oder was?«

»Vielleicht hat er ja Verstopfung«, schlage ich vor und wünsche mir gleich darauf, ich hätte die Klappe gehalten. »Sorry, so genau wolltest du es wahrscheinlich gar nicht wissen.«

Sie bricht in Gelächter aus. »Ha! Wissen kann man nie genug. Ich mag es, wenn jemand sagt, was er denkt.«

Drinnen rauscht die Spülung und dann geht die Klotür langsam auf. »Na, Gott sei Dank«, seufzt Deeta. Hinter der Tür kommt ein Typ mit blondem langem Pony, der ihm tief ins verlegen wirkende Gesicht hängt, zum Vorschein. »Sorry,

Deets«, sagt er. »Ich fühl mich nicht so gut. Ich glaub, ich geh lieber nach Hause.«

»Schade.« Sie berührt ihn an der Schulter. »Tut mir leid, Sam, kann jetzt nicht quatschen. Meine Blase ruft.« Sie schlüpft ins Bad und schließt die Tür hinter sich ab. Sam bedenkt mich mit einem schwermütigen Blick und schlurft dann durch den Flur davon.

»Bitte sehr«, verkündet Deeta, als sie wieder rauskommt. »Ist Sam schon weg?«

»Ja, er ist nicht mal stehen geblieben. Seid ihr zusammen?«

»Oh Gott, nein. Er ist nur ein Kumpel. Pass auf: Komm doch einfach zu mir, wenn du fertig bist, dann stell ich dich allen vor.«

»Okay.«

Als ich aus dem Klo komme, steht niemand mehr an. Zum Glück, denn ich habe gerade das letzte bisschen Klopapier aufgebraucht. Nachdem ich eine weitere Schicht Lippenstift aufgetragen habe, mache ich mich auf den Weg zurück nach unten zur Party, um dieses Mädchen zu finden – Deeta – und mich ihren Freunden vorstellen zu lassen, wie sie angeboten hat. Aber als ich am Fuß der Treppe ankomme, zögere ich. Hat Deeta es wirklich so gemeint? Wollte sie tatsächlich, dass ich mich dazugeselle? Oder sagt man so was nicht bloß so daher? Langsam schleiche ich am Wohnzimmer vorbei und werfe einen Blick hinein. Meine Freundinnen sitzen noch genauso da, wie ich sie zurückgelassen habe, und führen wahrscheinlich auch noch genau dieselbe Unterhaltung. Das bestärkt mich in meinem Entschluss: Ich werde es wagen.

Ich finde Deeta und ihre Leute in einem der Salons. Sie

sind ungefähr zu acht, Jungs und Mädchen gleichermaßen, und liegen wild durcheinander auf den Sofas und dem Boden. Eingeschüchtert bleibe ich in der Tür stehen. Glücklicherweise entdeckt Deeta mich gleich. »Hey, Ella. Komm rüber. Leute, das ist Ella. Ich hab sie eben kennengelernt.«

Es folgt ein Stimmenwirrwarr aus gegrummelten Hallos, dann wenden sich alle wieder dem zu, womit auch immer sie gerade beschäftigt waren. Dazu gehört offenbar, dass man etwas herumreicht. Deeta winkt mich zu sich, und so quetsche ich mich neben sie, wobei ich halb auf dem Sofa sitze, halb auf der Lehne hänge. Sie hat derweil den Gegenstand erhalten, der die Runde gemacht hat. Er sieht aus wie eine kleine Thermoskanne. »Auch einen Schluck?«

»Ähm, was ist das?«

»Wodka.«

Ich habe noch nie Wodka getrunken und möchte es eigentlich nicht jetzt probieren, aber die anderen sehen mich alle erwartungsvoll an. Ich hebe die Flasche an meine Lippen und nehme einen Schluck. Es schmeckt wie bittere Medizin, sehr, sehr bittere Medizin, die mir im Hals brennt und dann langsam bis runter in meinen Magen fließt, der sich auf einmal ganz warm und kribbelig anfühlt. Ich bemühe mich, nicht zu husten, und gebe Deeta die Flasche zurück, während ich mir vorstelle, wie Kims Eltern durchdrehen würden, wenn sie wüssten, dass die Leute auf ihrer Party Alkohol trinken. Und wie meine Eltern durchdrehen würden, wenn sie wüssten, dass ich *Alkohol trinke. Und dann denke ich: Mir doch egal. Deeta stellt mich einigen ihrer Freunde vor, doch ich vergesse ihre Namen gleich wieder. Aber sie sind alle echt nett zu mir, und je öfter ich an der Flasche nippe, desto entspannter werde ich und desto mehr fühle ich mich als Teil ihrer Gruppe.*

»Hey, Ella, richtig?« Eins der Mädchen redet mit mir. »Deeta meinte, du kennst die Leute, die hier wohnen. Könntest du sie bitten, andere Musik aufzulegen?«

Wacklig rappele ich mich auf. In meinem Kopf dreht sich alles und ich kichere. »Okay, klar, was wollt ihr denn hören?«

»Das«, sagt Deeta und ich bemerke, dass sie mir eine CD unter die Nase hält. Sie hat kein richtiges Cover.

»Was ist das?«

Deeta wirkt ziemlich selbstzufrieden. »Das ist ein Demo einer aufstrebenden Band namens The Wonderfulls. *Mein Bruder glaubt, die werden mal ganz groß. Er kennt den Bassisten.«*

Ich kann mich nicht mehr daran erinnern, dass ich Kim gebeten habe, andere Musik aufzulegen, aber irgendwie läuft plötzlich die CD, und zwar laut, und ich stelle fest, dass es mir gefällt. Überall fangen die Leute an zu tanzen. Auf einmal scheinen sich um die hundert Leute im Erdgeschoss zu tummeln, so viele, dass man kaum noch von einem Zimmer ins nächste kommt. Und dann stehe ich wieder im Wohnzimmer und erkenne, dass all die Leute, mit denen ich gekommen bin, bereits nach Hause gegangen sind, aber das ist mir egal. Deeta nimmt meinen Arm und tanzt mit mir und um uns herum sind lauter Jungs. Einer von ihnen sieht mich immer wieder an. Und ich ihn auch.

Ich bin dreizehn Jahre alt, befinde mich auf einer Party und habe keinen blassen Schimmer, dass dieser Abend mein Leben von Grund auf verändern wird. Ich stehe mit einer Gruppe fremder Leute zusammen und trinke und schwatze, lache und tanze, ohne zu ahnen, dass ich gerade eben das Mädchen kennengelernt habe, das meine beste Freundin werden wird, und den Jungen, der mein erster Freund werden wird. Und schon gar nicht bin ich mir bewusst, dass durch die Entscheidungen, die ich im Laufe dieses Abends getroffen habe, ja, einfach dadurch, dass ich hier war, mein Leben eine neue Richtung genommen hat. Ich habe ein neues Universum erschaffen, in dem es ein neues Ich geben wird.

Wahrscheinlich ist es gut, dass ich nichts davon weiß, denn sonst würde ich vermutlich spontan in Flammen aufgehen.

Jetzt, mit siebzehn, weiß ich es allerdings. Ich bin mir absolut sicher. Mir fehlt nur noch eine Kleinigkeit, um es zu beweisen. Kaum, dass ich zu Hause bin, logge ich mich auf Facebook ein und suche Kims Namen. Sie ist nicht auf meiner Schule und ich kann mich nicht erinnern, wann ich sie das letzte Mal gesehen oder mit ihr geredet habe, in welchem Universum auch immer.

Hi, Kim, hier ist Ella Samson. Erinnerst du dich noch an mich?

Sie ist nicht online, daher schwebt meine Nachricht eine ganze Weile unbeantwortet im leeren Raum, während ich zu Abend esse und meine Hausaufgaben mache. Ich chatte mit Rachel und Jen und verabrede mich mit Will für morgen Abend und meine Nachricht wartet weiter vernachlässigt und ignoriert auf meinem Bildschirm. Erst gegen zehn, als ich gerade aufgeben und mich ausloggen will, bemerke ich, dass ich eine Antwort bekommen habe.

Ella? Von früher?

Sie ist immer noch online. Schnell tippe ich: *Ja, genau die. Alles gut bei dir?*

Ja, alles prima. Das ist ja mal eine Überraschung. Was treibst du so?

Ich weiß, das ist ein bisschen gemein, aber ich bin nicht daran interessiert, erst mal lang und breit unsere Lebensgeschichten auszutauschen. Mir geht es nicht darum, eine längst erloschene Freundschaft wiederzubeleben; ich brauche einfach nur eine Info von ihr. Oder besser: eine Bestätigung.

Ach, so dies und das. Alles gut bei mir. Hör mal, ich weiß, wir haben schon seit Ewigkeiten nicht mehr miteinander geredet und das klingt jetzt vielleicht ein bisschen seltsam, aber: Hast du an deinem vierzehnten Geburtstag zufällig eine Party gefeiert? Bei dir zu Hause?

Ja. Warum um alles in der Welt willst du das denn jetzt wissen?

Nicht so wichtig. Sind da auch jede Menge ungeladene Gäste aufgetaucht, die über Facebook davon erfahren haben?

Oh Gott, ja. Erinner mich bloß nicht daran. Ich hab danach tierisch Ärger bekommen. Der Teppich war voller Brandflecken, alle möglichen Sachen sind kaputtgegangen und die Leute haben sich betrunken und überall hingekotzt. Ich hatte ewig Hausarrest deswegen. Warum fragst du?

Ach, nur so. Ist für ein Schulprojekt über soziale Medien. Nichts Schlimmes.

Okay …

Ich wüsste nur gerne: Kannst du dich erinnern, ob ich auch da war?

Gott, das ist echt eine seltsame Frage. Weißt du das denn nicht mehr? Keine Ahnung. Lass mich nachdenken … Warte kurz, ich seh mir mal eben die Fotos an. Bin gleich wieder da.

Ich warte, während sie auf die Suche nach ihren Fotos geht, sehe zu, wie der Cursor im Takt der verstreichenden Zeit blinkt, und halte gespannt den Atem an. Wenn ich richtig liege, weiß ich bereits, was sie mir gleich sagen wird.

Nein, du bist auf keinem der Fotos. Das passt auch – ich meine, mich vage zu erinnern, dass du eigentlich kommen wolltest, dann aber abgesagt hast, weil es dir nicht gut ging oder so. Alle aus der Schule waren da, nur du konntest nicht kommen. Hilft dir das?

Ja, tippe ich, während um mich herum Billionen, Trillionen, unendlich viele Universen explodieren und erlöschen. *Das hilft mir sehr. Danke.*

Eine allmächtige Schöpferin neuer Universen

Soll ich nach links oder nach rechts gehen? Welche Klamotten ziehe ich an? Streiche ich mir besser Marmelade oder Erdnussbutter auf den Toast? Seit Daniel mir gestern von seiner Theorie erzählt hat, fühlt sich alles irgendwie anders an. Ich bin mir jetzt jeder einzelnen noch so kleinen Entscheidung bewusst, die ich treffe, und muss ständig daran denken, welche Konsequenzen jede von ihnen nach sich zieht – nicht nur für mich, sondern auch für andere. Wenn ich meine Hände betrachte, sehe ich nicht mehr bloß Finger, sondern Zauberstäbe, aus denen Laserstrahlen schießen und die mit jeder ihrer Berührungen neue Welten erschaffen. Wenn ich in den Spiegel gucke, sehe ich eine unendliche Zahl von Spiegelbildern, und jedes dieser Gesichter steht für eine andere Version von mir. (Was es übrigens nicht gerade leichter macht, Mascara aufzutragen.) Selbst zum Aufstehen heute Morgen habe ich eine halbe Ewigkeit gebraucht, weil ich plötzlich Angst hatte, dass ich die Zukunft verändere, wenn ich statt mit dem rechten, mit dem linken Fuß zuerst auftrete. Als mir klar wurde, dass dieser winzige Unterschied wohl keine große Rolle spielen dürfte, war ich fast schon zu spät dran, um noch pünktlich zur Arbeit zu kommen.

Es mag ein bisschen widersprüchlich erscheinen, aber

ironischerweise macht mich das Wissen, dass ich eine allmächtige Schöpferin neuer Universen bin, fast schon lebensunfähig: Ich bin plötzlich langsam, unentschlossen und tollpatschig. Im Café zerbreche ich mir den Kopf darüber, ob ich erst die Frau dort drüben bedienen soll oder doch lieber den Mann hier vorne und wessen Teller ich wohl zuerst abräumen sollte. Als Tamsyn mit einer Freundin vorbeischaut, um sich einen Coffee to go zu bestellen, vergesse ich, sie zu fragen, ob sie gerne Schokostreusel auf ihren Cappuccino möchte, weil ich zu sehr damit beschäftigt bin, sie anzusehen und zu denken: Wenn ich auf diese Party gegangen wäre, neue Leute kennengelernt hätte und ein wenig aus der Spur geraten wäre, wärst du jetzt mit meinem Vater verheiratet. Es ist *meine* Schuld, dass du immer noch Single bist. Maria bemerkt, wie zerstreut ich bin, und erkundigt sich, ob alles in Ordnung ist. Ich versichere ihr, dass ich nur letzte Nacht nicht gut geschlafen habe, was genau genommen sogar der Wahrheit entspricht. Wie soll man auch schlafen, wenn man weiß, dass man gleichzeitig in unendlich vielen anderen Universen wach sein könnte?

Mir geht so viel durch den Kopf, dass ich bisher kaum dazu gekommen bin, mir Gedanken über mein Treffen mit Dom zu machen. Doch im Laufe des Nachmittags beginnen meine Nerven langsam zu kribbeln. Es war vielleicht gar nicht so schlau, dass ich zugestimmt habe, mich im Café mit ihm zu treffen, denn dadurch sitze ich jetzt gewissermaßen in der Falle und habe nicht mal mehr die Möglichkeit, es mir anders zu überlegen und schnell die Biege zu machen.

Außerdem gehen hier so viele Typen ein und aus, dass ich keine Ahnung habe, wie ich ihn erkennen soll. Warum er mich sehen will, ist mir nach wie vor ein Rätsel – ganz zu schweigen davon, warum ihm das so wichtig ist. Natürlich habe ich versucht, im Internet mehr über ihn in Erfahrung zu bringen, aber ohne seinen Nachnamen oder sonstige hilfreiche Suchkriterien war das vollkommen unmöglich. Er war nicht in Rachels oder Jens Freundeslisten, und obwohl die beiden die Einzigen sind, die mir etwas über ihn hätten sagen können, konnte ich sie nicht fragen, weil unser Treffen – beziehungsweise die Tatsache, dass wir überhaupt Kontakt haben – offenbar unter höchster Geheimhaltung steht. Unterm Strich bewahre ich also ein Geheimnis, ohne zu wissen, warum oder wen ich damit eigentlich schütze. Es könnte Dom sein oder Rachel und Jen, aber genauso gut auch ich selbst.

Irgendwie ist es seltsam: Selbst, wenn man jemanden noch nie zuvor getroffen hat, hat man automatisch ein Bild von dieser Person im Kopf, das im Grunde genommen nur auf ihrem Namen und dem, was sie gesagt oder getan hat, basiert sowie auf dem Verhalten aller anderen Menschen dieses Namens, denen man in seinem bisherigen Leben begegnet ist. Das ist in etwa so, wie wenn man sich eine Figur aus einem Buch vorstellt, das man gerade liest. Wenn man später die Verfilmung sieht, ist man meistens enttäuscht, weil die Rolle mit jemandem besetzt worden ist, der kein bisschen zu dem Bild passt, das man im Kopf hatte. Als Dom ins Café kommt, kapiere ich daher erst gar nicht, dass er es ist, weil der Typ, der plötzlich vor mir steht, um einiges kleiner ist, als ich erwartet hätte, und außerdem deutlich älter aussieht. Ich hatte mit jemandem in meinem Alter gerechnet, doch er muss schon mindestens zwanzig sein. Mir fällt auf, dass er echt schöne blaue Augen hat, die sich hinter einer runden Brille mit schwarzem Rahmen verbergen. Wenn er lächelt, kommt eine winzige Zahnlücke zum Vorschein. Ich würde ihn nicht direkt als gut aussehend bezeichnen, jedenfalls nicht nach klassischen Maßstäben, aber er hat definitiv was. Ich kann verstehen, warum Jen so in ihn verschossen ist. Er küsst mich zur Begrüßung auf die Wange, was ich als ein wenig zu vertraut empfinde, denn zumindest für mich ist das hier unsere allererste Begegnung. Andererseits ist es in Ländern wie Frankreich ganz normal, dass man sich zur Begrüßung küsst, oder?

»Es ist echt schön, dich zu sehen, Ella«, sagt er. »Du siehst toll aus. Mir gefällt deine neue Frisur – ich hätte dich fast nicht erkannt.«

Ich weiß nicht genau, was ich darauf erwidern soll, daher nicke ich bloß und versuche mich an einem Lächeln. »Setz dich schon mal, ich hol dir einen Kaffee«, weise ich ihn an, ohne zu fragen, ob er überhaupt einen will. Obwohl ich offiziell nicht mehr im Dienst bin, hat Maria nichts dagegen, wenn ich mir nach der Arbeit hin und wieder selbst ein Tässchen genehmige. Mit zwei Cappuccinos in der Hand gehe ich zum Tisch zurück und nehme gegenüber von ihm Platz. »Geht aufs Haus.«

»Danke. Okay, das ist jetzt schon ein bisschen seltsam«, gesteht er, während er seine Tasse mit beiden Händen umklammert.

»Wem sagst du das?«

»So, wie du mich anguckst, erinnerst du dich wirklich nicht an mich, oder?«

»Nein, tut mir leid. Das war nicht gelogen.«

»Ja, das weiß ich. Jen hat mir erzählt, was passiert ist. Das mit dem Unfall und der Gehirnerschütterung und so. Ich hab mich neulich nur mit ihr getroffen, weil ich wissen wollte, warum du auf einmal auf Tauchstation gegangen bist und was mit dir los war. Ich hatte nicht damit gerechnet, dass sie mir ihre unsterbliche Liebe gestehen und mich um ein Date bitten würde. Das war ziemlich peinlich.«

»Oh. Oje. Sie mag dich echt. Sie war ganz schön verletzt, weil du sie abserviert hast.«

Er zuckt mit den Schultern. »Ich weiß. Es tut mir auch leid, dass ich ihr wehgetan habe, aber sie hatte da was vollkommen falsch verstanden. Na ja, genug von Jen. Ich bin gekommen, um dich zu sehen. Und wahrscheinlich hab ich irgendwie gehofft, dass zumindest ein Teil deiner Erinnerung zurückkehren würde, wenn du mich siehst.« Er lacht. »Das ist jetzt nicht so toll fürs Ego, weißt du. Um ehrlich zu sein, ist es ganz schön niederschmetternd.«

»Tut mir leid. Falls es hilft: Das ist mir auch schon passiert«, sage ich und muss wieder an den Ausdruck auf Deetas Gesicht denken, als ich versucht habe, auf sie zuzugehen. »Das ist wirklich ätzend. Okay, jetzt, wo du da bist: Warum wolltest du dich mit mir treffen? Und was soll all die Geheimniskrämerei?«

Er seufzt. »Das war deine Idee, nicht meine. Du hast mich gebeten, dir keine SMS zu schreiben und dich nur anzurufen, wenn du vorher sichergestellt hast, dass die Luft rein ist. Und das hab ich respektiert.«

»Ach ja? Warum wollte ich denn so was?«

Er senkt den Blick, als sei er plötzlich verlegen. »Da gibt es mehrere Gründe. Zum Teil wegen meines Alters …«

»Deines Alters?« Ich mustere ihn, auf der Suche nach Falten oder grauen Haaren. »Wie alt bist du denn genau?«

Er rutscht unbehaglich auf seinem Stuhl herum. »Ich bin erst einundzwanzig. Aber du fandest, das sei zu alt … oder dachtest, dass deine Eltern das finden würden.«

»Zu alt wofür?«

Frustriert knallt er seine Kaffeetasse auf den Tisch. »Herrgott, Ella, so begriffsstutzig warst du doch früher nicht. Das ist ja furchtbar.« Jetzt kann er mich nicht mal mehr ansehen. »Was glaubst du wohl, was ich meine? Wir hatten angefangen, miteinander auszugehen, okay? Auf Dates. Ich war dein Freund.«

»Oh. Oh? Oh.« Diese Möglichkeit war mir gar nicht in den Sinn gekommen. Fassungslos starre ich ihn an, während ich versuche, mir vorzustellen, wie es sich wohl anfühlt, diesen wildfremden Menschen zu küssen, in seinen Armen zu liegen. Ich kann es nicht. Mein Freund? Mein heimlicher Freund? Die andere Ella steckt voller Überraschungen. »Aber … aber … Jen und Rachel haben gesagt, ich hätte keinen Freund.«

»Weil sie nichts von uns wissen. Wir haben es vor ihnen geheim gehalten und inzwischen verstehe ich auch, warum. Du wolltest Jen nicht wehtun. Freundinnenehre oder so.«

Er könnte lügen, schießt mir durch den Kopf. Wenn sonst niemand von unserer »Beziehung« weiß, wie soll ich dann beurteilen, ob ich dem, was er sagt, glauben kann? Aber eigentlich klingt er ziemlich aufrichtig und mal abgesehen davon: Warum um alles in der Welt sollte er lügen? Es sei denn, er wäre so eine Art Masochist, der darauf steht, in Cafés abserviert und gedemütigt zu werden. »Verstehe. Das ergibt tatsächlich Sinn. Wow. Gott. Das ist supermerkwürdig. Wie lange lief das mit uns denn schon?«

»Wenn ich ehrlich bin, noch nicht sehr lange. Wir waren erst zwei Mal miteinander aus. Das dritte war schon geplant, aber, na ja, du bist nicht aufgetaucht. ›Ich kann mich nicht erinnern, wer zur Hölle du bist‹ schlägt ›Es liegt an mir, nicht an dir‹ in den Top Ten der Schlussmachsprüche um Längen. Du bist ein echtes Original, Ella.«

»Ja. Ich kann nur wiederholen: Es tut mir wirklich leid. Kannst du mir noch mal erzählen, wie wir uns kennengelernt haben? Du gehst ja offensichtlich nicht auf meine Schule.«

»Durch das Hospizprojekt.« Er bemerkt die Fragezeichen in meinem Gesicht. »Daran erinnerst du dich auch nicht mehr? Wir haben zusammen als Freiwillige im St. Martha gearbeitet – du, ich, Jen und Rachel. Wir kennen uns jetzt schon seit ein paar Monaten. Du hast Bilder für die Räume der Kinder gemalt, das haben wir gemeinsam gemacht. Dadurch sind wir uns nähergekommen. Ich bin Kunststudent.«

»Ach ja? Das hab ich gemacht?« In meinen Gesprächen mit Rachel oder Jen war das nie ein Thema. Um ein Haar sage ich: »Das ist ja total nett.« Wieder einmal wird mir schmerzlich bewusst, ein wie viel besserer Mensch die andere Ella ist, und ich staune darüber, was sie alles in ihrem kleinen bisschen Freizeit unterbringt. Und ich, was habe ich gemacht, außer mit Billy und Deeta abzuhängen, shoppen zu gehen und YouTube-Videos und alte Filme zu gucken? Ich kann ein Grinsen nicht ganz unterdrücken, als ich mich im Glanz der anderen Ella sonne.

»Ja. Und du warst richtig gut. Wenn du willst, nehm ich dich mal mit und zeig dir, was du alles gemacht hast.«

»Äh, ja, okay. Ein anderes Mal vielleicht.«

»Ja, sorry, ich meinte auch nicht jetzt gleich. Das war wohl etwas vorschnell von mir, wenn man bedenkt, dass es dir ja immer noch so vorkommen muss, als hätten wir uns gerade erst kennengelernt. Hier, ich zeig dir mal was. Das könnte helfen.« Er zieht sein Handy aus der Jackentasche, hantiert eine Weile daran herum und reicht es mir dann. »Lies das. Ich weiß, du löschst immer alle meine Nachrichten, aber ich deine nicht.«

Ich nehme das Handy und fange an, durch den Speicher zu scrollen. Es gibt jede Menge Nachrichten von »Ella S«, die anfangs noch rein freundschaftlich klingen, mit der Zeit aber einen zunehmend flirtenden Unterton bekommen und voller Anzüglichkeiten sind. Ich werde richtig rot dabei. Außerdem fühle ich mich, als würde ich Will betrügen. Ich gebe Dom sein Handy zurück. »Tut mir leid, aber ich kann mich nicht erinnern, irgendetwas davon geschrieben zu haben. Um ehrlich zu sein, ist mir das ganz schön unangenehm. Ich sollte jetzt wirklich gehen.«

»Oh«, erwidert er. »Ich wollte dich nicht verschrecken. Eigentlich hatte ich gehofft, wir könnten noch etwas abhängen und quatschen. Darauf warte ich schon seit Wochen.«

»Ich kann echt nicht. Ich bin gleich verabredet.«

»Mit Rachel und Jen?«

»Offen gestanden, nein.« Die Antwort entschlüpft mir, bevor ich darüber nachdenken kann. Gleich darauf würde ich mir für meine Ehrlichkeit am liebsten die Zunge abbeißen. Ich hätte einfach lügen und Ja sagen sollen.

»Mit einem anderen?«

Ich nicke. »Ja, tut mir wirklich leid. Aber ich wusste ja nicht …«

Seine Miene ist unergründlich. Ich glaube, er ist total verletzt, will es sich jedoch nicht anmerken lassen. »Erstes Date?«

»Schon das zweite. Wenn man so will.«

»Also noch ganz frisch, oder? Dann hab ich ja vielleicht doch noch eine Chance?« Er lacht, auch wenn er nicht aussieht, als fände er das Ganze besonders lustig. »Pass auf, wir können uns auch einfach morgen Nachmittag treffen, wenn du Zeit und Lust hast. Ich möchte doch nur, dass du mir die Chance gibst, ein bisschen Zeit mit dir zu verbringen. Damit du mich noch einmal kennenlernen kannst. Also, zumindest bis du dein Gedächtnis wiederhast. Nur als Freunde natürlich. Aber das ist ganz allein deine Entscheidung.«

»Okay. Kann ja nicht schaden, denke ich.«

»Also?«

»Was?«

»Hast du morgen Zeit?«

»Ja, ich glaub schon.«

»Was hältst du davon, wenn wir uns am British Museum treffen? Da wären wir neulich auch verabredet gewesen. Du wolltest die Mumien sehen. Um drei?«

Am British Museum? Die Mumien? In dem Laden war ich noch nie und wäre auch nie auf die Idee gekommen, dort hingehen zu wollen. Tatsächlich ist das genau die Art von Ort, wo meine Eltern mich am Wochenende hingeschleift hätten, als ich noch kleiner war, nur, damit sie nicht miteinander reden mussten.

»Okay«, antworte ich wenig begeistert. »Dann treffen wir uns da. Ist wahrscheinlich am besten, wenn wir getrennt kommen, damit uns niemand zusammen sieht.« Ich stehe auf. »War schön, dich … Also, dann tschüs. Bis morgen.«

Er springt auf. »Lass mich dich wenigstens noch zur Bushaltestelle bringen. Sonst fühlt sich das hier an wie ein Geschäftstermin.«

»Na gut, von mir aus. Ich hol nur schnell meine Jacke und meine Tasche aus dem Schrank.«

Draußen auf der Straße verabschieden die Geschäfte gerade die letzten Kunden in den Abend und die Bürgersteige wimmeln nur so von Leuten mit ihren Einkaufstüten. Ich laufe neben Dom her und bemühe mich, einen gewissen Wohlfühlabstand zu ihm einzuhalten, doch dadurch werden wir ständig angerempelt und stoßen gegeneinander. Da wir beide Engländer sind und uns die Höflichkeit damit praktisch angeboren ist, besteht unsere gesamte Unterhaltung bald nur noch aus einer Reihe von gemurmelten Entschuldigungen, hier und da durchsetzt mit unbehaglichem Schweigen. Ich wünschte wirklich, er hätte mich einfach allein zur Bushaltestelle gehen lassen.

Wir sind fast am Ziel, als mir plötzlich etwas ins Auge fällt. Ich erstarre. Da ist sie wieder. Diesmal befindet sie sich zwar auf der anderen Straßenseite, aber es ist trotzdem unverkennbar sie: runzlig, verschrumpelt und steinalt. Außerdem trägt sie wieder ihren roten Schal und ihr schlurfender Gang ist mir inzwischen ebenfalls nur allzu vertraut.

»Was ist los? Stimmt was nicht?«, fragt Dom. »Warum bist du stehen geblieben?«

»Ach nichts. Vergiss es einfach.« Ich reibe mir die Augen, in der Hoffnung, das Bild so zu vertreiben, aber es funktioniert nicht.

»Du bist leichenblass. Du siehst aus, als hättest du ein Gespenst gesehen. Was ist? Sag schon. Du kannst mir vertrauen.«

Ich schüttle den Kopf. »Dann hältst du mich garantiert für verrückt.«

»Nein, bestimmt nicht. Versprochen. Jetzt sag schon …«

»Doch, ganz sicher. Ich hab diese alte Frau gesehen … Ich sehe sie ständig. Sie macht mir Angst.«

»Was? Welche alte Frau?«

Ich deute auf die Erscheinung. »Sie hat einen roten Schal und einen Einkaufswagen. So wie immer. Seit dem Unfall verhält sich mein Gehirn manchmal etwas seltsam. Sie ist gleich wieder weg.«

Dom stellt sich neben mich und lässt den Blick über den Verkehr schweifen. »Was erzählst du da? Meinst du die alte

Frau? Da drüben, auf der anderen Straßenseite? Die klitzekleine mit den Einkaufstaschen, die gebeugt geht?«

»Moment mal! Du kannst sie sehen?«

Er lacht. »Ja, na klar kann ich sie sehen. So kurzsichtig bin ich nun auch wieder nicht, die Brille ist eher ein Accessoire als wirklich notwendig. Aber sie wirkt eigentlich recht harmlos. Warum hast du Angst vor ihr?«

Er kann sie sehen? Sie ist real? Keine Halluzination? Wie kann das sein? Leidet Dom an der gleichen rätselhaften Krankheit wie ich – oder war sie schon die ganze Zeit real? Vielleicht liegt es ja doch nicht an mir. Vielleicht haben die anderen einfach nur nicht richtig hingeguckt. Oder schlimmer noch: Vielleicht haben sie so getan, als könnten sie sie nicht sehen, damit ich glaube, ich würde den Verstand verlieren.

»Sorry, aber ich muss unbedingt mit ihr reden«, sage ich und wirble auf dem Absatz herum. »Du kannst ruhig schon nach Hause gehen!«

Bis zur Fußgängerampel ist es nicht mehr weit und die alte Frau bewegt sich so langsam, dass ich locker in der Lage sein sollte, sie einzuholen. Ich warte vergebens darauf, dass sich im Verkehr eine Lücke auftut, und die Ampel braucht eine gefühlte Ewigkeit, um umzuschalten. Schließlich versuche ich es auf gut Glück und sprinte los. Eine Hupe dröhnt und ich spüre eine Hand auf meinem Arm, die mich zurückzieht. Dom steht wieder neben mir. Mein Herz schlägt so schnell, dass ich das Blut in meinen Ohren rauschen höre.

»Was zur Hölle machst du da?«, ruft er. Er klingt verärgert. »Was auch immer es ist: Es gibt keinen Grund, dich deswegen gleich umzubringen.«

»Wenn sie wirklich real ist, muss ich dringend mit ihr reden.«

»Okay, okay. Guck mal, die Ampel schaltet gerade um, du kannst jetzt also rüber, ohne dich überfahren zu lassen.«

Ich höre ihm gar nicht bis zu Ende zu, sondern renne los, über die Straße, den Blick nicht auf die Ampel oder den Verkehr gerichtet, sondern auf die alte Frau, die gerade inmitten des Schwarms aus Fußgängern verschwindet. Gott sei Dank trägt sie etwas Rotes, während alle um sie herum offenbar auf Schwarz oder Grau stehen. Als ich sie fast eingeholt habe, verlangsame ich meine Schritte, versuche, wieder zu Atem zu kommen, und überlege, was ich eigentlich sagen soll. Was *soll* ich zu ihr sagen? *Sind Sie real? Warum jagen Sie mir andauernd so eine Heidenangst ein?*

»Entschuldigung!«

Sie reagiert nicht. Ist sie vielleicht taub oder kann es sein, dass sie diesmal *mich* nicht sieht, so wie Dad, Billy, Rachel und Jen sie nicht sehen konnten? Ich strecke die Hand aus und berühre sie an der Schulter. Sie fühlt sich kalt und knochig an, aber definitiv nach einem menschlichen Lebewesen. Schnell ziehe ich die Hand wieder weg. »Bitte entschuldigen Sie. Ich muss mit Ihnen reden.«

Sie geht so langsam, dass sie ohnehin fast steht. Sie hält an, sieht zu mir hoch und kurz hat es den Anschein, als würde ein schmaler Lichtstreifen durch ihre trüben Augen huschen. Doch gleich darauf ist er wieder verschwunden, weswegen ich annehme, dass es wohl eher das Scheinwerferlicht eines vorbeifahrenden Autos gewesen sein muss, das sich dort gespiegelt hat.

»Hallo, Liebes.« Sie lächelt, aber es sieht aus, als würde sie nicht mich anlächeln, sondern jemand anderen, jemanden, den nur sie sehen kann. »Ich bin wirklich spät dran. Ich denke, es wäre besser, wenn du ein anderes Mal wiederkommst.«

»Nein, nein.« Ich bin mir vollauf bewusst, dass Dom ärgerlicherweise schon wieder zu mir aufgeschlossen hat, doch ich ignoriere ihn. »Sie verstehen nicht. Ich muss mit Ihnen reden. Über einen Unfall. Ich muss wissen, ob Sie mich kennen.«

»Es gab einen Unfall? Ach herrje. Dann solltest du die Polizei rufen, Liebes.«

»Nein … Ich glaube, wir waren zusammen in einen Unfall verwickelt. Sie und ich. Letzten Monat. Und seitdem sehe ich Sie immer wieder – ich vermute, Sie versuchen, mir irgendetwas zu sagen. Etwas Wichtiges.«

»Oh ja, Liebes. Es ist sehr wichtig. Aber jetzt ist es Zeit für meinen Tee. Du solltest morgen wiederkommen.«

Dom legt mir eine Hand auf den Rücken. »Na los, Ella. Lass gut sein. Das ist bloß eine verwirrte alte Frau. Aus ihr wirst du nicht viel Sinnvolles herausbekommen.«

Ich nicke. Wer auch immer diese freundliche alte Dame ist, sie ist nicht die Schreckgestalt aus meinen Halluzinationen und daher kann sie mir auch nicht weiterhelfen. Sie weiß von keinem Unfall und hat keine Ahnung, wer ich bin. Obwohl ich immer noch überzeugt bin, dass sie in irgendeinem Zusammenhang mit meinem Zustand steht, ist mir klar, dass ich meine Antworten anderswo suchen muss. »Okay, vielen Dank«, sage ich. »Dann komme ich morgen wieder.«

»Keine Ursache, Liebes«, antwortet sie und ich sehe zu, wie sie die Hauptstraße entlang davonschlurft.

Ringkampf mit einem Oktopus

Ich bemühe mich nach Kräften, mir mein Date mit Will nicht vermiesen zu lassen, weder von dem Wissen, dass die alte Frau sehr wohl in Fleisch und Blut existiert, noch von der Enthüllung, dass ich einen Freund habe – oder hatte –, der so geheim ist, dass niemand von ihm wusste, nicht mal ich selbst. Langsam werde ich richtig gut darin, Dinge auszublenden, bei denen andere vermutlich den Verstand verlieren würden (wobei der eine oder andere wohl einwenden würde, dass es da für mich nicht mehr viel zu verlieren gibt). Es hilft, dass Will mich ins Kino eingeladen hat, in einen hirnlosen 3-D-Actionkracher, der so laut und mit Spezialeffekten vollgepackt ist, dass ich, selbst wenn ich es gewollt hätte, nicht in der Lage gewesen wäre, an irgendetwas anderes zu denken. Außerdem bin ich viel zu sehr damit beschäftigt, seine wandernden Hände aufzuhalten, die immer wieder einen Weg unter mein Top oder in den Bund meiner Jeans finden. Ich fühle mich, als würde ich mit einem Oktopus ringen. So jedenfalls hätte Deeta es beschrieben (natürlich nicht bloß in Bezug auf Will, versteht sich). In dem Film gibt es dermaßen viele Explosionen und andere Spezialeffekte, die so hell sind, dass sie nicht nur die Leinwand, sondern gleich den ganzen Saal erhellen, dass die arme Frau neben mir ganz bestimmt genau mitbekommt, was zwischen uns abgeht. Sie rutscht unbehaglich in ihrem Sessel herum und hält den Blick die ganze Zeit starr auf die Leinwand gerichtet, während sie sich eine Handvoll Popcorn nach der anderen in den Mund schaufelt. Sie rührt sich erst wieder, als der Abspann läuft und die Lichter angehen. Als sie geht, dreht sie sich gezielt von uns weg und läuft bis ans andere Ende der Reihe, obwohl wir direkt am Gang sitzen.

Will bekommt davon nichts mit, er hat nur Augen für mich und kann einfach die Finger nicht von mir lassen. Und das sage ich nicht, um anzugeben. So unwiderstehlich bin ich nun wirklich nicht. Aber so ist es nun mal: Wenn wir nicht gerade in einem dunklen Raum oder Auto sitzen und er versucht, mir an die Wäsche zu gehen, legt er mir beim Spazieren den Arm um die Schulter oder verschränkt seine Finger mit meinen oder beugt sich zu mir runter, um mich auf die Stirn zu küssen. Ich behaupte auch gar nicht, dass das unangenehm wäre, denn das ist es nicht. Und ich habe auch nichts gegen die öffentliche Zurschaustellung gegenseitiger Zuneigung (jedenfalls solange keine Leute über dreißig daran beteiligt sind), aber ein bisschen viel wird es mir schon. Andererseits: Wenn ich wirklich seine erste feste Freundin bin und das alles hier neu für ihn ist, ist es kein Wunder, dass er so anhänglich ist. Es erinnert mich daran, wie liebevoll Billy war, bevor jeder Kuss und jede Berührung eine unterschwellige Botschaft trug. Bevor ich das Vertrauen in ihn verloren hatte.

Und noch etwas anderes erinnert mich an Billy – und leider auch an den Grund, weswegen ich ihm nicht mehr vertrauen konnte: die Unterhaltung, die Will und ich später am Abend führen, nachdem er mich zu Hause abgesetzt hat. Ich liege schon im Bett und wir schicken uns Nachrichten, die von Mal zu Mal anzüglicher werden, als er plötzlich schreibt: *Na los, dann schick mir doch mal ein Bild von dir. Ich würde dich jetzt wirklich gern sehen.*

Etwas daran versetzt mir einen Stich, auch wenn ich nicht genau sagen kann, was es ist. Ein Gefühl von Traurigkeit kommt in mir auf, gemischt mit Reue, Schmerz, Ärger und einer ordentlichen Portion Beklommenheit. Ich bin nicht blöd, ich weiß genau, worauf er hinauswill. Aber da mache ich nicht mit. *Okay*, tippe ich. *Warte kurz.* Ich knipse meine Nachttischlampe an, verziehe den Mund zu einem breiten, aufgesetzten Grinsen und mache ein Selfie. Während das Bild gesendet wird, lehne ich mich zurück und warte auf seine absehbare Reaktion.

Sehr süß, aber das meinte ich nicht. Und das weißt du auch. Ich will dich sehen. Ganz. Nicht nur dein Gesicht.

Nein.

Warum nicht? Ich verspreche, dass ich es niemandem zeige. Es muss ja nicht mal dein Gesicht zu sehen sein, nur dein Körper.

Ausgesprochen charmant. Es könnte also genauso gut jede andere sein? Alles, was für ihn zählt, ist der Körper. *Nein, tut mir leid,* schreibe ich, auch wenn es mir ganz und gar nicht leidtut. Um ehrlich zu sein, bin ich jetzt so richtig sauer: auf Will, weil er mich darum bittet, auf Billy, weil er getan hat, was er getan hat, und auf mich, weil ich das zugelassen habe.

Warum nicht? Vertraust du mir etwa nicht?

Da ist sie, die Eine-Million-Pfund-Frage. Am liebsten würde ich antworten: »Nein, denn du wirst dich doch nicht zurückhalten können. Du wirst deinen Freunden davon erzählen, um sie eifersüchtig zu machen, um damit anzugeben, was du hast und sie nicht, und um dich wie ein toller Hecht zu fühlen. Und dann wird einer von ihnen so lange auf dich einreden und dich beschwatzen, bis du nachgibst und es ihm doch zeigst. Danach wird sich irgendjemand eine Kopie davon ziehen und das Bild wird irgendwie in Umlauf kommen. Noch jemand wird es sehen und noch jemand und noch jemand, bis es am Ende alle kennen, und selbst die wenigen Leute, die es nicht gesehen haben, werden davon wissen. Oder vielleicht wird es auch nicht ganz so ablaufen. Vielleicht werden wir uns einfach irgendwann streiten oder sogar Schluss machen, und dann wirst du dich rächen wollen. So oder so wird dieses Bild nicht lange privat bleiben. Es wird an die Öffentlichkeit kommen. So läuft das nun mal. Ich weiß das, ich kann mich nur zu gut daran erinnern. Ich bin nicht so dumm, denselben Fehler zweimal zu begehen.«

Natürlich vertraue ich dir, schreibe ich, Riesenfeigling, der ich bin. *Ich bin bloß schüchtern.*

Ach, komm schon! Wie wär's, wenn ich dir erst eins von mir schicke?

Tu, was du willst, aber ich schick dir trotzdem keins.

Ich werd es auch sofort wieder löschen. Versprochen.

Nein, wirst du nicht, denke ich. Warum sind Jungs so besessen davon, etwas sehen zu müssen, sich Bilder anzugucken? Warum können sie nicht einfach ihre Fantasie benutzen? Warum brauchen sie unbedingt optische Reize, um scharf zu werden?

Jetzt nicht, Will. Bitte hör auf, mich zu bedrängen.

Tut mir leid, ich wollte dir nicht zu nahe treten.

Ist schon okay. Nein, ist es nicht.

Und dann sagt er etwas, womit ich nie im Leben gerechnet hätte, etwas, was Billy in all den Jahren, die wir zusammen waren, nie zu mir gesagt hat. Er schreibt: *Ich würde niemals etwas tun, was dich verletzt, Ella. Wir haben eine besondere Verbindung. Das habe ich schon gespürt, als wir uns zum ersten Mal begegnet sind.*

Ich habe keine Ahnung, was ich darauf erwidern soll. Die alte Ella hätte wahrscheinlich dasselbe von sich gegeben, wenn man sie gefragt hätte. Aber inzwischen bin ich mir sicher, dass das reines Wunschdenken war. Natürlich glaube ich an Chemie, aber so was wie Seelenverwandtschaft gibt es nicht. Es gibt einfach nur den Menschen, dem du zu einer bestimmten Zeit an einem bestimmten Ort zufällig begegnet bist – je nachdem, ob du nach links oder nach rechts gegangen bist. Liebe ist willkürlich. Die Romantikerin in mir würde gerne glauben, dass Will die besondere Verbindung spürt, weil er eine Art Echo aus dem anderen Universum empfängt, in dem wir bereits zusammen sind. Die Zynikerin in mir denkt jedoch, dass er wahrscheinlich nur irgendwelchen Blödsinn daherredet, weil er mich dazu bringen will, ihm ein Nacktfoto von mir zu schicken.

Ich habe immer noch keinen blassen Schimmer, was ich darauf erwidern soll. Schließlich schreibe ich einfach nur: *Ich weiß.*

Zeig mir die Mumie

Ich stehe im Foyer des British Museum, unter einem Dach aus Tausenden Glasdreiecken, die sich zu einem riesigen Mosaik des Himmels zusammensetzen, und warte auf Dom. Ich bin mir nicht ganz sicher, was ich hier mache. Will wäre bestimmt nicht glücklich, wenn er wüsste, dass ich mich mit einem anderen treffe, und außerdem muss ich auch noch einiges für die Schule erledigen. Dennoch ist da was – eine Mischung aus Neugier und Höflichkeit vielleicht –, das mich dazu veranlasst hat herzukommen. Und jetzt, da ich hier bin, bin ich tatsächlich froh darüber. Dom konnte es zwar nicht wissen, als er diesen Ort vorgeschlagen hat, aber etwas Passenderes hätte er wirklich nicht auswählen können. Das British Museum ist wie eine Tardis, die Raum-Zeit-Maschine aus der Fernsehserie *Doctor Who*: uralt und modern zugleich, ein Portal zu vergangenen Welten, anderen Orten und Zeiten. Ein paar Schritte in die eine Richtung und man befindet sich plötzlich im antiken Ägypten, ein paar Schritte in die andere und man steht im alten Griechenland oder Rom. Ich mag das Gefühl, Teil eines großen Ganzen zu sein, zu sehen, dass unsere Welt seit jeher aus vielen verschiedenen Welten besteht.

Als Dom auf mich zukommt, stelle ich mit absoluter Gewissheit und einem Hauch von Erleichterung fest, dass ich kein bisschen auf ihn stehe. Mir fällt es schwer zu glauben, dass mein anderes Ich so auf ihn abgefahren ist. Es muss doch mehr sein als bloß äußere Umstände und gemeinsame Erfahrungen, was uns an anderen Menschen anzieht, oder? Ich vermute, Dom ist so jemand, den man erst richtig gut kennenlernen muss, bevor man sich in ihn verliebt, aber ich kann es mir trotzdem nicht vorstellen. Doch das ist ja auch gut so. Schließlich habe ich bereits einen Freund. Was ich jetzt brauche, sind Freunde im freundschaftlichen Sinn, und da scheint mir Dom ein geeigneter Kandidat zu sein: jemand, auf den man sich verlassen kann, der wie ein großer Bruder auf einen aufpasst. Denn eins kann ich sagen: Er ist zwar rein optisch so gar nicht mein Typ, aber er ist definitiv hundert Mal interessanter als Will. Er kennt sich auf allen möglichen Themengebieten aus: Geschichte, Kunst, Architektur und sogar Mode. Er kennt die Werkzeuge, Farben und wertvollen Metalle, die die Menschen vor Tausenden von Jahren zum Malen verwendet haben. Und so, wie er mit mir über all das redet, nehme ich an, dass mein anderes Ich sich damit auch auskannte.

»Na, dann mal los. Zeig … mir … die … Mumie«, sage ich in Grabesstimme und strecke die Hände aus wie eine Untote. »Deswegen sind wir doch schließlich hier, oder nicht?«

Er lacht. »Du warst es, die unbedingt die Mumien sehen wollte – ich hab sie schon unzählige Male gesehen. Aber ich bring dich hin. Sie befinden sich im oberen Stockwerk.«

Mir ist zwar immer noch nicht klar, warum mein anderes Ich so scharf darauf war, sich tote Leute in gammeligen

Bandagen anzugucken, aber als wir den Raum betreten, in dem sie ausgestellt werden, muss ich doch zugeben, dass sie etwas Faszinierendes haben. Wir sehen uns nicht bloß irgendwelche Statuen an – das hier sind echte Menschen, die vor Tausenden von Jahren gestorben sind. Nicht nur das: Es sind Menschen aus dem alten Ägypten, die Menschen, die die Pyramiden gebaut und vielleicht sogar Kleopatra gekannt haben! Und doch sind sie jetzt hier, liegen mehr als dreitausend Kilometer von zu Hause entfernt in einem Glaskasten in einem Raum in Bloomsbury, mitten in London, und werden von Touristen aus dem einundzwanzigsten Jahrhundert begafft und mit Smartphones fotografiert. Als sie sich das Leben nach dem Tod ausgemalt haben, haben sich diese Ägypter ganz sicher nicht vorgestellt, dass es darin bestehen würde, bis in alle Ewigkeit in einem Londoner Museum gefangen zu sein.

Genau wie ich sind diese armen Menschen im Grunde in einer Art Paralleluniversum gelandet.

»Ich weiß, wie sie sich fühlen müssen«, sage ich zu Dom, um ihn an meinen Gedanken teilhaben zu lassen. »Sofern tote Menschen irgendetwas fühlen, versteht sich.«

»Was hast du gesagt?«

»Ich sagte, ich kann mich ein bisschen in sie hineinversetzen, weil sie in einer Art Paralleluniversum gefangen sind, fast so wie ich.«

Er fängt an zu lachen. »Der war gut. Du glaubst also, du sitzt in einem Paralleluniversum fest. Und kommt jetzt gleich Doctor Who mit einem Fez auf dem Kopf um die Ecke?«

Ich muss zugeben, dass es tatsächlich ein wenig albern klingt, wenn man es laut ausspricht. »Nein, das ist mein voller Ernst. Ich glaube, dass es das ist, was mit mir passiert ist. Es ist das Einzige, was wirklich Sinn ergibt.«

»Wenn ich dich nicht besser kennen würde, Ella, würde ich glatt denken, du wärst auf Drogen.«

Das ärgert mich, auch wenn er nichts dafürkann. Er kennt mich eben nicht – genau das ist doch der Punkt. Mag sein, dass er glaubt, mich zu kennen, aber er kennt nicht *mich*, sondern eine andere Ella. »Das hat nichts mit irgendwelchen chemischen Substanzen zu tun. Es ist Physik. Ich hab mit Dan… Mr Perry, meinem Nachhilfelehrer, darüber geredet. Genau genommen ist das sogar seine Theorie.«

»Und Mr Perry sagt, du wärst in ein anderes Universum gesprungen? Wow. Ich weiß, meine Schulzeit liegt schon ein paar Jahre zurück, aber ich glaube, die Stunde hab ich damals verpasst. Und die, in der es um Einhörner ging.«

Ich beschließe, seinen Sarkasmus zu ignorieren. »Ja, genau das bin ich. Oder zumindest mein Bewusstsein. Wir wissen nur noch nicht genau, warum. So, wie er es erklärt, klingt es absolut logisch. Multiversen sind sein Forschungsgebiet – für seine Doktorarbeit.«

»Jetzt komm mal wieder runter. Du tust gerade so, als wäre er Einstein, dabei ist er bloß ein x-beliebiger Student, der dir einen gewaltigen Haufen Schwachsinn in den Kopf gesetzt hat. Ich weiß ja nicht, was er davon hat – ganz normal ist das jedenfalls nicht.«

Inzwischen wünschte ich, ich hätte ihm nichts davon erzählt. »Du klingst …« Eigentlich wollte ich »eifersüchtig«

sagen, doch das wäre unter den gegebenen Umständen wohl ein bisschen gemein. »Paranoid.«

»Nein, ich will dich nur beschützen. Ich bin nun mal ein Mann und weiß, wie Männer sind. Er will offensichtlich was von dir. Du bist gerade extrem verwundbar und er stiftet Chaos in deinem Kopf.«

»In meinem Kopf herrscht sowieso schon das reinste Chaos.«

»Ganz genau. Da sollte er es nicht noch schlimmer machen.«

»Na schön, wenn du diese Theorie also für ausgemachten Schwachsinn hältst, was denkst *du* denn dann, was mit mir passiert ist?«

Er zuckt mit den Schultern. »Du hast Amnesie, so wie die Ärzte gesagt haben. Vielleicht auch eine Depression. Keine Ahnung. Irgendeine medizinische Erklärung wird es schon geben. Ganz sicher keine aus einem Scifi-Film.«

Ich werfe ihm einen wütenden Blick zu. »Denk, was immer du willst, aber ich bin nicht krank. Und eines Tages werde ich das auch beweisen können.«

»Ja, natürlich«, beschwichtigt er. »Hör mal, was hältst du davon, wenn wir eine Pause einlegen und einen Kaffee trinken gehen? Um die Stimmung wieder ein bisschen zu heben?«

Doch der Kaffee kann meine Laune auch nicht bessern. Ich finde es zum Kotzen, dass er sich weigert, mir zu glauben, obwohl wir uns doch angeblich so nahestehen. Und dass er noch dazu Daniels Beweggründe infrage stellt, wo doch Daniel auf meiner Seite steht und der Einzige ist, der mich nicht behandelt, als würde ich den Verstand verlieren. Dank Dom komme ich mir dumm vor und fühle mich verwirrter als zuvor und sehr, sehr einsam. Als ich Dom mitteile, dass ich jetzt nach Hause gehe, weil ich noch einiges zu erledigen habe, wirkt er enttäuscht, so als hätte er unser Date ruiniert. Dabei hatte er von vornherein keine Chance bei mir.

Kaum, dass ich zu Hause ankomme, erhalte ich eine Nachricht von Rachel. *Ruf mich an, es ist dringend,* schreibt sie. *Wir müssen reden.* Angesichts der Kürze und Dringlichkeit ihrer Nachricht frage ich mich, was wohl vorgefallen sein mag. Dass sie mir nicht mal ein »Küsschen« – oder sonst irgendein Zeichen von Wärme oder Zuneigung – schickt, beunruhigt mich, denn das deutet darauf hin, dass ich echt in der Klemme stecke. Das Problem ist nur, dass ich keine Ahnung habe, was ich getan habe oder vielleicht auch vergessen habe zu tun. Ich schlucke schwer und rufe sie dann an. Sie nimmt sofort ab.

»Hey, Rachel«, begrüße ich sie fröhlich, in der Hoffnung, dadurch den schlimmsten Ärger abwehren zu können. »Ich hab gerade deine Nachricht gelesen. Alles in Ordnung?«

»Hallo, Ella.« So unterkühlt klang sie noch nie.

»Was ist los?«

Sie seufzt. »So einiges. Ich … bin echt enttäuscht von dir.«

Diesen Satz habe ich schon unzählige Male gehört: von meinen Eltern, von Lehrern, von Billy, wenn ich mich mal wieder nicht so angezogen oder benommen hatte, wie er es für richtig hielt. Allerdings glaube ich, dass die andere Ella so etwas nicht oft gesagt bekommt. Oh Gott. Das kann ich jetzt gerade wirklich nicht gebrauchen. »Warum? Was hab ich angestellt?«

Sie holt tief Luft, als bereite sie sich darauf vor, eine lange Liste meiner Verfehlungen zu verlesen. »Also, erst mal hätte ich dich eigentlich nicht für jemanden gehalten, der seine Freundinnen wegen eines Typen sitzen lässt.«

»Oh.« Ich weiß nicht so recht, was ich darauf erwidern soll. Denn um ehrlich zu sein, bin ich genau so jemand. Ich habe meinen Freunden ständig abgesagt, um was mit Billy zu unternehmen. Umgekehrt hat Deeta das auch oft mit mir gemacht. Wir fanden es zwar beide nicht toll, betrachteten es aber als unvermeidlich, weil Jungs nun mal so chaotisch sind und es einfach cooler wirkt, wenn man spontan ist. »Tut mir leid. Ich dachte, für gestern stand nicht viel auf dem Plan, und bin davon ausgegangen, dass es euch nichts ausmachen würde, wenn ich nicht dabei bin.«

»Ach ja? Tja, das hat es aber. Jen und ich haben uns auf einen Mädelsabend mit dir gefreut, doch dann kommt irgend so ein Typ daher und fragt dich um ein Date und du lässt uns einfach sitzen, als wären wir dir piepegal.«

»So war es doch gar nicht«, protestiere ich. Aber eigentlich war es das schon, oder? »Hör mal, es tut mir leid. Das kommt nie wieder vor. Okay? Das war halt erst unser zweites Date und ich hatte nicht damit gerechnet, dass er mich so bald schon wieder einladen würde. Es läuft echt gut. Ihr müsst ihn bald mal kennenlernen.«

»Wen?«

»Na, Will natürlich.« Ich lache. »Wen denn sonst?«

»Keine Ahnung. Du erzählst immer von deinem neuen Freund Will, aber der war es nicht, mit dem ich dich gestern gesehen habe, oder?«

»Wovon redest du?«

»Jetzt tu nicht so dumm, Ella. Ich weiß, dass du dir die ganze Geschichte mit Will bloß ausgedacht hast. Ich fand es von Anfang an komisch, dass du ihn bis vor ein paar Wochen mit keinem Wort erwähnt hast und dann plötzlich von einem Tag auf den anderen mit ihm ›ausgehst‹. Trotzdem hab ich dir geglaubt, bis gestern, als ich dich auf frischer Tat ertappt hab! Ich war ein bisschen shoppen und dachte: Ooh, gleich müsste Ella mit der Arbeit fertig sein, da schau ich doch mal schnell vorbei und sag Hallo. Aber dann hab ich durchs Fenster geguckt und dich mit Dom gesehen – wie ihr am Tisch saßet und gemütlich miteinander geplaudert habt. Mit Jens Dom, Ella. Du weißt doch, wie schlecht es ihr seinetwegen geht. Wie konntest du nur?«

Erleichtert lache ich auf. Sie glaubt ernsthaft, ich hätte irgendeine angebliche Beziehung mit Will erfunden, um meine wahre Beziehung mit Dom zu verbergen. Was für eine absurde Vorstellung. »Sei nicht albern. Das hast du total falsch verstanden. Ich bin wirklich mit Will zusammen. Dom ist bloß ein Kumpel. Ehrlich gesagt hatte ich vollständig vergessen, wer er ist.«

Und dann verfliegt meine Erleichterung genauso schnell, wie sie gekommen ist, denn mir wird klar, dass sie ja teilweise recht hat: In diesem Universum habe ich mich tatsächlich heimlich mit Dom getroffen. *Ich* lüge zwar nicht, doch die Ella, die sie kennt, schon.

»Okay, dann schwör auf dein Leben, dass du dich nicht mit Dom triffst.«

Ich soll auf mein Leben schwören? Auf welches Leben? Normalerweise bin ich nicht besonders abergläubisch, aber wenn ich etwas auf mein Leben schwöre, betrachte ich das als einen heiligen Eid. Wenn ich mich darauf einlasse, wird mir, der neuen Ella oder sogar uns beiden dann etwas Schlimmes zustoßen? Werden unsere Universen kollidieren und explodieren? »Sei nicht albern, Rachel. Du kannst mir glauben. Mag sein, dass es nicht besonders schlau war, mich mit Dom zu treffen und euch nichts davon zu sagen, aber ich bin nicht mit ihm zusammen.«

»Ich weiß nicht, ob ich dir glauben kann.«

»Du erzählst aber Jen nichts davon, oder?« Ich gehe davon aus, dass sie das bisher noch nicht getan hat, denn sonst würden wir diese Unterhaltung nicht führen. Sie will erst mal die Lage erkunden.

»Ich weiß nicht. Ich halte eigentlich nicht gern Dinge vor ihr geheim.«

»Ich weiß. Aber was würde es denn bringen? Es würde ihr nur wehtun.«

»Ach, auf einmal interessiert es dich, ob ihr wehgetan wird. Wenn du uns angelogen hast, ist es ihr gutes Recht, das zu erfahren. Ich meine, du hast sie doch sogar noch ermutigt, auf ihn zuzugehen! Und dabei wusstest du die ganze Zeit, dass er sie abservieren würde, weil er mit dir zusammen ist. Das ist echt krank!«

»Ich bitte dich! So war das überhaupt nicht. So was würde ich niemals tun.«

»Ich würde dir ja gerne glauben, aber ich bin mir nicht sicher, ob ich das kann. Du verhältst dich in letzter Zeit so seltsam.«

»Du weißt genau, woran das liegt.«

»Nein, es ist nicht nur das. Du hast dich verändert: die Art, wie du dich verhältst, wie du denkst, wie du auf Dinge reagierst. Manchmal habe ich das Gefühl, ich kenne dich überhaupt nicht mehr.«

Wow. Da ist sie also, die Wahrheit. Ich bin nicht die Ella, die sie kennt, der strebsame, liebe Sonnenschein, der ehrenamtlich im Hospiz aushilft und noch Jungfrau ist. Ich bin jemand vollkommen anderes – jemand, den sie offensichtlich nicht besonders mag. Das zu hören tut deutlich mehr weh, als ich erwartet hätte. Denn obwohl Rachel nicht unbedingt meine erste Wahl für den Job als beste Freundin wäre, mag ich sie ganz gerne und würde mir wünschen, dass sie genauso empfindet.

Ich antworte nicht. Was sollte ich auch sagen? Irgendwie glaube ich, dass sie es nicht allzu positiv auffassen würde, wenn ich ihr jetzt mit einer Erklärung käme, die Parallelwelten und diverse Versionen von mir beinhaltet. Eigentlich komisch, dass etwas, was noch vor ein paar Tagen, als Daniel es mir erklärt hat, so logisch geklungen hat, plötzlich nur noch wie eine abenteuerliche Ausrede erscheint, warum ich mich in letzter Zeit wie eine miese Freundin verhalten habe. Warum ich mich allgemein so mies verhalten habe.

»Ich sollte jetzt auflegen«, sagt Rachel schließlich. »Ruf an, wenn du bereit bist, mir die Wahrheit zu erzählen.« Sie legt auf, ohne sich zu verabschieden, und ich fühle mich, als hätte ich etwas Wichtiges verloren, auch wenn ich es, solange ich es hatte, nicht besonders wertgeschätzt habe.

Eine Weile liege ich auf dem Bett und versinke in Selbstmitleid. Ich frage mich, wie ich derart aufs Abstellgleis geraten konnte, obwohl ich immer einen großen Freundeskreis hatte. Vor ein paar Tagen habe ich eine E-Mail vom Arthouse-Kino hier in der Nähe bekommen, in der für eine einmalige Vorführung der restaurierten Fassung des Louise-Brooks-Films *Die Büchse der Pandora* geworben wird. Der Film, eine Tragödie, handelt von einer Frau namens Lulu, die wunderschön und wild ist und sich von niemandem sagen lässt, wie sie zu leben hat. Es erscheint wie ein Wink des Schicksals, dass dieser Film ausgerechnet jetzt läuft; ihre Filme werden normalerweise kaum noch gezeigt. Ich spiele schon seit ein paar Tagen mit dem Gedanken, mir Tickets zu kaufen und rumzufragen, ob irgendjemand Lust hat, ihn sich mit mir anzusehen. Aber Will zu fragen ist sinnlos, denn der hat für Arthouse-Filme nichts übrig und wird das Ganze nur als weitere Gelegenheit betrachten, mich im Dunkeln zu begrapschen. Und selbst, wenn Rachel noch mit mir reden würde, weiß ich, dass Jen und sie damit auch nicht viel anfangen könnten. Wir haben uns mal über Filme unterhalten und Jen verkündete sofort: »Ich seh mir auf keinen Fall irgend so einen Schwarz-Weiß-Schinken an«, als würden ihr davon die Augen bluten. Der Einzige, der vielleicht gerne mitgehen würde, ist Dom. Aber nach meinem Gespräch mit Rachel scheint es mir keine gute Idee, ihn zu fragen. Außerdem ist es vermutlich sowieso nicht so schlau, mich allzu oft mit ihm zu treffen, denn das könnte ihn nur auf falsche Gedanken bringen. Wahrscheinlich sollte ich einfach alleine gehen … doch irgendwie will mir die Vorstellung nicht aus dem Kopf, dass genau dies der passende Anlass sein könnte, um Deeta wieder näherzukommen.

Einen letzten Versuch ist es wert, oder? In einem anderen Universum haben wir zu unserem sechzehnten Geburtstag (wir haben immer zusammen gefeiert, obwohl unsere Geburtstage Monate auseinanderliegen) einen alten Filmprojektor aufgetrieben, über den wir den ganzen Abend Ausschnitte des Films, die wir auf YouTube gefunden hatten, auf ein großes weißes Bettlaken projizierten, das wir an die Decke gehängt hatten. Wir waren so stolz auf uns.

Ich tippe die Nummer, die ich so gut kenne, in mein Handy und schreibe: *Hi, hier ist Ella. Aus der Schule. Ich weiß, du kennst mich eigentlich kaum, aber ein kleines Vögelchen hat mir gezwitschert, dass du auch Louise-Brooks-Filme magst, und im Curzon läuft demnächst* Die Büchse der Pandora. *Hättest du Lust, mit mir hinzugehen?*

Die Formulierungen fühlen sich irgendwie nicht richtig an, doch besser kriege ich es einfach nicht hin. Also drücke ich auf »Senden«, lasse meine Nachricht in die Welt hinausflattern und bete, dass die Deeta aus diesem Universum mir diesmal eine Chance geben wird.

Später, als ich ins Bett gehe, kann ich wieder nicht einschlafen. Als ich schließlich doch noch wegdämmere, träume ich von Mumien in vergoldeten Sarkophagen, die in Vitrinen aus Glas eingeschlossen sind. Ich träume, dass ich selbst eine Mumie bin: von Kopf bis Fuß bandagiert, eingeschlossen und bewegungsunfähig, während um mich herum ein schriller Piepton erklingt, der immer lauter wird. Aus dem Augenwinkel kann ich neben mir eine weitere Mumie erkennen, auf deren Sarg das Bildnis der Frau prangt. Ihr Gesichtsausdruck ist wütend, verzerrt, und ich möchte fliehen, aber ich kann nicht.

Dann wird alles schlagartig schwarz-weiß und ich bin Louise Brooks, schreie wortlos und stumm, während sich die alte Frau aus ihrem Sarg erhebt und sich bedrohlich über mich beugt.

Zurückweisung

Deeta schreibt nicht zurück, aber ein paar Tage später erhalte ich trotzdem eine Antwort, als ich ihr in der Schule vor den Schließfächern über den Weg laufe. Zur Abwechslung sind wir beide allein, und so beschließe ich, die Gelegenheit zu ergreifen und sie anzusprechen. Sie steht mit dem Rücken zu mir und verstaut irgendwas in ihrem Schließfach, daher halte ich mich zunächst im Hintergrund und warte darauf, dass sie sich zu mir umdreht. Doch das tut sie nicht. Sie trägt eine Jogginghose und eine rot-weiß gestreifte Strickjacke. Ich habe mich immer noch nicht daran gewöhnt, sie in Klamotten zu sehen, die ich nicht kenne oder mit ihr zusammen ausgesucht habe. Und jedes Mal muss ich mich davon abhalten, einen Kommentar wie »Neues Kleid?« oder »Coole Jeans« dazu abzugeben.

»Hey«, sage ich, so beiläufig, wie ich kann. »Wie geht's?« Ich bin nervös, ungefähr so, wie wenn man sich mit jemandem gestritten und dann tagelang nicht mehr miteinander geredet hat und nun auf den anderen zugeht, in der Hoffnung, dass er einem inzwischen verziehen hat – nur mit dem Unterschied, dass wir uns nicht gestritten haben, denn dafür hätten wir ja erst mal Kontakt haben müssen.

Sie hält kurz inne und fährt zu mir herum, die Augen weit aufgerissen. »Gott! Du hast mich erschreckt!«

Ich glaube nicht, dass das stimmt. Sie muss zumindest gespürt haben, dass jemand in der Nähe war. Aber Deeta hatte schon immer einen Hang zur Dramatik. Allerdings sollte ich jetzt wohl lieber mitspielen. »Sorry, das wollte ich nicht.«

Sie wendet mir den Rücken zu und widmet sich wieder dem Inhalt ihres Schließfachs. »Also, was willst du?«

»Ähm … Ich wollte nur fragen, ob du meine SMS zu *Pandora* bekommen hast.«

»Wem?«

»Dem Film: *Die Büchse der Pandora.* Du weißt schon, ›Lulu‹. Wie gesagt, ich hab gehört, dass du den Film auch magst, und ich, äh, hab ein Ticket übrig, deswegen dachte ich, du möchtest es vielleicht haben.«

Deeta blickt über ihre Schulter. »Ach, das. Tut mir leid, nur warum zur Hölle sollte ich das wollen? Ich will nicht unhöflich sein oder so, aber ich kenne dich ja nicht mal.«

»Ich weiß, das glaubst du, aber … Ich dachte, na ja, wir haben da was gemeinsam und weil wir doch in die gleiche Stufe gehen … Keine Ahnung.« Ich merke selber, wie erbärmlich ich klinge. »Ist auch egal. Wenn du willst, kannst du es jedenfalls haben.«

Sie dreht sich um, richtet sich auf und macht einen unerwarteten Schritt auf mich zu, wodurch sie meinem Gesicht so nahe ist, dass ich den Hauch von etwas Süßem in ihrem Atem riechen kann. »Hör zu. Ella, oder?« Ich nicke. »Pass auf, ich weiß ja nicht, was mit dir los ist, aber ich hab gehört, du bist nicht ganz richtig im Kopf, daher sage ich es dir jetzt klipp und klar.« Sie zeigt mit dem Finger auf mich. Er ist nicht so verkrümmt wie der der alten Frau und trotzdem fast genauso Furcht einflößend. »Wir kennen uns nicht, wir sind nicht befreundet und wir werden auch niemals Freundinnen werden. Punkt. Ich habe alle Freunde, die ich brauche, und verstehe nicht, was du auf einmal von mir willst. Ich kapiere auch nicht, warum du glaubst, ich würde mit dir ins Kino gehen, oder warum du annimmst, ich würde mir noch mal so einen uralten Schinken angucken wollen, den ich nicht besonders mochte. Das möchte ich nämlich nicht. Okay? Also lass mich bitte endlich in Ruhe. Hör auf, mich anzustarren. Hör auf, mir nachzulaufen. Hör auf, mir zu schreiben. Denn wenn nicht, zeige ich dich wegen Stalking an, du Freak. Alles klar?« Erschrocken nicke ich und sie tritt einen Schritt zurück. »Und jetzt verpiss dich.«

Tränen brennen in meinen Augen, als ich weggehe. Es ist eine Sache, dass sie sich nicht an mich erinnert, aber etwas ganz anderes, so vehement abgewiesen zu werden. Ich wusste immer, dass Deeta durchaus gemein werden kann, doch in all den Jahren unserer Freundschaft hat sie diese Gemeinheit nie gegen mich gerichtet. Naiv, wie ich bin, dachte ich wohl, ich sei immun dagegen. Ich hatte vergessen, dass Deeta nur tut, was sie will, und das ausschließlich zu ihren Bedingungen. Was mir am meisten zu schaffen macht, ist die Tatsache, dass ich nicht verstehen kann, warum sie mich anscheinend nicht mag und keinerlei Interesse an mir hat. Vermutlich hatte ich gehofft, dass ich, ähnlich wie bei Will, irgendwie zu ihr durchdringen und unsere Verbindung wiederaufleben lassen könnte. Zeig ihr, wer du bist, dachte ich, und sie wird erkennen – wird es spüren –, dass ihr dazu bestimmt seid, beste Freundinnen zu sein.

Es ist mir außerdem ein Rätsel, warum sie *Die Büchse der Pandora* nicht mag, dabei war das doch der Film, der uns einst zusammengeschweißt hat. Habe ich unsere Vergangenheit falsch in Erinnerung? War am Ende ich diejenige, die sie mit Louise Brooks bekannt gemacht hat, und nicht andersrum? Und wenn das der Fall ist: Wo täuscht mich mein Gedächtnis noch? Aber egal, wie die Wahrheit auch aussehen mag: Wie dumm war ich eigentlich zu glauben, ich könnte mir ihre Freundschaft mit Kinokarten erkaufen? So was Dämliches und Verzweifeltes. Ich erschaudere regelrecht vor Scham, grabe meine Fingernägel tief in die Handflächen und kneife die Augen fest zu.

Der Schmerz über Deetas Ablehnung lässt mich tagelang nicht los. Vor meinem inneren Auge lasse ich wieder und wieder unsere Freundschaft ablaufen, erinnere mich an all die Dinge, die wir meiner Meinung nach gemeinsam hatten, an all die vielen Male, die wir miteinander gelacht haben. Es kann doch nicht sein, dass wir nur deswegen beste Freundinnen geworden sind, weil ich zufälligerweise zur richtigen Zeit am richtigen Ort gewesen bin. Sonst hätte es auch jede andere treffen können. Aber wenn das der Fall ist, gibt es ja vielleicht einen Weg, das alles zu beheben.

Bei meiner nächsten Nachhilfestunde mit Daniel frage ich, ob es möglich wäre, dass ich in eine Art Zeitmaschine steige, wie man sie aus Filmen kennt, und an den Abend der Party zurückreise, damit ich meine Meinung ändern und doch hingehen kann. Wenn ich dafür sorge, dass ich Deeta in diesem Universum dort begegne, auf die exakt gleiche

Weise wie in meinem eigenen, müssten wir ja eigentlich wieder beste Freundinnen sein, wenn ich in die Gegenwart zurückkehre.

Daniel schüttelt den Kopf. Er erklärt mir, dass es zwar theoretisch möglich ist, praktisch aber nicht umsetzbar. Außerdem wären die Auswirkungen katastrophal. »So etwas wie eine Zeitmaschine gibt es nicht«, sagt er. »Meinst du nicht, dass wir sonst andauernd irgendwelchen Zeitreisenden begegnen würden, Leuten, die aus der Zukunft oder Vergangenheit zu uns kommen? Ich habe noch nie einen getroffen. Du?«

»Vielleicht verraten sie ja bloß keinem, dass sie Zeitreisende sind«, gebe ich zu bedenken. »So wie ich. Ich laufe ja auch nicht rum und binde allen auf die Nase, dass ich im falschen Universum festsitze. Wahrscheinlich haben sie Angst, dass die Leute sie dann für verrückt halten könnten.«

Er nickt. »Kann sein. Ella, du hast aber niemandem sonst von unseren Gesprächen erzählt, oder?«

Ich senke den Blick. Ich bin eine miserable Lügnerin, das war schon immer so. »Nur einem einzigen Freund. Niemandem aus der Schule. Und ich hab auch nicht viel verraten.«

Daniel wirkt beunruhigt. »Und was hat dieser Freund gesagt?«

»Nicht viel. Er glaubt nicht an Paralleluniversen, also hab ich das Thema wieder fallen gelassen.«

»Erzähl mir ganz genau, was er gesagt hat, Ella. Ich muss das wissen.«

»Echt jetzt?« Ich kichere nervös. »Also gut. Er fand, ich hätte eine Schraube locker und du würdest nur Schwachsinn reden und dass ich nicht auf dich hören solle. Er meinte sogar, du würdest versuchen, Chaos in meinem Kopf zu stiften. Als ob! Was hättest du denn davon?«

Ich grinse, damit er merkt, dass ich anderer Meinung bin, dass ich auf seiner Seite stehe, doch er erwidert es nicht. Genau genommen wirkt er dermaßen sauer, dass er sich in eins dieser schwarzen Löcher verwandelt hat, die er immer erwähnt – er saugt die gesamte Energie in diesem Raum in sich auf, bis er kurz davor steht, vor Wut zu explodieren. Sein Gesicht ist knallrot, von der Stirn bis runter zum Kinn, und er beißt die Zähne zusammen und starrt fuchsteufelswild ins Leere.

»Denkst du vielleicht, das alles ist bloß ein Witz?«, fragt er. Er schreit mich nicht an – dabei wäre das viel weniger beängstigend. Seine Stimme ist leise, angespannt und vollkommen beherrscht. »Denkst du, ich erlaube mir hier lediglich einen kleinen Spaß? Wenn ich wollte, wenn du die Fähigkeiten, das Wissen und das Verständnis hättest, sie zu begreifen, könnte ich dir Fachbücher und Notizhefte voller Gleichungen und Berechnungen und Theorien zeigen, die belegen, was ich sage. Wir unterhalten uns hier über goldene Schuhe, Ella, aber ich versichere dir, das tue ich nur dir zuliebe. In den Annalen der Physik gibt es keine goldenen Schuhe. Das hier ist meine Lebensaufgabe und war die vieler anderer Wissenschaftler vor mir.« Ich wage nicht, mich zu rühren.

»Aufgrund deiner persönlichen Umstände habe ich dir Zugang zu meinen wissenschaftlichen Erkenntnissen gewährt, die bis heute noch niemand vollkommen versteht und daher auch nicht annähernd weit genug ausgearbeitet sind, um sie mit der Öffentlichkeit zu teilen. Aber darüber sollte man sich nicht lustig machen. Verstanden?« Er hält inne, um sich zu räuspern. »Wenn du das hier nicht ernst nimmst, wenn ich nicht darauf vertrauen kann, dass du nicht mit deinen Freunden darüber redest – von denen weder anzunehmen ist, dass sie es für sich behalten werden, noch dass sie auch nur ansatzweise über das nötige Wissen verfügen, um die ganze Sache zu verstehen –, dann würde ich vorschlagen, dass du dir in Zukunft besser einen anderen Nachhilfelehrer suchst.«

»Oh«, bringe ich quiekend hervor, wobei ich mir bewusst werde, dass ich so still und stocksteif dastehe, dass ich vor Anspannung bereits zittere. Bis gerade eben, bis zu dem Moment, als ich plötzlich fürchten musste, ihn zu verlieren, war mir gar nicht klar, wie sehr ich auf Daniel und sein Wissen angewiesen bin. Die Vorstellung, einfach wieder in die Dunkelheit hinausgeschickt zu werden und ganz allein mit meinem verwirrenden Leben klarkommen zu müssen, macht mir eine Heidenangst. Erst seit ich zu ihm in den Nachhilfeunterricht gehe, bin ich überhaupt in der Lage, klar zu denken. »Es tut mir leid. Ich wollte keine Geheimnisse ausplaudern. Ich nehme das, was du mir erzählst, ausgesprochen ernst. Und ich will keinen anderen Nachhilfelehrer. Du bist der einzige Mensch, der versteht, was mit mir los ist. Bitte hör nicht auf, mir zu helfen. Ich weiß nicht, was ich sonst tun soll.«

Er nickt langsam, während er mir so tief in die Augen blickt, als wolle er meine Gedanken lesen. Vielleicht kann er das ja sogar. »Ich werde dir weiterhin helfen, allerdings nur unter der Bedingung, dass du meine Beweggründe nicht länger infrage stellst. Und dass du niemandem von dem erzählst, was wir hier besprechen. Das hier geht nur dich und mich etwas an. Verstanden?«

»Ja. Absolut. Selbstverständlich, Daniel. Ich verspreche es. Ich werde dich nicht enttäuschen.«

So ernst habe ich in meinem ganzen Leben noch nie etwas gemeint. Ich darf ihn nicht enttäuschen. Ich kann es mir nicht erlauben, ihn zu enttäuschen. Es gibt noch so viel, was ich herausfinden muss.

Mörderin aus Versehen

In den folgenden Wochen treffen Daniel und ich uns immer öfter. Zu unseren verabredeten Nachhilfestunden, aber zunehmend auch an anderen Tagen. Wahrscheinlich verbringe ich inzwischen mehr Zeit mit ihm als mit irgendeinem meiner Freunde, von Will einmal abgesehen (doch der fällt ja auch nicht direkt unter die Kategorie »Freunde«). Obwohl Rachel mir mein Treffen mit Dom verziehen und überraschenderweise Jen nichts davon erzählt hat, spüre ich, dass die Distanz zwischen uns größer und größer wird, ohne dass ich den geringsten Versuch unternehme, das wieder hinzubiegen. Wir machen weiterhin das, was Freundinnen halt so machen, aber mehr aus Gewohnheit als alles andere. Dom habe ich seit unserem Ausflug ins British Museum nur noch einmal kurz gesehen. Ich weiß, dass ich besser nicht zu viel Zeit mit ihm verbringen sollte, denn sonst plaudere ich über kurz oder lang wieder irgendwas über Daniel aus, worüber ich eigentlich nicht reden darf.

Meine Eltern glauben immer noch, dass ich regelmäßig zur Therapeutin gehe, aber da war ich seit meiner ersten Sitzung nicht mehr. Stattdessen treffe ich mich in der Zeit, in der ich angeblich bei ihr bin, mit Daniel. Da ich deutlich gefestigter wirke, gehen sie davon aus, dass die Therapie Wirkung zeigt, und stellen nicht allzu viele Fragen. Dabei hilft sicherlich auch die Tatsache, dass sie praktisch kaum noch miteinander reden. Falls sich einer von ihnen doch mal danach erkundigt, sauge ich mir irgendwas aus den Fingern. Die Therapiegespräche sind ja schließlich vertraulich, oder? Früher oder später werden sie aber wohl dahinterkommen, dass ich nicht mehr hingehe.

Daniel und ich widmen uns kaum noch dem Unterrichtsstoff, den ich bei ihm eigentlich nachholen sollte. Meistens reden wir gleich von Anfang an über mich und meine Parallelexistenz, was mir nur recht ist. Mir ist es inzwischen egal, welche Noten ich bekomme oder ob ich meine Kurse wechseln darf. Was spielt das auch für eine Rolle, wo ich doch sowieso nicht vorhabe, noch lange hierzubleiben? Tatsache ist: Je einsamer ich mich in dieser Welt fühle, desto weniger kann ich es erwarten, endlich in mein Ursprungsuniversum zurückzukehren. Daniel meint, er könne mir dabei helfen, aber dafür müsse er erst jedes noch so winzige Detail über mich und mein Leben als andere Ella kennen. »Schreib es auf«, sagt er. »Schreib alles auf. Alles, was du erlebt hast, alles, woran du dich erinnerst, ganz egal, wie unwichtig es auch erscheinen mag. Selbst wenn du glaubst, dass es rein gar nichts mit deiner jetzigen Situation zu tun hat. Erzähl mir alles.«

So berichte ich ihm schließlich auch von meinem Déjà-vu-Erlebnis in der CT-Röhre und dem Piepsen, das ich manchmal im Schlaf höre, und von der alten Frau, die zur gleichen Zeit real und eine Halluzination ist. Je mehr ich über sie spreche, desto aufgeregter wird Daniel.

»Ich denke nicht, dass du sie dir bloß eingebildet hast«,

verkündet er. »Ist dir jemals der Gedanke gekommen, dass sie sowohl als reale Person existieren könnte als auch als Projektion dieser Person?«

»Du meinst, wie ein Geist?«

»Ja, so in etwa. Tatsächlich gehen manche Leute davon aus, dass das, was wir als ›Geister‹ bezeichnen, in Wahrheit kurze Momente sind, in denen wir Menschen aus anderen Universen wahrnehmen. Angesichts deines anscheinenden Bewusstseinstransfers ist es durchaus möglich, dass du jedes Mal, wenn du glaubst, die alte Frau zu halluzinieren, in Wirklichkeit kurz eine Version von ihr aus deinem Ursprungsuniversum sehen kannst.«

Auf verrückte Weise ergibt das sogar einen Sinn. Die alte Frau erscheint wirklich wie etwas Übernatürliches, wie ein Geist oder ein Gespenst. »Aber warum sollte sie mich verfolgen? Und warum wirkt sie in meinem Universum so wütend und bedrohlich, während sie hier so zerbrechlich und unbedarft ist?«

Er holt tief Luft. »Auch dazu habe ich eine Theorie. Ich vermute, dass du sie in deinem anderen Universum vielleicht tatsächlich angefahren hast – ein Unfall, an den du dich nicht erinnern kannst. Du könntest sie dort schwer verletzt oder, was ich für noch wahrscheinlicher halte, sogar getötet haben. Möglicherweise konntest du ihr hier, in diesem Universum, gerade noch so ausweichen und dieser Schreck hat deinen plötzlichen Bewusstseinssprung ausgelöst. Manchen Geschehnissen scheint es vorherbestimmt zu sein, dass sie sich in jedem Universum ereignen. Kann sein, dass das auch auf deinen Unfall mit der alten Frau zutrifft.«

Mir wird eiskalt, obwohl ich einen dicken, flauschigen Pulli anhabe. »Du denkst, dass ich sie getötet habe? Du denkst, dass ich jemanden umgebracht habe?« Ich schüttle den Kopf. Nein, nein, nein. Diese Vorstellung überfordert mich.

»Nicht mit Absicht. Aber ja. Das kann aus Versehen passiert sein. Oder womöglich warst du auch bloß Beifahrer in dem Wagen, der sie überfahren hat. Du hast erzählt, dass das eine Mal, als dir die alte Frau ›erschienen‹ ist und du sie als besonders Furcht einflößend empfunden hast, Will am Steuer war, er sie aber nicht gesehen hat. Vielleicht lag das daran, dass Billy sie in deinem Ursprungsuniversum überfahren hat und du mit ihm im Wagen saßest.«

»Keine Ahnung. Wie kann ich das rausfinden? Alles ist immer nur ›vielleicht‹ oder ›möglicherweise‹. Wie kann ich Gewissheit erlangen?«

»Ich fürchte, der Beweis dafür verbirgt sich in deinem anderen Universum. Wenn ich richtigliege, solltest du die nötigen Hinweise finden, wenn du wieder zurückspringst.«

»Soll das heißen, wenn ich in mein altes Leben zurückkehre, wird die alte Frau tot sein?«

Er nickt. »Das scheint mir relativ wahrscheinlich.«

Ich stehe mittlerweile kurz davor, in Tränen auszubrechen. »Dann bedeutet das, dass meine Rückkehr sie das Leben kosten wird? Aber wenn ich hierbleibe, lebt sie weiter. Wenn ich mich also entschließe zurückzukehren, bringe ich sie um! Oh Gott!«

Er lächelt, was mir in diesem Moment ein wenig unpassend vorkommt. »Nein, Ella, denn dort ist sie bereits tot.

Hier wird sie weiterleben und mit ihrem Einkaufswagen fröhlich die Hauptstraße auf und ab spazieren, so, wie du es mir beschrieben hast. Wenn du zurückspringst – oder genauer gesagt, wieder hinüber –, ändert sich hier nichts.«

»Wo werde ich mich dort dann wiederfinden? Ich meine, wenn ich in einem Auto saß, mit dem jemand überfahren wurde, könnte es doch sein, dass ich zurückkehre und feststellen muss, dass ich verhaftet wurde und im Gefängnis oder irgendeiner Einrichtung für jugendliche Straftäter gelandet bin. Oder dass Billy dort ist. Oder noch schlimmer: Was, wenn ich tot bin?«

»Wie gesagt: Du kannst dort nicht tot sein, Ella, denn wir können mit ziemlicher Sicherheit sagen, dass dein Bewusstsein hierher in diesen Körper gesprungen ist. Wenn die ursprüngliche Ella tot wäre, wäre ihr Bewusstsein ebenfalls tot.«

Etwas daran ergibt für mich immer noch keinen Sinn. »Das Letzte, woran ich mich erinnere, ist, dass ich mit Billy auf einer Party war und mich am Tag danach mit Deeta getroffen habe. An einen Unfall erinnere ich mich nicht. Wie kann das sein?«

»Wahrscheinlich war die Erfahrung so traumatisierend, dass dein Hirn den Unfall komplett ausgeblendet hat. Das Letzte, woran du dich aus deinem Ursprungsuniversum erinnern kannst, ist nicht das Letzte, was dir dort widerfahren ist – logischerweise, denn hier existierst du ja weiter. Aber der Unfall, den du hier mit deinem Vater hattest, muss der Auslöser gewesen sein, der dein Bewusstsein hergeholt hat, auch wenn du das nicht gleich gemerkt hast. Du hast eine

Gehirnerschütterung erlitten und warst danach kurz bewusstlos. Und ich glaube, das hat das Ganze erst ermöglicht. Kannst du mir so weit folgen?«

Ich nicke. »Ich glaube schon. Fahr fort.«

»Die Frage, die wir uns stellen müssen, lautet also: Warum ist es dazu gekommen? Und warum genau an dieser Schnittstelle? Und, wichtiger noch: Wie um alles in der Welt kannst du dort drüben weiterexistieren, wo dein Bewusstsein sich doch hier befindet, in diesem Körper? Um das zu erklären, habe ich eine weitere Theorie ...« Er lässt die Worte in der Luft hängen wie einen Köder, obwohl er genau weiß, dass ich es kaum erwarten kann, seine Erklärung zu hören.

Ich halte den Atem an. »Ja bitte, sag schon.«

»Ich glaube, dass du bei dem Unfall in deinem Ursprungsuniversum, bei dem die alte Frau ums Leben gekommen sein könnte, möglicherweise ebenfalls verletzt wurdest – so schwer sogar, dass du für den Bruchteil einer Sekunde tot warst. In diesem Moment hat sich dein Bewusstsein gelöst. Danach bist du ins Koma gefallen und liegst dort drüben seitdem bewusstlos im Krankenhaus. Das Piepsen, das du manchmal beim Einschlafen oder Aufwachen zu hören glaubst, stammt von den Geräten, die dich am Leben erhalten. Und das Gefühl, schon mal in einer CT-Röhre gewesen zu sein, war auch kein Déjà-vu. Du hast das tatsächlich schon mal erlebt – nur eben nicht hier, sondern in deinem anderen Universum. Und wenn es sich für dich so anfühlt, als würde irgendetwas dich festhalten und deine Bewegungen hindern, dann liegt das daran, dass du dort drüben, in deinem komatösen Zustand, an alle möglichen Geräte angeschlossen bist, mit einer Atemmaske und Infusionsschläuchen überall. Du bist nicht in der Lage, selbstständig zu atmen oder dich überhaupt zu bewegen. Das sind keine Träume, Ella, sondern winzige Bewusstseinsfragmente, die über die Kluft zwischen den beiden Universen hinweg zu dir durchdringen.«

»Oh Gott.« Ich scheine die Kontrolle über meine Beine verloren zu haben. Sie fühlen sich ganz schwach und zittrig an. »Wenn ich zurückgehe, werde ich also im Koma liegen?« Was für eine Auswahl: Ich kann hierbleiben und weiter eine unglückliche, einsame Außenseiterin sein oder ich kann dorthin zurückkehren und den Rest meines Lebens als Matschbirne verbringen.

»Nein, Ella. Ich denke, der einzige Grund, weswegen du nicht aus deinem Koma erwachst, ist der, dass dein Bewusstsein hier, in diesem Universum, ist. Das ist doch logisch: Solange du kein Bewusstsein hast, musst du zwangsläufig bewusstlos bleiben. Aber wenn du zurückkehren würdest, würde dein Bewusstsein seinen Platz wieder einnehmen, und du würdest umgehend aus dem Koma erwachen.«

Plötzlich bin ich ganz aufgeregt. »Das heißt, wenn ich zurückgehe, rette ich mich also quasi gleich doppelt? Ich bekomme mein richtiges Leben zurück und wecke mich noch dazu aus dem Koma auf?«

»Ja«, bestätigt er. »So ist es.«

»Und was, wenn ich nicht zurückgehe?« Ich weiß bereits, dass das für mich nicht infrage kommt, aber die Antwort darauf muss ich trotzdem wissen.

»Es ist gut möglich, dass früher oder später dein ursprüngliches Bewusstsein aus diesem Universum – das zurzeit von deinem anderen Bewusstsein blockiert oder unterdrückt wird – einen Weg finden wird, zurück an die Oberfläche zu gelangen, oder irgendetwas von außen diese Rückkehr auslöst. In dem Moment wirst du vergessen, dass du jemals ein anderes Leben hattest, und einfach weitermachen wie davor.«

»Das wäre doch eigentlich gar nicht so schlimm«, wende ich ein. »Oder? Obwohl ich es inzwischen sowohl mit meinen Freunden als auch mit der Schule ziemlich vermasselt hab.«

»Nein, das wäre wirklich nicht schlimm. Aber es kann eben auch passieren, dass es nie dazu kommt, und ich fürchte, die Alternative … die Alternative wäre viel, viel schlimmer. Meine größte Sorge ist, dass du so lange im Koma liegst – über Monate, wenn nicht gar Jahre hinweg –, dass die Ärzte irgendwann zu dem Schluss kommen, dass du nicht mehr aufwachen wirst. Und es wäre denkbar, dass sie deinen Eltern deshalb raten, die Geräte abzuschalten.«

»Die Geräte abzuschalten? Und was würde dann passieren?«

»Du würdest in deinem anderen Universum sterben. Und damit könntest du nie wieder zurückkehren. Dein Bewusstsein würde mit einem Schlag ausgelöscht und das könnte wirklich schwerwiegende Folgen haben. Wir können nicht absehen, was geschehen würde. Du könntest auch hier in eine Art Wachkoma fallen. Es gibt leider gar keine Garantie, dass dein anderes Bewusstsein übernehmen würde. Es kann sein, dass es irreparabel geschädigt oder sogar vollständig zerstört ist.«

»Ich muss also zurück, richtig?! Ich hab gar keine Wahl. Und je früher, desto besser! Bitte sag mir, wie ich zurückkehren kann!« Diese Frage habe ich ihm schon mehrfach gestellt, doch irgendwie scheint er mir darauf keine klare Antwort geben zu wollen.

»Ich denke nach wie vor, dass du noch nicht bereit dafür bist«, erwidert er. »Ich muss dir erst noch einiges andere erklären und für heute war das schon ziemlich viel, was du verstehen und verarbeiten musstest.«

Bei unserer nächsten Sitzung zieht er einen blauen Pappordner aus seiner Aktentasche und reicht ihn mir. Er ist über und über mit Kritzeleien bedeckt, angefangenen Gleichungen und wissenschaftlichen Zeichnungen, aus denen ich nicht schlau werde. Wenn ich kritzle, zeichne ich normalerweise Gesichter und Augen, Dinge in meiner Umgebung, die mir auffallen. Daniel kritzelt ausschließlich Zahlen und Symbole.

»Na los, schlag schon auf«, sagt er. Darin befinden sich Unterlagen. »Nimm das und lies es dir durch. Das sind Beweise dafür, dass du zwar ungewöhnlich, aber keineswegs die Einzige bist. Du bist nicht allein. Diesen Leuten ist es genau wie dir ergangen: Auch sie hatten das Gefühl, in einer abweichenden Version ihres Lebens festzustecken, in ein anderes Universum gerutscht zu sein.«

Ich nehme die Unterlagen mit zu meinem Tisch und überfliege sie atemlos. Die Unterlagen enthalten ausgedruckte Blogposts, Briefe und E-Mails, von denen einige direkt an Daniel adressiert sind. Alle geben die Erfahrungen von Männern und Frauen aus sämtlichen Altersgruppen und quer durchs ganze Land wieder. Sie sind alle älter als ich und keiner stammt aus der näheren Umgebung. Doch das, was sie schildern, kommt mir nur allzu vertraut vor: »Ich bin aufgewacht und hatte das Gefühl, plötzlich ein vollkommen anderes Leben zu führen«; »Ich bin nicht mehr ich selbst. Ich sehe aus wie ich, aber alles andere hat sich verändert«; »Dieser Mann behauptet, mein Ehemann zu sein, aber ich kenne ihn überhaupt nicht. Eigentlich müsste ich mit jemand ganz anderem verheiratet sein.« Die Berichte werden zunehmend verzweifelter: »Niemand glaubt mir. Sie denken, ich verliere den Verstand«; »Bitte helfen Sie mir. Ich kann so nicht weiterleben«; »Meine Frau sagt, sie wolle mich einweisen lassen«; »Ich will nicht mehr hier sein. Ich will mein eigenes Leben zurück.« Jeder dieser Menschen könnte genauso gut ich sein. Ich weiß nicht, was ich fühlen soll: Freude? Erleichterung? Angst?

»Hey, nur langsam«, mahnt Daniel. »Du musst das nicht alles jetzt sofort lesen. Du kannst es auch gerne mit nach Hause nehmen – solange du es niemandem zeigst und es auf keinen Fall irgendwo offen rumliegen lässt. Zu unserer nächsten Sitzung brauche ich es dann allerdings zurück.«

»Danke.« Ich atme tief durch. »Ich wusste nicht, dass du schon früher Leuten wie mir begegnet bist, Daniel.«

»Oh ja«, erwidert er. »Ich bin im Lauf der letzten Jahre auf sie gestoßen, durch meine Forschungen. Das war auch mit ein Grund, weswegen ich dir unbedingt Nachhilfe geben wollte. Es gibt ziemlich sicher noch mehr: Das hier sind bloß die Menschen, von denen ich weiß. Leute, die offen über ihre Erfahrungen berichtet haben. Ich hatte zu allen von ihnen Kontakt und kann ihre Geschichten bestätigen.«

In Gedanken spule ich zum Beginn seiner Antwort zurück. Er wollte mir unbedingt Nachhilfe geben? Ich hatte angenommen, die Schule hätte ihn ausgewählt, weil sie ihn für die beste Wahl hielten. Mir war nicht klar gewesen, dass er unsere Treffen in die Wege geleitet hat. Ich weiß schon gar nicht mehr, wann ich ihm zum ersten Mal erzählt habe, was mit mir passiert ist. War das zu Beginn unserer Nachhilfestunden oder konnte er das bereits bei unserer ersten Begegnung erkennen, damals, als ich so durch den Wind war? Hat er etwas an mir bemerkt, was er auch an den anderen festgestellt hat? Na ja, wahrscheinlich spielt das jetzt eh keine Rolle mehr.

»Kann ich mit ihnen reden? Es wäre toll, jemanden kennenzulernen, der so ist wie ich.«

Er seufzt. »Ich hatte gehofft, du würdest mich nicht darum bitten, Ella. Ich fürchte, das wird nicht möglich sein.«

»Warum nicht? Ich würde – werde – auch niemandem davon erzählen. Ich würde es absolut geheim halten. Das wäre mir echt eine Riesenhilfe. Du kannst dir gar nicht vorstellen, wie sehr.«

»Tut mir leid, das geht nicht.«

»Vertraust du mir etwa nicht, Daniel? Ich hab für mich behalten, worüber wir hier reden, seit du deswegen so sauer warst. Du könntest die Leute ja erst mal fragen, ob es okay für sie wäre, wenn ich Kontakt aufnehme. Oder du könntest ihnen meine E-Mail-Adresse geben, dann könnten sie sich bei mir melden. Von mir aus auch nur einer. Ich muss nicht unbedingt mit allen reden …«

»Natürlich vertraue ich dir, Ella. Das ist nicht der Grund, warum ich Nein sage. Glaub mir, ich versuche nicht, dir da in irgendeiner Form im Wege zu stehen. In Wahrheit würde ich selbst gerne mit ihnen reden, wenn ich könnte.«

Er hält inne. Als er weiterspricht, ist seine Stimme kaum mehr als ein Flüstern. »Ich wollte dir das eigentlich noch nicht sagen, weil ich nicht glaube, dass du schon dafür bereit bist. Aber der Grund, weswegen du mit keinem von ihnen sprechen kannst, ist, weil sie alle tot sind.«

Als Einzige noch übrig

Ich fühle mich, als hätte mir gerade jemand in den Bauch geboxt. So fest, dass die Faust in mir stecken geblieben ist. Tot? Alle? Ich muss mich verhört haben. »Das kann nicht stimmen. Wie ist das passiert?«

Daniel weicht meinem Blick aus. »Die Einzelheiten kenne ich auch nicht so genau.«

Offensichtlich verheimlicht er mir was, aber warum? Für den Bruchteil einer Sekunde schießt mir durch den Kopf, dass sie womöglich alle an irgendeiner tödlichen Krankheit gelitten haben – einem Infekt oder einem Hirntumor, der Wahnvorstellungen und Halluzinationen hervorruft – und er mir nicht sagen will, dass ich das auch habe. Doch das stimmt nicht mit dem überein, was er mir im Lauf der vergangenen Wochen erzählt hat, und außerdem habe ich CT-Bilder, die belegen, dass ich nicht krank bin. Könnte es sein, dass er lügt? Vielleicht sind sie gar nicht tot und er will bloß nicht, dass ich Kontakt zu ihnen aufnehme. »Das glaube ich dir nicht. Sag's mir, Daniel. Bitte.«

»Das wird dir im Moment nicht weiterhelfen. Wir reden nächstes Mal darüber, versprochen, aber nicht jetzt. Wir haben die Unterrichtszeit sowieso schon weit überschritten und die Schule macht bald zu. Außerdem bin ich spät dran. Wir müssen Schluss machen.«

Er beginnt, seine Notizen in die Tasche zu schieben, und greift nach seinem Mantel, der unordentlich über der Rückenlehne seines Stuhls hängt. Einer der Ärmel schleift über den staubigen Boden. Einen Augenblick bleibe ich reglos stehen und sehe ihm dabei zu, doch dann eile ich zum anderen Ende des Raums und baue mich mit ausgestreckten Armen vor der Tür auf, die Füße fest in den Boden gestemmt. Auf keinen Fall lasse ich ihn hier raus, bevor er mir erzählt hat, was ich wissen will. Nur über meine Leiche. Inzwischen hat er seinen Mantel angezogen und kommt mit einem verwunderten Ausdruck im Gesicht auf mich zu. »Was machst du da, Ella? Die Stunde ist vorbei – wir gehen jetzt. Pack deine Sachen und hol deine Jacke. Komm schon, mach nicht so ein Drama.«

Wie bereits gesagt: Ich kann es nicht leiden, wenn man mich wie ein kleines Kind behandelt. Seine Reaktion bestärkt mich nur noch in meinem Entschluss. Ich schüttle den Kopf und lehne mich mit meinem ganzen Gewicht gegen die Tür. Die Klinke bohrt sich mir ins Kreuz. Wenn er rauswill, muss er mich erst beiseiteschieben, und ich glaube nicht, dass er das tatsächlich tun wird. Nicht Daniel. »Nein!«, brülle ich. »Nicht, bevor du es mir sagst.«

»Oh, um Himmels willen, Ella. Werd erwachsen und geh von der Tür weg. Es ist nur zu deinem Besten, dass ich dir das jetzt nicht verrate. Das ist nichts, was man zwischen Tür und Angel besprechen sollte. Und ich muss jetzt los, ich hab's echt eilig. Also mach bitte Platz.«

»Nein«, wiederhole ich. »Nicht, bevor du es mir sagst. Ich habe es satt, über wichtige Dinge nicht Bescheid zu wissen.«

Er kommt auf mich zu, so nah, dass mir plötzlich ganz mulmig wird. Mir fällt wieder ein, wie er reagiert hat, als er erfahren hat, dass ich mit Dom hierüber gesprochen habe – er hat gebrodelt wie ein unterirdischer Vulkan. Jetzt habe ich Angst, was er mit mir anstellen wird. Er legt mir die Hände auf die Schultern und ich halte den Atem an, weil ich damit rechne, dass er mich wegziehen oder wegschieben wird, dass er mich schütteln oder mir sonst irgendwie wehtun wird. Doch das tut er nicht. Er sieht mir einfach nur in die Augen und erwidert sanft: »Geh von der Tür weg, Ella, dann sage ich dir die Wahrheit. Versprochen.« Er wirkt kein bisschen verärgert, nein, er lächelt sogar. Ich kann bloß nicht erkennen, ob freundlich oder spöttisch.

Ich ertappe mich dabei, wie ich, fast gegen meinen Willen, seinem Wunsch nachkomme. Meine Beine machen einen Schritt zur Seite, sodass er problemlos an die Tür kommt. Er greift nach der Klinke und schüttelt den Kopf. »Du hast dich an deinen Teil der Abmachung gehalten, also werde ich mich jetzt an meinen halten. Aber glaub mir, das ist nichts, wofür du mir dankbar sein wirst.« Er öffnet die Tür, als bereite er sich darauf vor, die Flucht zu ergreifen, und seufzt. »Sie sind alle tot, Ella, weil sie sich umgebracht haben. Sie alle haben sich entschlossen, sich das Leben zu nehmen. Jetzt weißt du es.«

Daniel schüttelt erneut den Kopf, schiebt die Tür noch ein Stück weiter auf und tritt in den Flur. Ich bleibe zurück, zerschmolzen wie die Böse Hexe des Westens aus *Der Zauberer von Oz*, nicht mehr als ein Häuflein alter Lumpen auf dem Boden.

Ich weiß nicht, wie ich danach nach Hause gelange, von dem Weg bekomme ich nichts mit. Doch sobald ich in meinem Zimmer bin, habe ich nur noch einen einzigen Gedanken im Kopf: Ich will so viel wie möglich darüber herausfinden, was mit diesen Leuten geschehen ist und warum. Mithilfe der Unterlagen, die Daniel mir mitgegeben hat, google ich jeden Einzelnen von ihnen. Ich finde Berichte in Lokalzeitungen und Gedenkseiten auf Facebook. Maureen Fellows, neunundfünfzig, die ein freundliches Gesicht und feines blondes Haar hatte, wurde tot in ihrem Haus in Ipswich aufgefunden. Sie hatte eine Überdosis genommen und eine Nachricht hinterlassen, in der sie schrieb, dass sie glaube, im falschen Universum festzusitzen. Die gerichtliche Untersuchung ergab »eine Störung des seelischen Gleichgewichts« als vermutliches Motiv. John O'Reilly, vierunddreißig, wurde erhängt in einem Wald in der Nähe seines Hauses gefunden. Kurz zuvor hatte er seinen Job verloren und war außerdem wegen Depression und Alkoholsucht in Behandlung. Lisa Cromwell, einundzwanzig, diejenige von ihnen, die mir vom Alter her am nächsten kam, verschwand an Heiligabend. Ihr Auto wurde verlassen bei den Klippen von Beachy Head entdeckt, aber ihre Leiche wurde nie gefunden. Ihre Freunde an der Uni gaben an, in den Wochen vor ihrem Verschwinden habe sie sehr in sich gekehrt gewirkt, nicht mehr so lebensfroh wie früher. Michael Turner, dreiundvierzig, erhängte sich in seinem Haus in Manchester. Er hatte vorgegeben, zur Arbeit zu gehen, einige Stunden bei McDonald's gesessen, ohne irgendetwas zu bestellen, und war dann nach Hause zurückgefahren, um sich das Leben zu nehmen. Seine Frau fand ihn, als sie am Abend von der Arbeit kam. Sonia Patel, neunundzwanzig, starb an einer Überdosis. Einen Monat später hätte sie heiraten sollen.

Die letzte Geschichte ist die gruseligste: Kerry Lawton, siebenunddreißig, starb bei einem Wohnungsbrand, bei dem auch ihr Partner und ihr sieben Monate altes Baby ums Leben kamen. Angeblich handelte es sich um Brandstiftung.

Sie sind alle gestorben und das auf entsetzliche Art.

Ich bin als Einzige noch übrig.

Mir läuft ein Schauer über den Rücken und ich wickle meine Strickjacke noch enger um mich. Daniel hatte recht. Mal wieder. Zu wissen, dass sie alle tot sind, hilft mir kein bisschen. Ich wünschte, ich könnte diese Information vergessen. Ich wünschte, ich könnte sie mir aus dem Hirn kratzen und mein dämliches Bewusstsein gleich mit. Bittere Galle steigt in mir auf und ich weiß, dass ich mich gleich übergeben muss, ganz genau wie an jenem Morgen, als ich aufgewacht bin und mich zum ersten Mal in dieser falschen Welt wiedergefunden habe. Diesmal schaffe ich es noch rechtzeitig zum Klo. Nachdem ich die Spülung betätigt habe, stehe ich eine Weile unschlüssig herum und weiß nicht, wohin mit mir. Ich muss mit jemandem reden, damit dieses fürchterliche Wissen aufhört, ein Loch in mein Hirn zu bohren. Aber es gibt niemanden, dem ich davon erzählen kann. Und selbst wenn ich es könnte, wüsste ich niemanden, der begreifen würde, warum mich die Selbstmorde von einem halben Dutzend fremder Menschen so mitnehmen. Niemanden außer Daniel.

Er hat mir seine Nummer gegeben, für Notfälle. Ich denke, das gerade gilt als einer.

Ich schreibe ihm eine Nachricht, auch wenn ich keine Ahnung habe, was ich sagen soll oder ob er überhaupt antworten wird. Vielleicht will er mich ja auch dafür büßen lassen, dass ich ihn als Geisel genommen und gezwungen habe, mir die Wahrheit zu sagen. Zu guter Letzt versuche ich es mit: *Daniel, tut mir leid wegen vorhin. Ich komm damit nicht klar und muss dringend mit dir reden. Können wir uns treffen?*

Er antwortet nicht gleich und ich habe keinen blassen Schimmer, ob er meine Nachricht bloß noch nicht gelesen hat oder ob er mich bestrafen will. Ich sitze auf meinem Bett und starre unverwandt mein Handy an, bis er zu meiner unermesslichen Erleichterung schließlich schreibt: *OK. Aber ich darf außerhalb der Schule nicht mit dir gesehen werden. Komm zu meiner Wohnung – ich schicke dir gleich die Adresse. Lern sie auswendig, lösch meine Nachrichten und verrat niemandem, dass du zu mir kommst.*

Daniel wohnt nicht weit von mir, in einer Straße, wo ich bisher noch nie war, ganz in der Nähe der U-Bahn-Station. Ich erzähle meinen Eltern, dass ich noch mal schnell bei Rachel vorbeigehe, und eile dann, so schnell ich kann, zu seiner Wohnung. Auf halbem Weg kommt mir der Gedanke, dass ich hier gerade möglicherweise etwas ziemlich Gefährliches mache. Niemand weiß, wohin ich gehe, und das, was ich heute herausgefunden habe, rückt Daniel in ein finsteres Licht. Hatte er am Ende etwas mit all diesen Selbstmorden zu tun? Vielleicht waren es ja gar keine Selbstmorde, sondern es sollte bloß danach aussehen. Kann es sein, dass ich mich in Gefahr bringe, wenn ich allein mit ihm bin? Aber das ist lächerlich. Daniel ist kein irrer Serienkiller, der quer durchs Land reist, Leute umbringt und es dann wie Selbstmord aussehen lässt. Er hat mir sogar selbst gesagt, er wünschte, die anderen wären noch am Leben und er könne mit ihnen reden.

Warum sind dann alle tot? Haben sie ihre Situation nicht mehr ertragen? Mussten sie feststellen, dass es für sie keinen Weg mehr zurück in ihr richtiges Leben gab? Ist dies das eigentlich Schreckliche, was er mir nicht sagen wollte?

Als ich vor seiner Tür stehe, ist mir gleichzeitig heiß und kalt, ich bin außer Atem und schwitze und zur selben Zeit zittere ich vor Angst. Überrascht stelle ich fest, dass seine Wohnung über einem Dönerladen liegt, auch wenn ich nicht weiß, warum mich das überrascht oder womit ich sonst gerechnet habe. Ich klingle und er weist mich über die Gegensprechanlage an, in den zweiten Stock hochzugehen, bevor er auf den Türsummer drückt. Meine Beine sind müde und schwer, es fühlt sich an, als würden sie mich nach unten ziehen.

Er erwartet mich bereits oben am Treppenabsatz. »Komm rein«, sagt er, hält mir die Wohnungstür auf und bedeutet mir einzutreten. »Du hast niemandem erzählt, dass du kommst, oder?«

»Nein«, versichere ich, während ich versuche, wieder zu Atem zu kommen. Ich sehe mich um und lasse die Tatsache auf mich wirken, dass Daniel in einer kärglich möblierten Einzimmerwohnung lebt. Es gibt ein Bett, eine winzige Einbauküche, einen Schreibtisch, eine Kommode und ein paar Bücherregale. Vor dem Fenster hängt ein Läufer als provisorischer Vorhang und über dem Bett ein Bild von einem Teleskop. Die paar Kleidungsstücke, die er besitzt, hängen an einem Haken an der Tür. Toilette und Badezimmer müssen sich irgendwo draußen auf dem Flur befinden. Für einen Serienkiller ist das genau der richtige Ort, um jemanden umzubringen. Ob es hier überhaupt Nachbarn gibt, die die Schreie hören könnten?

»Setz dich«, fordert er mich auf und deutet auf sein Bett. Er scheint mein Zögern zu bemerken, denn er fügt hinzu: »Keine Sorge, ich setz mich hier drüben auf den Boden. Wie du siehst, ist diese Wohnung nicht wirklich für Besuch geeignet.«

Ich nicke und ringe mir ein Lächeln ab. »Danke«, sage ich und hocke mich auf den Rand seines Bettes. »Tut mir leid, dass ich einfach so hier reinplatze. Ich wusste bloß nicht, was ich sonst tun sollte.«

»Ich sage jetzt nicht: ›Ich hab's dir ja gesagt‹, obwohl das an dieser Stelle durchaus angebracht wäre. Verstehst du jetzt, warum du mich brauchst, Ella? Warum du das nicht allein schaffen kannst? Ich nehme mal an, du hast in der Zwischenzeit selbst ein bisschen recherchiert und all die grausigen Details herausgefunden.«

Ich nicke wieder. »Zu lesen, was ihnen widerfahren ist, hat mir echt eine Heidenangst gemacht. Ich verstehe das nicht. Ich habe Angst, Daniel. Ich will nicht sterben.«

»Sie sind ja nicht wirklich tot«, antwortet er. »Oder genauer gesagt: Sie sind nur in dieser Welt tot.«

»Was meinst du damit?«

»Erinnerst du dich, dass ich dir erklärt habe, dass man tot sein und gleichzeitig in einem anderen Universum weiterleben kann? Hier sind sie tot, aber in dem Universum, in dem sie sich zu Hause fühlen, leben sie weiter. Sie sind also nicht gestorben, sondern vielmehr nach Hause zurückgekehrt.«

»Woher weißt du das?«

»Ich weiß es nicht. Ich habe keinerlei Beweise dafür. Das ist das Tragische daran, ich kann nur Vermutungen anstellen.«

»Soll das heißen, sie haben sich nicht umgebracht, weil sie genug hatten und es hier nicht mehr ausgehalten haben, sondern weil sie auf diese Weise in ihr Universum zurückspringen wollten?«

Jetzt ist er es, der nickt. »Ganz genau. So springt man zurück – das ist es, was ich dir bisher nicht erzählen wollte.«

»Aber was ist mit ihren Freunden und Familien hier? Was ist mit dieser Frau, dieser Kerry, die dabei auch ihren Mann und ihr Baby getötet hat?«

»Ich glaube, das war einfach ein schrecklicher Unfall. Die beiden hätten gar nicht dort sein sollen.«

»Woher willst du das wissen? Hat sie dir erzählt, was sie vorhatte?«

Oder schlimmer noch, schießt mir durch den Kopf: Hat Daniel ihr gesagt, was sie tun soll? Entsetzt springe ich auf. »Hast du ihnen geholfen, ihren Tod zu planen, Daniel? Um deine Theorie zu beweisen?«

»Jetzt beruhig dich mal und hör auf, falsche Schlüsse zu ziehen. Für was für ein skrupelloses Monster hältst du mich?

Ich habe niemandem geholfen, irgendwas zu planen, und ich habe auch niemandem gesagt, er oder sie müsse sich das Leben nehmen. Ich habe lediglich Menschen, die verzweifelt Hilfe gesucht haben, meine Theorie erklärt und jeder von ihnen hat für sich selbst eine Entscheidung getroffen.«

Ich setze mich wieder, nicht, weil ich es will, sondern weil meine Knie unter mir nachgeben. »Willst du, dass ich mich auch umbringe, Daniel?«

»Natürlich nicht«, beteuert er. »Das will ich definitiv nicht. Aber, wie ich dir erklären wollte, wenn ich das Gefühl gehabt hätte, dass du bereit dafür bist: Es ist die einzige Lösung. Das wirst du auch selbst noch erkennen. Du hast doch wohl nicht geglaubt, du müsstest bloß die Augen schließen und dir ganz fest wünschen, du wärst wieder zu Hause?«

Keine Ahnung, was ich geglaubt habe, aber *das* jedenfalls nicht. »Du kannst mir nicht garantieren, dass es funktionieren wird, oder? Du kannst mir nicht garantieren, dass ich in meinem alten Körper aufwachen werde, zurück in meinem alten Leben? Denn du kannst ja nichts beweisen, das hast du gerade selbst gesagt!«

Vor lauter Frust und Selbstmitleid breche ich in Tränen aus und muss deswegen gleich noch mehr weinen, weil das Letzte, was ich will, ist, dass Daniel mitbekommt, wie ich die Fassung verliere. Ich reibe mir die Augen und versuche, meine Tränen wegzuschniefen.

Eine Weile mustert er mich schweigend. »Oh, Ella. Genau da liegst du falsch. Es war mein voller Ernst, als ich dir gesagt habe, dass du was Besonderes bist. Du bist der erste Mensch, dem ich begegne, bei dem das gesamte Bewusstsein übergewechselt ist. Der erste Mensch, bei dem ich mir ein vollständiges Bild von dem machen konnte, was passiert sein muss. Aber vor allen Dingen bist du etwas Besonderes, weil du mir helfen kannst, meine Theorie zu beweisen. Warum? Weil ich dich in beiden Universen kenne: Ich arbeite an deiner Schule. Ich habe auch die anderen gebeten, sich nach ihrer Rückkehr bei mir zu melden, doch entweder haben sie mich unterwegs vergessen oder sie konnten mich nicht finden. Du dagegen wirst mir höchstpersönlich sagen können, dass ich recht hatte.«

Du *wirst* es mir sagen können. Das waren seine Worte. Wenn es nach ihm geht, ist mein Schicksal also bereits besiegelt: Ich werde sterben.

Aber ich will nicht sterben.

»Ich muss jetzt gehen«, stoße ich hervor und springe erneut auf. »Ich brauche frische Luft.« Hastig stolpere ich zur Tür, aus Angst, dass er mir folgen und versuchen wird, mich aufzuhalten. Oder dass er, wenn ihm klar wird, dass ich seinen Plan nicht befolgen werde, versuchen wird, mich eigenhändig umzubringen.

»Ella … Warte. Lauf nicht weg. Hab keine Angst. Wir müssen das besprechen.« Er versucht, sich aufzurappeln und mir nachzulaufen, aber er sitzt schon zu lange im Schneidersitz auf dem Boden, sodass seine Beine steif sind und ihn behindern. Bis er endlich aufrecht steht, habe ich bereits den Riegel zurückgeschoben und stehe draußen im Treppenhaus. Ich renne die Treppe runter, immer zwei Stufen auf einmal nehmend, und hole erst wieder Luft, als ich zur Haustür raus bin und draußen auf der Straße stehe.

Will

Ich weiß jetzt, dass ich eine schreckliche, unmögliche Entscheidung treffen muss und dass ich dabei eigentlich gar keine Wahl habe. Mir bleibt entweder der Tod oder dieses unerträgliche Halbleben, das kein richtiges Leben ist, ja, das man kaum als Existenz bezeichnen kann. Ich kann mich entschließen zu sterben oder akzeptieren, dass ich für immer hier festsitze, in einer Welt, in der ich nicht wirklich ich bin und es auch nie sein werde. Oder schlimmer noch: Wo ich vielleicht irgendwann ganz verschwinde. Tut sterben mehr weh als leben? Wer kann mir das sagen? Ich bin dabei, mein Handy aus der Tasche zu ziehen, um jemanden anzurufen, aber dann wird mir klar, dass es niemanden gibt, den ich anrufen könnte, und außerdem habe ich eh keine Lust mehr, darüber zu reden. Ich will nicht mehr denken. Alles, was ich will, ist, festgehalten zu werden – zu fühlen, dass ich am Leben bin, jemandes Atem zu hören, jemandes Haut auf meiner zu spüren, die Leere in mir zu füllen. Alles, was ich will, ist Will.

Zehn Minuten später stehe ich vor seinem Haus. Nach einem kurzen Stoßgebet – bitte, bitte sei zu Hause – schicke ich ihm eine Nachricht und bitte ihn, an die Tür zu kommen. Im Flur geht ein Licht an und durch das Glas sehe ich eine Bewegung. Die Tür geht auf. »Das ist ja eine Überraschung!«, sagt er und beugt sich vor, um mich auf die Wange zu küssen. Zum Glück scheint er vergessen zu haben, dass er mir seine Adresse nie gegeben hat. Seine Haare sind nass. Bestimmt ist er bis eben beim Fußballtraining gewesen und gerade erst aus der Dusche gekommen.

»Ja«, antworte ich. »Sind deine Eltern da? Oder dein Bruder?«

Er schüttelt den Kopf. »Nein, ich hab sturmfrei.«

»Gut«, verkünde ich. »Lass uns auf dein Zimmer gehen.« Ich nehme seine Hand und ziehe ihn zur Treppe, bevor ich es mir anders überlegen kann. Ich bin nervöser, als ich erwartet hätte. So direkt war ich, glaube ich, noch nie.

»Okay«, sagt er und lässt sich von mir führen. Er wirkt überrascht, widerspricht aber nicht. Auf dem Treppenabsatz hält er an. »Es ist ein bisschen unordentlich«, gesteht er verlegen. »Ich wusste ja nicht, dass du kommen würdest.«

Ich lache. In Billys Zimmer herrschte immer das reinste Chaos. »Das macht nichts.«

Er öffnet die Tür und wir sind noch nicht mal richtig über die Schwelle, als ich bereits nach seinem Gesicht greife und ihn zu mir runterziehe. Meine Lippen sehnen sich nach seinen Lippen, meine Zunge verlangt nach seiner Zunge. Seine Hände zerren an meiner Jacke und er dreht uns herum, drückt mich gegen die Wand und kickt die Tür zu. »Schließ ab«, flüstere ich. Mund an Mund, die Arme fest umeinandergeschlungen, taumeln wir in einer Art unbeholfenem Tanz durchs Zimmer, bis ich mit dem Knie an seiner Bettkante hängen bleibe, wir das Gleichgewicht verlieren und auf die Matratze purzeln. Ich lande auf ihm und spüre, wie sich seine Gürtelschnalle in meinen Bauch bohrt und, etwas weiter unten, etwas Warmes und Hartes gegen meinen Oberschenkel drückt. Instinktiv presse ich mich an ihn. Ich habe das Gefühl, vor Erregung und Verlangen zu explodieren. Mein Atem geht so schnell, dass mir fast schwindlig wird. Meine Finger tasten nach den Knöpfen an seinem Hemd und nach seinem Gürtel. Dann, plötzlich und unerwartet, legt er mir die Hand auf die Schulter und schiebt mich sanft von sich.

»Ella, warte mal kurz. Bitte.« Er rollt unter mir hervor. »Warte.«

Ich setze mich auf, lehne mich gegen die Wand und streiche mir etwas verlegen die Haare glatt. »Was ist? Hast du nichts da?«

»Das ist es nicht«, wehrt er ab und ich bemerke, dass er zittert. »Doch, das hab ich. In der Nachttischschublade. Es ist nur … Ich …«

Er braucht es nicht auszusprechen; ich weiß es auch so: Er ist noch Jungfrau. Natürlich ist er das – das hier ist Will, nicht Billy, und in diesem Universum hat er mich nicht schon mit dreizehn kennengelernt. In diesem Universum haben wir es noch nie im Auto gemacht und wir haben uns auch nie auf der Party seines Kumpels Andy im Bad eingeschlossen und dort Sex gehabt, betrunken, unbeholfen und in höchst unbequemer Haltung, während von draußen jemand gegen die Tür hämmerte. In diesem Universum war er bisher zu sehr mit Fußball beschäftigt, um Zeit für eine Freundin zu haben. Das hier ist sein erstes Mal. Genau hier. Genau jetzt. Mit meinem neuen Ich.

»Schon okay«, versichere ich und bedecke seine Stirn, seine Wangen und seinen Hals mit zarten kleinen Schmetterlingsküsschen. »Das ist nicht schlimm. Mir macht das nichts aus.« Unsere Münder finden sich erneut, doch diesmal küssen wir uns zärtlicher als zuvor, so als würde es jetzt wirklich etwas bedeuten.

»Aber …« Er hält mich wieder zurück. »Bist du keine …? Ich meine, hast du schon mal …?«

Ich erstarre. Ich habe keine Ahnung, was ich darauf antworten soll. »Nein … Doch … Äh, ich weiß nicht.«

Er streichelt mein Gesicht und lacht. »Wie kannst du nicht wissen, ob du noch Jungfrau bist?«

Vielleicht, weil ich es ehrlich nicht weiß? In meinem Kopf bin ich keine Jungfrau mehr. In meiner Erinnerung bin ich keine Jungfrau mehr. Aber was ist mit meinem Körper? Diesem Körper? In diesem Universum? Ich weiß es nicht. Ich weiß nur, was meine Freundinnen mir erzählt haben: dass ich noch nie übers Küssen hinausgegangen bin. »Ich hab schon mal mit jemandem rumgemacht«, lasse ich mir schnell einfallen. »Und manchmal, na ja, waren die Übergänge nicht mehr so ganz klar. Aber das war in einem anderen Leben, verstehst du?«

Zu meiner Erleichterung scheint ihm das als Erklärung zu genügen. Ich schätze, er hat genauso wenig Lust wie ich, die ganze Zeit mit Reden zu verplempern. Er beginnt wieder, mich zu küssen, wir sinken zurück auf sein ungemachtes Bett und diesmal landet er auf mir. Ich keuche auf, als er seine Hand in meine Jeans schiebt und sich leise stöhnend in mein Höschen vortastet. Er streicht mit den Fingerspitzen über mein Schamhaar, macht aber weder eine Bemerkung darüber, dass ich mich nicht rasiert habe, noch tut er so, als sei das irgendwie eklig. Vielleicht, denke ich erleichtert, guckt Will nicht so viele Pornos wie Billy. Wenig später winden wir uns aus unseren Sachen und diesmal muss ich meinen BH selbst ablegen, weil Will den Verschluss nicht aufbekommt. Ich achte sorgfältig darauf, dass ich auch ja meine Socken ausziehe, und werfe sie sicherheitshalber gleich ganz aus dem Bett. Und dann müssen wir kichern, weil er erst die Kondomverpackung nicht aufkriegt und es anschließend nicht überstreifen kann, weil es angeblich zu klein ist (ist es nicht, aber das sage ich ihm nicht), sodass ich ihm helfen muss. Doch dann übernehmen unsere Instinkte. Schließlich dringt er in mich ein – und ja, es tut weh, doch nur ein kleines bisschen, so wie bei meinem *ersten* ersten Mal, aber gleichzeitig fühlt es sich auch gut an. Und richtig. Als er sich in mir bewegt, schlage ich die Augen auf. Den Ausdruck auf seinem Gesicht kenne ich: aufs Äußerste konzentriert, den Blick leicht ins Leere gerichtet. Für einen wundervollen Moment vergesse ich alles, was mit mir passiert ist, und fühle mich wieder ganz wie die Alte. Es gibt nur ein Universum, nur eine Ella, nur ein Ich. Doch dann durchläuft ihn ein Schauer, er stößt das gleiche tiefe Grunzen aus wie Billy immer und es ist vorbei. Und ich bin zurück in einem chaotischen Zimmer, mit einem Jungen, den ich kaum kenne, und einem leichten Ziehen zwischen den Beinen.

Vielleicht hat Daniel ja recht und manchen Dingen ist es tatsächlich vorherbestimmt, dass sie sich in jedem Universum ereignen. Das hier muss eins davon sein. Die Umstände mögen jedes Mal anders sein, aber wir – Billy und Ella, Will und Ella – werden füreinander immer die Ersten sein.

Entscheidungen

Noch vor ein paar Monaten, als ich *ich* war, richtig *ich*, hatte ich ein Leben. Es war kein perfektes Leben und auch nicht besonders interessant, aber es war ein Leben, das ich nicht infrage gestellt habe: mein Leben. Ich wusste, wer ich war und wo ich hinwollte, kannte meinen Geschmack, wusste, wer meine Freunde waren, wen ich mochte und wen nicht, und auch, wie sie zu mir standen. Ich hatte gelernt, wem ich vertrauen konnte und um wen ich besser einen Bogen machen sollte. Ich hatte eine klare Vorstellung davon, wie meine Zukunft aussehen würde.

Und dann wachte ich eines Morgens auf und fand mich plötzlich in diesem wild durcheinandergewürfelten Universum wieder, wo nichts ist, wie es sein sollte. Hier habe ich Freunde, die ich nicht kenne und mit denen ich nichts gemein habe – und von denen ich stark annehme, dass sie mein wahres Ich nicht besonders mögen –, und dazu eine ehemals beste Freundin, die mich für eine Stalkerin hält. Hier habe ich Eltern, die so dumm sind zusammenzubleiben, obwohl sie getrennt viel glücklicher wären – und, im Fall meines Vaters, sogar noch glücklicher, wenn er doch nur eine gewisse einsame junge Dame kennenlernen würde, die Stammgast in dem Café ist, in dem ich arbeite. Ich habe zwar den gleichen Freund, der lieb und umwerfend ist und im Moment noch zu scharf auf mich, um mir wehzutun, aber ich weiß, dass er das früher oder später tun wird. Daran führt kein Weg vorbei. Meine Schulnoten stürzen ins Bodenlose, doch ich mache mir nicht mal mehr die Mühe vorzugeben, ich könnte noch irgendwie mithalten. Fakt ist, dass ich auf einem Pfad festsitze, den ich meiner Erinnerung zufolge nie bewusst eingeschlagen habe, und es gibt keinen Weg zurück. Selbst wenn ich wollte, kann ich mit meinem anderen Ich nicht mithalten. Es ist nur eine Frage der Zeit, bis ich mir einen Fehltritt erlaube und alle enttäusche – bis alles auseinanderbricht. Obwohl ich mein altes Ich auch nicht immer mochte, war es zumindest real. Mein altes Leben war das Resultat von Entscheidungen, die ich bewusst getroffen, und Fehlern, die ich bewusst begangen habe. Und an die ich mich erinnern kann.

Also, was hält mich dann noch hier? Abgesehen von der Angst zu sterben? Darüber zerbreche ich mir nun schon seit Tagen den Kopf, aber bis jetzt ist das der einzig triftige Grund, der mir einfällt. Und dass ich Schmerzen nicht besonders mag. Andererseits hat es natürlich auch Konsequenzen, wenn ich wieder zurückgehe. Zum einen bedeutet es, dass ich die alte Frau »töte«, auch wenn ich weiß, dass sie hier weiterleben wird. Und es bedeutet auch, dass ich in eine Welt zurückkehre, in der Nacktbilder von mir im Internet kursieren. Doch ich glaube, inzwischen bin ich stark genug, um damit fertigzuwerden. Einer der wenigen positiven Aspekte, den ich dem Umstand abgewinnen kann, dass ich hier gelandet bin, ist, dass ich gelernt habe, dass ich Will – und damit auch Billy – die Stirn bieten kann, ohne ihn gleich zu verlieren. Ich habe gelernt, dass ich mehr mit meiner Zeit anfangen kann, als bloß mit meinem Freund und meinen Freunden abzuhängen. Wenn ich zurück bin, kann ich mir auch einen Samstagsjob suchen, wenn ich will. Hey, vielleicht gibt es in meinem anderen Universum ja sogar genau in diesem Café eine freie Stelle.

Falls ich gerade ein bisschen gleichgültig klinge: Das liegt nur daran, dass ich in den vergangenen Tagen so viel geweint habe, dass es für mehrere Leben in unzähligen Universen reichen würde. Ich bin die gleichen Dinge wieder und wieder durchgegangen, so qualvoll das auch war, und bin doch immer wieder zu demselben Schluss gekommen. Mittlerweile bin ich einfach abgestumpft. Ich frage mich, ob die anderen das auch alles durchgemacht haben, ob sie ähnliche Denkprozesse durchlaufen haben, bevor sie ihre fürchterliche, endgültige Entscheidung getroffen haben. Zum Kotzen, dass ich sie nicht fragen kann. Zum Kotzen, dass ich darüber mit niemandem reden kann.

Die Schule habe ich die ganze letzte Woche geschwänzt und meine Tage stattdessen in Parks, Cafés und Büchereien verbracht, wodurch ich kaum jemanden zu Gesicht bekommen, geschweige denn mit jemandem gesprochen habe. Selbst die alte Frau hat sich nicht blicken lassen. Dementsprechend erhalte ich zunehmend besorgte SMS von Freunden, die ich nach Kräften ignoriere. *Bist du wieder krank, Ella? Ist was passiert? Ruf mich an, Ella, ich mach mir Sorgen.* Daniel hat mir auch geschrieben. Ich bin zu unserer letzten Sitzung nicht erschienen; aus naheliegenden Gründen gehe ich ihm lieber aus dem Weg. Das Problem ist nur, dass mein Bedürfnis, mit ihm zu reden, immer größer wird. Ich kann nicht weitermachen, ohne alle Fakten zu kennen, und ich muss wissen, wie genau er sich vorstellt, dass ich ihm den Beweis für seine Theorie liefern soll.

Nachdem ich lange hin- und herüberlegt habe, erkläre ich mich daher schließlich bereit, zu unserer nächsten Sitzung am Freitag zu kommen. Ich habe keine Angst mehr vor ihm. Was kann er mir in einem Klassenzimmer schon antun, selbst wenn um diese Zeit nicht mehr viele Leute in der Schule sind? Genauer gesagt: Was kann er mir schon antun, das schlimmer wäre als das, was ich mir möglicherweise bald selbst antun werde?

Er wirkt erleichtert, als er mich sieht. Ein flüchtiges Lächeln huscht über seine Lippen. »Es war die richtige Entscheidung, wieder herzukommen«, betont er. »Du hättest letzte Woche nicht vor mir weglaufen und meine SMS ignorieren sollen. Ich hoffe sehr, du hast niemandem erzählt, dass du in meiner Wohnung warst.«

»Hab ich nicht, okay? Kann sein, dass der Typ aus dem Dönerladen mich gesehen hat, aber das ist alles. Und ich nehme nicht an, dass er was verraten wird.«

»Nicht mal deinem Freund?«

»Ganz besonders nicht meinem Freund.« Will ist der letzte Mensch auf Erden, dem ich davon erzählen würde. Nicht nur, weil er das alles nicht in einer Million Jahren verstehen würde, sondern auch, weil ich weiß, wie eifersüchtig er werden kann. Und er ist mal gut doppelt so groß wie Daniel. »Hör zu, ich hab nicht vor, dich bei irgendwem zu verpetzen.«

»Gut«, meint er. »Nachdem das geklärt ist, möchte ich dir versichern, dass ich wirklich froh bin, dass du heute gekommen bist. Falls das hilft: Ich glaube, ich schulde dir eine Entschuldigung. Es tut mir leid, wie du das alles erfahren hast. So war das eigentlich nicht geplant und es war nicht meine Absicht, dir Angst einzujagen. Ich bin Naturwissenschaftler, in emotionalen Dingen bin ich einfach nicht besonders gut, weißt du? Im Allgemeinen kenne ich mich besser mit Atomen und Neutronen aus als mit Menschen.«

Ich lache. »Da haben Sie absolut recht, Mr Spock. Entschuldigung angenommen.«

»Aber du solltest mit der ganzen Sache wirklich nicht allein fertigwerden müssen. Also lass mich dir bitte helfen.«

Ich zucke mit den Schultern. »Wobei helfen? Mich umzubringen? Wow, danke.«

»Nein, Ella. Ich möchte dir helfen, sicher nach Hause zu kommen. In das Universum, in das du gehörst. Falls es das ist, was du möchtest. Aber wenn du das nicht willst, wenn du es dir anders überlegt hast und du lieber hierbleiben möchtest, werde ich das selbstverständlich akzeptieren. Ich werde kein Wort mehr über Multiversen verlieren und wir können einfach wieder deinen Unterrichtsstoff durchgehen.«

Ich verdrehe die Augen. Wir wissen beide, dass das nicht passieren wird.

»Es ist dein Leben. Deine Entscheidung.«

»Meine Leben. Plural«, verbessere ich ihn. »Aber egal. Du meintest, es kann sein, dass sie in meinem anderen Leben irgendwann die Geräte abschalten und mein Hirn hier explodiert. Wie es aussieht, hab ich also keine Wahl.«

Er nickt. »Die Möglichkeit besteht. Selbst wenn ich nicht glaube, dass dein Hirn explodieren würde. Es wäre eher wie eine Implosion, dein Bewusstsein würde einfach plötzlich abschalten.«

»Ja, schön, wie auch immer. So oder so wäre ich dann entweder tot oder für immer eine Matschbirne.«

»Möglicherweise.«

»Also, dann Schluss jetzt mit dem Rumgeeier. Wie stelle ich es am besten an?« Ich schaffe es nicht, »mich umbringen« zu sagen. Vielleicht, weil ich das in meinen Augen auch gar nicht tun werde. »Krieg ich eine Anleitung?«

»Das liegt ganz bei dir. Das Wichtigste ist, dass es dir gelingt, ohne dass du dabei dein Gehirn beschädigst. Denn sonst könnte es passieren, dass du für immer zwischen den beiden Universen festhängst.«

»Oh, Mist, dann kann ich mir also schon mal nicht mit meiner hübschen kleinen Knarre das Hirn wegpusten?«

Er verzieht keine Miene. »Das ist nicht witzig, Ella. Dieses Thema ist nun wirklich nicht zum Lachen.«

»Noch nie was von schwarzem Humor gehört, Daniel? Das ist der einzige Weg, das hier in Betracht zu ziehen, ohne dass ich den Verstand verliere. Oder kennst du dich nur mit schwarzen Löchern aus?« Er wirkt entrüstet. Ich weiß, ich bin gerade ziemlich unverschämt, aber ich kann nun mal nicht anders. Und außerdem fühlt es sich gut an, ihm die Stirn zu bieten.

»Du tust so, als ginge dich das alles nichts an. So kenne ich dich gar nicht. Du wirkst, als wärst du nicht du selbst.«

»Welches Selbst meinst du genau? Mal ehrlich, was erwartest du von mir? Wäre es dir lieber, ich würde heulen wie ein kleines Mädchen?«

Anstelle einer Antwort schüttelt er bloß den Kopf. Schließlich sagt er: »Das ist für uns beide ein Sprung ins Ungewisse, eine Reise ins Unbekannte. Den anderen konnte ich dabei nicht zur Seite stehen, doch dich möchte ich gerne dabei unterstützen.«

»Heißt das, du willst bei mir sein, wenn ich es tue? Das fände ich gut. Ich möchte dabei nicht allein sein.«

»Du weißt, dass das nicht geht, Ella. Ich kann nicht bei dir sein und ich darf auch auf keinen Fall irgendwie mit deiner Entscheidung oder deiner Tat in Verbindung gebracht werden. Deswegen ist es auch so wichtig, dass du meine Nummer und sämtliche SMS, die wir uns geschrieben haben, aus deinem Handy löschst. Aber ich kann dir bei den Vorbereitungen helfen und versuchen, dafür zu sorgen, dass es für dich so schmerzlos wie möglich wird.«

Ich bleibe also auf mich allein gestellt, so wie seit dem Morgen, als ich in meinem fremden Zimmer aufgewacht bin. Was hat Daniel damals bei unserer ersten Begegnung noch mal vor sich hin gemurmelt? *Oh, aber wir sind doch alle allein.*

Er steht auf, schiebt die Hand in seine Hosentasche und zieht einen schmalen Folienstreifen mit zwei winzigen Tabletten heraus. Ich habe keine Ahnung, worum es sich dabei handelt; es sieht jedenfalls aus wie echte Medizin, nicht wie irgendwelche Drogen. »Wenn du deine Entscheidung getroffen hast und bereit bist, es zu tun, nimm die hier.« Er beugt sich vor und reicht mir die Tabletten. »Sie werden dein Bewusstsein nicht trüben, sondern mildern die Angst ein bisschen und wirken beruhigend.«

»Äh, danke«, erwidere ich und schiebe den Streifen in meine Tasche. »Sagen wir also, nur mal so rein theoretisch, ich mache es. Mir ist immer noch nicht klar, woran du erkennen willst, dass es funktioniert hat. Wie kann ich von meinem anderen Leben aus mit dir kommunizieren? Wie soll ich dir von einem Universum ins andere beweisen, dass ich es zurückgeschafft habe? Besitzt du so was wie ein kosmisches Telefon?«

Er lacht. »Schön wär's. Aber das brauchen wir gar nicht. Du vergisst, dass ich auch in deinem anderen Universum existiere – ich werde auch dort an deiner Schule als Laborassistent aushelfen. Ich werde dich natürlich nicht kennen, weil du ja keinen Naturwissenschaftskurs belegt hast, und ganz sicher werde ich nicht dein Nachhilfelehrer sein – wenn überhaupt, werde ich dich höchstens mal im Vorbeigehen gesehen haben. Doch du wirst mich kennen und dich an alles erinnern, was wir hier besprochen haben. Du wirst in der Lage sein, mir die ganze Geschichte zu erzählen. Und damit ich dir auch wirklich glaube, gebe ich dir zum Beweis eine Botschaft mit, die du dir unbedingt einprägen musst. Etwas, was niemand sonst über mich weiß, etwas, was du nur wissen kannst, weil ich es dir verraten habe. Wenn du zurückkehrst und in der Lage dazu bist, kommst du zu mir. Und sobald du mir diese Botschaft übermittelst, werde ich wissen, dass du erfolgreich von einem Universum ins nächste gesprungen bist, was beweist, dass ich mit meiner Theorie recht habe.«

»Aber was, wenn ich es vergesse oder mir die Botschaft nicht merken kann?«

»Dieses Risiko werden wir wohl eingehen müssen. Ich bete allerdings, dass es nicht dazu kommt.«

»Und was ist das für eine Botschaft? Kann es nicht was Einfaches sein, wie zum Beispiel, ähm, ›Am schönsten ist es zu Hause‹?«

»Das ist zu beliebig«, antwortet er. »Es muss eine persönliche Information über mich sein, etwas, was niemand erraten kann und was du dir nicht einfach ausgedacht haben kannst. In den letzten Tagen habe ich viel darüber nachgedacht und ich glaube, ich weiß was …« Er kommt auf mich zu, so nah, dass es mir ein bisschen unangenehm ist. »Ich werde es dir ins Ohr flüstern, um sicherzugehen, dass es sonst niemand mitbekommt. Ich fände es nämlich nicht so toll, wenn das an die Öffentlichkeit gelangen würde.«

»Okay.« Er beugt sich vor und ich spüre, wie sein Atem in meinem Ohr kitzelt. Bei seinen Worten läuft mir ein Schauer über den Rücken und ich würde am liebsten einen Schritt zurückweichen. Ein Teil davon ergibt für mich keinen Sinn, aber es sollte kein Problem sein, mich später daran zu erinnern. So was vergisst man nicht so leicht.

»Wiederhol es im Geiste so oft, bis es sitzt«, mahnt er. »Gut möglich, dass dies die bedeutendsten Worte sind, die du jemals aussprechen wirst.«

Intervention

Kurz darauf gehe ich, in vollem Bewusstsein, dass wir am Ende unserer Nachhilfestunden angelangt sind und ich Daniel wahrscheinlich nicht mehr wiedersehen werde – jedenfalls nicht in diesem Universum. Alles, was es jetzt noch zu besprechen gibt, klären wir per SMS, die ich danach sofort lösche. Ich bin ganz froh darüber. Irgendwie ist er mir doch ein bisschen zu schräg. Da der Bus nicht kommt, laufe ich nach Hause. Ich fühle mich seltsam leer, ähnlich wie am Ende eines Schuljahres. Dabei muss ich die ganze Zeit daran denken, was mir bevorsteht und wie ich das nur anstellen soll.

Die Antwort darauf eröffnet sich mir, als ich bereits halb den Hügel hoch bin, nur ein paar Straßen von zu Hause entfernt: Es ist der ideale Ort, die perfekte Stelle, um meinen »Sprung ins Ungewisse« zu wagen. Das Ganze ist so offensichtlich, dass ich mich frage, warum ich eigentlich nicht schon früher draufgekommen bin. Ich lächle in mich hinein. Merkwürdigerweise fühle ich mich plötzlich deutlich ruhiger, so ruhig wie schon seit Wochen nicht mehr.

Als ich die Haustür aufschließe, höre ich Stimmen in der Küche, zu viele, als dass sie allein von Mum und Dad stammen könnten. Im ersten Moment frage ich mich, ob meine Eltern vielleicht ein paar Freunde eingeladen haben, aber das haben sie schon seit Jahren nicht mehr getan, nicht, seit ich ein Kind war. Ich bin nicht in der Stimmung für Small Talk, daher versuche ich, mich unbemerkt die Treppe hoch und in mein Zimmer zu schleichen. Ohne Erfolg.

»Ella! Bist du das?«, ruft Mum. »Komm in die Küche, Liebes. Hier sind ein paar Leute, die dich sehen wollen.«

Ich bleibe auf halber Treppe stehen und verziehe das Gesicht. »Muss das sein? Ich bin müde. Ich will einfach nur in mein Zimmer und mich vor dem Abendessen noch ein bisschen hinlegen.«

»Ja, Ella, es muss sein. Komm bitte runter.«

Widerwillig gehorche ich. Mit dem, was ich dann sehe, hätte ich im Leben nicht gerechnet: Mum sitzt mit Rachel, Jen und Dom am Küchentisch. Vor ihnen stehen Tee und Kekse, als wäre das hier das Normalste auf der Welt. Ich stehe mit offenem Mund in der Tür und frage mich, was zur Hölle hier gerade abgeht. Vielleicht bin ich schon wieder in einem neuen Universum gelandet. Oder ich bin durch ein Kaninchenloch gefallen und in die Teegesellschaft des verrückten Hutmachers geplatzt.

»Na gut«, sagt Mum. »Dann lasse ich euch junge Leute mal allein. Ich bin oben, falls ihr irgendwas braucht.«

Meine Freunde bringen murmelnd ihre aufrichtige Dankbarkeit für die extreme Großzügigkeit meiner Mutter zum Ausdruck, als wären Tee und Schokokekse so exquisit und teuer wie der erlesenste Champagner und Kaviar, und dann steht Rachel auf, kommt auf mich zu und umarmt mich. Ich stehe einfach nur da und lasse das Ganze mit herabhängenden Armen über mich ergehen. »Was um alles in der Welt macht ihr hier? Ihr alle zusammen? Hat jemand Geburtstag oder so?«

»Komm, setz dich«, bittet Dom. »Möchtest du einen Tee?«

»Nein danke. Sagt mir einfach, was hier los ist.«

»Wir haben uns Sorgen gemacht«, erklärt Jen. »Du warst nicht in der Schule, hast nicht auf unsere Nachrichten reagiert und keiner wusste, was mit dir los war. Erst dachten wir, du wärst vielleicht sauer auf uns – auf mich und Rachel. Aber dann rief Dom an und meinte, er würde sich ebenfalls Sorgen machen, also haben wir Will gefragt, der sagte, es ginge dir gut, dich aber auch seit letzter Woche nicht mehr gesehen hat. Daher fanden wir, es wäre besser, wir kommen mal vorbei und sehen nach dir.«

»Ach herrje. Kommt Will etwa auch?«

»Nein«, antwortet Dom. »Er hat Fußballtraining.« Er schnaubt. »Er meinte, er würde dich nachher anrufen.«

Wenigstens einer, der sich noch normal benimmt. »Na, Gott sei Dank. Wie ihr seht, geht es mir prima«, lüge ich, allerdings nicht sehr überzeugend. »Tut mir echt leid, dass ich nicht auf eure SMS geantwortet habe – das lag ganz allein an mir. Ich brauchte ein bisschen Zeit zum Nachdenken, weil ich was für mich klarkriegen musste. Aber ich hatte keinen weiteren Unfall und hab mir auch nicht wieder den Kopf angeschlagen oder so was. Also seid so lieb und geht jetzt bitte. Ich will eure hübsche kleine Teeparty ja nicht auflösen, doch ich wäre jetzt gern allein. Ich verspreche auch, ich werde euch nicht mehr ignorieren.«

»Wir gehen nirgendwo hin«, widerspricht Rachel. »Und

glaub bloß nicht, wir ändern unsere Meinung, nur weil du gemein zu uns bist.«

»Ich bin nicht gemein. Ganz ehrlich, ich muss mich nur ein bisschen hinlegen – ich hab echt Kopfschmerzen. Wir können gerne ein andermal weiterreden.«

Rachel lässt nicht locker. »Dom hat uns von der Sache mit Mr Perry erzählt. Das können wir nicht einfach auf sich beruhen lassen.«

»Was für eine Sache mit Mr Perry?«

»Er hat uns von eurem Treffen im British Museum berichtet«, antwortet Jen. »Keine Sorge, ich bin nicht sauer, weil du dich mit ihm getroffen hast, oder so. Darüber bin ich hinweg. Er hat uns erzählt, was du über Mr Perry gesagt hast und dass du total seltsam klangst, so gar nicht wie du selbst. Dieser ganze Schwachsinn über Paralleluniversen. Er denkt, dass Mr Perry dir das Gehirn gewaschen hat.«

»Da irrt ihr euch. Mr Perry – Daniel – ist der Einzige, der versteht, was ich in den vergangenen Wochen durchgemacht habe. Ihr habt es ja selbst gesagt – ich wirke verändert –, aber ihr geht einfach davon aus, dass der Unfall daran schuld ist, und seid nicht bereit, auch nur in Erwägung zu ziehen, dass mehr dahinterstecken könnte. Ja, Daniel ist ein bisschen, äh, merkwürdig, man könnte sogar sagen, unheimlich, doch er ist kein fieser Sektenguru. Und ich kann sehr gut eigenständig denken.«

»Also glaubst du nicht, dass du dich in einem Paralleluniversum befindest?«

Ich zögere. Wenn ich Ja sage, werden sie mich als das bedauernswerte Opfer einer Gehirnwäsche hinstellen. Also sollte ich wohl besser lügen. »Natürlich nicht. Ich habe einfach nur versucht, zum Ausdruck zu bringen, wie ich mich fühle. Das war eine Metapher, versteht ihr? Ich fürchte, Dom hat das irgendwie in den falschen Hals bekommen.«

Dom wirkt nicht überzeugt. »Da hast du mir im Museum aber was anderes gesagt. Wie auch immer, Ella, es ist jedenfalls nicht normal, wie viel Zeit du neuerdings mit ihm verbringst. Worüber redet ihr?«

»Er gibt mir Nachhilfe in Mathe und Naturwissenschaften. Wir reden über Atome und Gleichungen.«

»Und warum«, wirft Jen ein, »werden deine Noten dann immer schlechter statt besser?«

Darauf weiß ich keine Antwort.

»Wir werden ihn der Schulleitung melden«, verkündet Rachel. »Tut mir leid, aber das kommt uns alles ein bisschen verdächtig vor. Wir wollen bloß unsere Freundin zurück und er macht deine Situation nicht besser, sondern nur noch schlimmer. Die Schule sollte Bescheid wissen.«

»Weswegen wollt ihr ihn denn melden? Weil ich meine Hausaufgaben nicht mache?«

»Wegen unangemessenen Verhaltens. Gleich Montag früh gehen wir zum Direktor.«

Entnervt schüttle ich den Kopf. »Ihr wisst doch gar nicht, was ihr da redet. Und was ihr damit anrichtet. Lasst es einfach gut sein, okay? Ich habe sowieso keinen Unterricht mehr bei ihm, also spart euch die Energie. Es ist alles geklärt und mit mir ist alles in Ordnung. Bald müsst ihr euch meinetwegen sowieso keine Sorgen mehr machen.«

»Was meinst du damit?«, bohrt Dom nach. »Du hast

doch wohl nicht vor, irgendwelche Dummheiten zu machen, oder?«

Das hätte ich lieber nicht sagen sollen. Ich lächle. »Nein, ich mach schon keine Dummheiten. Könntet ihr jetzt also bitte gehen? Es ist wirklich lieb von euch, dass ihr euch solche Sorgen macht, nur kann ich das alles gerade echt nicht gebrauchen. Wenn wir uns das nächste Mal sehen, werde ich wieder besser drauf sein. Ein völlig neuer Mensch, wenn ihr so wollt.«

Ich muss noch eine ganze Weile weiter auf sie einreden, bevor sie sich endlich bereit erklären zu gehen, aber schließlich verabschieden sie sich doch. An der Tür umarme ich jeden von ihnen extra fest – es ist mein Abschied, auch wenn ich hoffe, dass sie das nicht merken. Die dickste, festeste, besonderste Umarmung bekommt Dom, denn ich weiß, dass ich ihn wahrscheinlich nicht wiedersehen werde, wenn ich »nach Hause« in mein ursprüngliches Leben zurückkehre. Rachel und Jen werde ich zumindest ab und zu im Schulflur über den Weg laufen. Vielleicht versuche ich ja sogar, mich mit ihnen anzufreunden. Aber Dom? Ihm werde ich nicht mehr begegnen, es sei denn, ich mache mich ganz bewusst auf die Suche nach ihm.

Zu ihrer großen Überraschung umarme ich auch Mum und Dad, bevor ich schlafen gehe. Anschließend chatte ich noch ein bisschen mit Will und genieße seine kitschigen Liebeserklärungen. Ich erwidere sogar, dass ich ihn auch liebe. Und dann schreibe ich Daniel eine Nachricht:

Ich habe mich entschieden. Ich werde es morgen tun. Ich schätze, das heißt dann wohl Auf Wiedersehen.

Ein Sprung ins Ungewisse

Ich bleibe kurz stehen, um wieder zu Atem zu kommen, und setze meinen Rucksack ab. Es sind so viele Stufen, bei vierzig habe ich aufgehört zu zählen. Unter mir erstreckt sich London wie eine Miniaturlandschaft: spielzeuggroße Häuser, Parks und Bürogebäude, so weit das Auge reicht. Mein Blick schweift über die Themse, hinüber zum London Eye, zur Skyline mit der »Gurke« und der »Shard«. Sie glitzern in der Sonne – das perfekte Postkartenmotiv. Es ist fast schon eine Sünde, diesen Anblick nicht zu fotografieren.

Zwanzig Meter. Ein ganz schönes Stück bis nach unten. Das sind zehn große Männer übereinander, wenn jeder auf dem Kopf des anderen steht. In meinem Leben habe ich diese Brücke so oft unterquert, zu Fuß, im Bus, in den Autos meiner Eltern. Aber ich bin noch nie hier hochgeklettert, ja, ich habe sie bisher kaum eines Blickes gewürdigt. Selbstmordbrücke wird sie auch genannt. Deshalb habe ich sie ausgewählt. Deshalb ist auch das Geländer so hoch und oben mit spitzen Stacheln versehen. Fast könnte man darüber lachen, dass mir ausgerechnet jetzt auffällt, dass ich offenbar doch größere Höhenangst habe als gedacht. Ich habe mich so sehr mit dem beschäftigt, was danach passiert, nachdem ich es vollbracht habe, dass ich mir keine Gedanken darüber gemacht habe, wie der Moment selbst wohl sein wird. Wie wird es sich anfühlen hinunterzufallen, zu fliegen? Wird es so sein wie das Gefühl, das ich aus meinen Träumen kenne – ich plumpse hinab wie ein Stein, während mir das Herz in die Hose rutscht und mein Magen Purzelbäume schlägt? Das hier wird so viel schwerer, als ich es mir vorgestellt hatte.

Ich schlucke und schlucke noch mal, um meine Nerven zu beruhigen. Die Tabletten, die Daniel mir gegeben hat, haben die schlimmste Angst tatsächlich gemildert, aber ich habe immer noch Panik. Mein Mund ist trocken und das Herz schlägt mir bis zum Hals. Ich wage einen kurzen Blick nach unten, zwischen den Pfosten des Geländers hindurch. Auf dem Bürgersteig zu beiden Seiten der Brücke sind winzig kleine Strichmännchen unterwegs: ein Junge und ein Mädchen, die Händchen halten, ein Mann mit einem Hund, eine Frau mit einem Einkaufswagen. Vielleicht handelt es sich sogar um die alte Frau, ob nun real oder als Geist, die gekommen ist, um das Ende unserer Geschichte zu erleben. Ich kann die Autos sehen, bunte Metallkisten, die wie Wellen unter mir hindurchrauschen. Hin und wieder werden sie langsamer oder bleiben stehen und ich erhasche einen Blick auf ein Gesicht oder ein Paar Hände am Lenkrad. Keiner von ihnen sieht hoch zu mir. Keiner von ihnen hat auch nur die geringste Ahnung, dass ich mich in ein paar Minuten in ein Geschoss verwandeln werde, das auf sie herabstürzt. Es ist besser, wenn ich sie nicht als Menschen betrachte. Noch besser ist es, wenn ich gar nicht an sie denke.

In der Ferne höre ich Polizeisirenen. Kann sein, dass jemand den Notruf gewählt hat, weil er ein Mädchen gesehen hat, das bereits zu lange auf der Brücke steht, an ein und derselben Stelle, und er ahnt, was ich vorhabe. Aber vielleicht gelten die Sirenen auch gar nicht mir. Eine Weile lasse ich meine Gedanken schweifen. Ich stelle mir vor, wie Daniel und Dom an beiden Enden der Brücke stehen und der eine mich ermutigt zu springen, während der andere mich anfleht, es nicht zu tun. Daniels Antwort auf meine SMS gestern Abend war typisch für ihn – kurz und emotionslos: *Gute Reise*. So, als würde ich bloß mit dem Zug nach Birmingham fahren. Ich kann mich nicht erinnern, ob ich sie gelöscht habe oder nicht.

Gleich ist es so weit. Ich kicke meinen Rucksack beiseite, damit ihn später jemand findet. Darin steckt ein Abschiedsbrief, in dem ich alles erkläre, auch wenn ich weiß, dass niemand mir glauben wird. Sie werden es als Spinnerei abtun und behaupten, ich sei krank gewesen, depressiv, oder dass ich manipuliert worden sei, dass ich überhaupt schon seit Monaten nicht ganz richtig im Kopf gewesen sei. Aber das ist mir egal, denn ich werde das alles nicht hören. Ich werde woanders sein, an einem besseren Ort. Oder vielleicht auch nirgendwo.

Unter Aufbringung all meiner Kräfte klettere ich aufs Geländer und hangle mich zum Sockel des Laternenpfahls, der die Mitte der Brücke markiert, hinüber. Die Stacheln verfangen sich in meinen Jeans, reißen ein Loch in den Stoff und schrammen mir das Bein auf. Ich fühle nichts davon. Es ist windig hier oben und ich habe Angst, dass ich falle, bevor ich dazu bereit bin. Ich klammere mich an den Laternenpfahl, um das Gleichgewicht zu halten. Einen Augenblick stehe ich ganz still und sehe hinauf zu den Wolken. Ich folge der fedrigen weißen Spur eines Kondensstreifens am Himmel, bis er sich auflöst. Dann schließe ich die Augen.

Die Sirenen kommen näher. Mein Herz schlägt so schnell, dass ich mich ganz benommen fühle. Mir bleiben nur noch wenige Sekunden, um eine Entscheidung zu treffen: springen oder runterklettern. Bleiben oder gehen. Für immer hier festsitzen oder frei sein.

Was, wenn Daniel sich irrt? Was, wenn es nicht klappt? Was, wenn er lügt?

Ich will nicht sterben. Ich will leben.

Ich will wieder ich selbst sein.

A. Danach

Ich erwache in einem Krankenhausbett in einem sterilen Raum. Im Hintergrund ertönt das rhythmische Piepsen der Geräte. Etwas schnürt mir die Kehle zu, als ich versuche zu atmen. Ich kämpfe dagegen an, kämpfe gegen das, was meine Luftröhre blockiert, gerate in Panik, schreie lautlos um Hilfe. Das Piepsen wird schneller, lauter, schriller und um mich herum entsteht Aufruhr, als Ärzte und Krankenschwestern alle gleichzeitig herbeieilen. Etwas wird aus meinem Hals gezogen und plötzlich strömt kühle, frische Luft hindurch. Ich muss husten, und wenn ich schlucke, tut es wahnsinnig weh, aber ich atme eigenständig. Als ich versuche zu sprechen, kommt nur ein heiseres Krächzen heraus.

»Was sagt sie?« Das ist die Stimme meiner Mutter. Mühsam schlage ich die Augen auf. Das helle Licht blendet mich und ich muss blinzeln. Obwohl ich nur verschwommen sehe, erkenne ich, dass ihr Haar kastanienbraun ist, auch wenn sie den Ansatz dringend wieder nachfärben sollte.

»Ich weiß nicht genau«, antwortet eine unbekannte Stimme. »Irgendwas mit ›zu Hause‹?«

Ich versuche es erneut, aber meine Lippen sind so trocken, dass sie an meinen Zähnen kleben bleiben. Jemand steckt mir einen Strohhalm in den Mund. Gierig sauge ich daran, doch der Großteil des Wassers läuft mir aus dem Mund und übers Kinn. Ich habe Mühe, meine Zunge und Lippen zu koordinieren.

»Ich glaube, es war: ›Am schönsten ist es zu Hause‹«, sagt Mum. »Sie hat *Der Zauberer von Oz* schon als Kind geliebt.« Ich spüre, wie sie meine Hand nimmt und streichelt, und ich lächle.

Die folgenden Tage verschwimmen ineinander. Die meiste Zeit schlafe ich und träume von fremden Welten, in die ich nicht hingehöre, von Freunden, die mich nicht kennen, und Eltern, die immer noch zusammen sind. Manchmal, wenn ich erwache, entdecke ich Besucher in meinem Zimmer, normalerweise Mum, Dad oder Deeta. Einmal kommt auch Billy, aber er bleibt nicht lange. Alle bringen mir Obst und Schokolade mit und Deeta eine Louise-Brooks-DVD. Am dritten Tag fühle ich mich stark genug, um mich aufzusetzen und ein bisschen zu unterhalten.

»Hättet ihr die Geräte abgeschaltet, Mum?«, will ich wissen. »Wenn ich noch viel länger im Koma geblieben wäre?«

»Natürlich nicht, Schätzchen. Wir wussten immer, dass du irgendwann wieder aufwachen würdest. Die Ärzte konnten keine Ursache für dein Koma finden – sie meinten, deine Hirnaktivität sei ausgesprochen ungewöhnlich.«

»Aber was, wenn die Ärzte gesagt hätten, es gäbe keine Hoffnung mehr?«

»Dann hätten wir nicht auf sie gehört. Versprochen.«

Ich lächle. »Danke. Wie ist es denn überhaupt dazu gekommen? Ich kann mich an nichts erinnern. Was ist passiert?«

»Du hattest einen Autounfall. Billy hat dir Fahrunterricht gegeben und du hast die Kontrolle über den Wagen verloren.«

»Ich bin gefahren?« Ich zögere. Mir ist ganz schlecht und eigentlich will ich die Antwort auf meine nächste Frage gar nicht hören. »Habe ich eine alte Frau getötet?«

»Ob du eine alte Frau getötet hast?«, fragt Mum. Sie lacht nervös. »Wie kommst du denn auf so was? Nein, es war bloß ein Fuchs, der plötzlich auf die Straße gerannt ist.«

Ich breche in Tränen aus und kann gar nicht mehr aufhören zu weinen. Erst aus purer Erleichterung und dann, weil ich ein schlechtes Gewissen habe, dass ich so erleichtert bin. »Der arme, arme Fuchs.«

»Ach, Ella«, beschwichtigt Mum. »Mach dich deswegen nicht verrückt. Es war nur ein räudiger alter Fuchs. Er hätte dort gar nicht sein dürfen.«

Später statten mir Dad und Tamsyn einen Besuch ab. Man sieht ihnen an, wie glücklich sie miteinander sind, und Tamsyn scheint sich wirklich aufrichtig zu freuen, dass ich wieder aufgewacht bin. Ich lächle sie die ganze Zeit über an, um ihr zu zeigen, dass ich weiß, dass sie hinter ihrer Böse-Stiefmutter-Fassade eigentlich gar nicht so übel ist. Sie wirkt irritiert.

»Ich weiß, das kommt jetzt etwas unerwartet, doch es gibt da was, das ich euch schon länger mal fragen wollte. Ich glaube, ihr habt mir das nie erzählt. Wie genau habt ihr euch überhaupt kennengelernt?«

»Warum um alles in der Welt willst du das denn jetzt wissen?«, erkundigt sich Dad. »Aber wenn du es unbedingt erfahren willst: Das war in einem Café im Zentrum, an einem Samstagnachmittag.«

Ich muss noch einige Wochen im Krankenhaus bleiben. Nur zur Beobachtung, sagen die Ärzte. Sie verstehen die Ursache für mein Koma nicht und genauso wenig meine plötzliche wundersame Genesung, daher wollen sie erst absolut sicher sein, dass es unbedenklich ist, mich nach Hause gehen zu lassen. Eine Woche später bin ich dermaßen einsam und gelangweilt, dass ich mich bereit fühle, wieder zur Schule zu gehen. Ich habe den Stoff mehrerer Monate verpasst, aber das Angebot zusätzlicher Nachhilfestunden lehne ich dankend ab. Ich bin mir sicher, dass ich das mit Deetas Hilfe auch alleine aufholen kann.

Am Ende meines ersten Tages schlägt Deeta vor, zur Feier meiner Rückkehr einen Kaffee trinken zu gehen.

»Ich muss erst noch was erledigen«, antworte ich. »Geh schon mal vor. Wir treffen uns im Coffeeshop. Wird nicht lange dauern.«

Die meisten Schüler sind bereits gegangen und so ist es in der Schule ziemlich still. Ich laufe durch die Flure zum Naturwissenschaftstrakt, in der Hoffnung, dass ich ihn noch rechtzeitig erwische. Seit ich aus dem Krankenhaus raus bin, weiß ich, dass ich das hier früher oder später machen muss; es hat also keinen Sinn, es aufzuschieben. Vor Zimmer 123 bleibe ich stehen und klopfe an die Tür.

Eine vertraute Stimme sagt: »Herein.«

Ich trete ein. Daniel sieht genauso seltsam und drahtig aus, wie ich ihn in Erinnerung habe. »Entschuldigung, Mr Perry? Daniel?«

Er starrt mich an. »Kenne ich dich? Woher kennst du meinen Vornamen?«

»Weil du ihn mir verraten hast. Daran wirst du dich nicht erinnern. Aber egal, ich habe eine Botschaft für dich und ich bin echt verdammt weit gereist, um sie dir zu überbringen.«

»Eine Botschaft? Von wem?« Ein schiefes Lächeln zupft an seinen Mundwinkeln, so als wüsste er bereits, was jetzt kommt. »Na los … Sag schon …«

Ich räuspere mich. »Deine Theorie ist richtig: Wir können von einem Universum ins andere springen. Und ich bin der Beweis dafür.«

Er hüpft von einem Bein aufs andere. So aufgeregt habe ich ihn noch nie gesehen. »Woher weiß ich, dass du mich nicht bloß auf den Arm nimmst?«

»Du hast vorhergesehen, dass du das annehmen würdest, wenn ich es dir erzähle. Deswegen hast du mir drüben, in diesem anderen Universum, ein Geheimnis anvertraut, das außer mir niemand kennt, weil du noch nie einer Menschenseele davon erzählt hast.«

»Ah, eine Absicherung. Das war schlau von mir. Nur zu …«

Bei dem Gedanken daran, was ich jetzt gleich sagen werde, winde ich mich innerlich. Ich finde die Geschichte immer noch echt gruselig. »Okay. Als du zehn warst, hast du euren Kater Brandy getötet. Du hast ihn in eine Kiste gesteckt, um Schrödingers Paradox zu beweisen, dass eine Katze zur gleichen Zeit tot und lebendig sein kann. Aber in der Kiste waren keine Löcher und so ist der Kater erstickt. Du hast gewartet, bis alle geschlafen haben, und ihn dann heimlich im Garten begraben. Bis heute glauben deine Eltern, er sei einfach weggelaufen.«

Sämtliche Farbe ist aus seinem Gesicht gewichen. »Woher um alles in der Welt weißt du das?«

»Das habe ich dir doch gesagt: Du hast es mir erzählt. In einem anderen Universum, kurz bevor ich einen Sprung ins Ungewisse gewagt und mich von einer Brücke gestürzt habe. Ich bin übrigens Ella. Ella Samson.«

»Danke, Ella«, haucht er. »Danke. Danke. Du hast ja keine Ahnung, wie viel mir das bedeutet.« Er kommt auf mich zu, als wolle er mich umarmen. Ich schaudere und weiche einen Schritt zurück. Nun, da ich mein Versprechen eingehalten habe, möchte ich nichts mehr mit ihm zu tun haben. Nicht, wenn es sich vermeiden lässt.

»Oh doch, das weiß ich«, versichere ich ihm. »Das weiß ich wirklich. Und jetzt entschuldige mich bitte, ich muss los. Ich bin noch nicht lange wieder zurück und, na ja, nun, da ich wieder *ich* bin, habe ich mein Leben zu leben.«

B. Danach

Und in einem anderen Universum wache ich überhaupt nicht mehr auf. Mein Zimmer ist leer, mein Bett frisch gemacht und unberührt, meine Habseligkeiten noch genau da, wo ich sie zurückgelassen habe. Das hier ist kein Schlafzimmer mehr, sondern ein Lagerraum für Besitztümer, die langsam alt werden und verblassen. Ein Schrein. Es ist ein Ort, den meine Mutter aufsucht, um zu weinen, ein Zimmer, in das mein Vater keinen Fuß mehr setzen wird. Durch die Wände werden mehr Streitereien dringen als je zuvor, mehr Wut und Vorwürfe, mehr gegenseitige Schuldzuweisungen, aber ich bekomme nichts davon mit, denn ich bin nicht mehr da. Die nächsten ein, zwei Jahre wird dieses Zimmer vollkommen unangetastet bleiben, bis es letztendlich doch zur unvermeidlichen Scheidung kommt und das Haus verkauft wird. Meine persönlichen Sachen werden in Kisten gepackt und woanders hingeschafft. Einige werden auch für wohltätige Zwecke gespendet.

An einem kalten und regnerischen Dienstag findet meine Beerdigung statt. Sie ist gut besucht: Die halbe Schule kommt, größtenteils Leute, die behaupten, meine Freunde gewesen zu sein, obwohl sie nie auch nur ein Wort mit mir gewechselt haben. Selbst Deeta erscheint, um ihr Mitgefühl zum Ausdruck zu bringen. Sie weint sich die Augen aus und erzählt allen, wie sehr sie es bereut, dass sie mein seltsames Verhalten niemandem gemeldet und dass sie nicht einfühlsamer auf mich reagiert hat, aber doch nur, weil sie nicht gewusst hat, dass ich wirklich Hilfe brauche. Und ihre Freunde nehmen sie in den Arm und versichern ihr: »Du kannst nichts dafür. Du konntest doch nicht wissen, dass sie krank war. Es gab nichts, was du hättest tun können, um sie vom Springen abzuhalten.«

Will ist am Boden zerstört, aber er redet mit niemandem darüber. Er wird es an seinen Fußbällen auslassen, an Wänden und an anderen Leuten. Jen, Rachel und Dom werden Trost beieinander finden, und ein, zwei Monate später werden Jen und Dom feststellen, dass aus der gemeinsamen Trauer tiefere Gefühle entstanden sind, woraufhin sich ihre Umarmungen in leidenschaftliche Küsse verwandeln werden.

Das Ermittlungsergebnis wird lauten, dass ich infolge einer Kopfverletzung depressiv und verwirrt war und man nicht mit Sicherheit davon ausgehen kann, dass ich wirklich springen wollte. Darin werden auch all die Websites aufgeführt, die ich mir in den letzten Wochen angesehen habe, auf denen es um scheinbar wahllos zusammengesammelte Berichte über Selbstmorde quer durchs ganze Land ging. In der Regionalzeitung wird es einen kurzen Artikel über meinen Tod geben und später wird mein Fall verwendet, um eine langjährige Kampagne für eine bessere Sicherung der Brücke voranzutreiben. Jemand wird eine Gedenkseite auf Facebook einrichten und viele Leute werden nette Kommentare darauf hinterlassen, bis nach und nach die Trolle aus ihren finsteren Winkeln hervorkriechen, um mich in den Dreck zu ziehen.

Bald darauf wird dort niemand mehr irgendetwas posten. In der Schule werde ich zum Paradebeispiel für Depression und Entfremdung und mein Tod wird eine Welle von Suizidversuchen und Selbstverletzungen nach sich ziehen. Daraufhin wird jemand von einer Stiftung für geistige Gesundheit kommen und einen Vortrag halten und im Anschluss daran werden an sämtlichen Schwarzen Brettern Poster mit den Nummern von Krisenhotlines auftauchen.

Gegen Daniel wird eine Untersuchung wegen unangemessenen Verhaltens gegenüber einer Schülerin eingeleitet, die schlussendlich dazu führen wird, dass er seinen Aushilfsjob an der Schule verliert. Anklage wird aus Mangel an Beweisen jedoch nicht erhoben. Eine SMS, in der man jemandem eine gute Reise wünscht, fällt nun mal nicht gleich unter Beihilfe zum Selbstmord. Er wird in seinem möblierten Apartment weiter an seiner Doktorarbeit schreiben und sich dabei mit einem Job in dem Dönerladen unter seiner Wohnung über Wasser halten.

Hin und wieder wird er an mich denken und sich fragen, ob ich in einem anderen Universum, in dem er nach wie vor als Laborassistent eines Oberstufenkollegs aushilft, wohl zu ihm gegangen bin und seine Theorie bewiesen habe.

C. Danach

Und in wieder einem anderen Universum erwache ich in einem kürzlich frisch gestrichenen Zimmer, in einem Bett, das an der Wand steht. Es ist dasselbe Zimmer, in dem ich auch gestern schon aufgewacht bin und aller Voraussicht nach auch morgen wieder aufwachen werde. Und übermorgen. Und überübermorgen. Meine weißhaarige Mutter ist unten in der Küche zugange und mein Vater werkelt im Gästezimmer vor sich hin. Sie gehen einander aus dem Weg.

Ich war gestern so, so kurz davor, aber dann bin ich doch nicht gesprungen. Stattdessen bin ich wieder von dem Laternenpfahl am höchsten Punkt der Selbstmordbrücke heruntergeklettert und mit zitternden Knien die Treppe hinabgestiegen, die ich gerade erst erklommen hatte. Ich würde gerne behaupten, dass ich es mir anders überlegt habe oder dass ich wieder zu Verstand gekommen bin oder dass ich erkannt habe, wie toll dieses Universum in Wahrheit ist, aber das wäre gelogen. Ich bin nur aus einem einzigen Grund nicht gesprungen: weil ich zu viel Schiss hatte. Hätte ich in mein Wunschuniversum zurückkehren können, ohne mich dafür in ein Häuflein Mus auf dem Bürgersteig verwandeln zu müssen, hätte ich das, ohne mit der Wimper zu zucken, getan. Ohne jeden Zweifel. Doch so muss ich jetzt eben die harte Tour nehmen und mein Leben Schritt für Schritt verändern.

Nachdem die anfängliche Erleichterung, nicht gestorben zu sein, verflogen war, ärgerte ich mich über mich selbst, weil ich in letzter Sekunde gekniffen hatte. Aber dann fing ich an nachzudenken. Denn selbst wenn Daniel mit seiner Theorie richtigliegt: Wer sagt, dass ich auch wirklich in dem Universum gelandet wäre, in das ich wollte? Genauso gut hätte ich doch auch irgendwo landen können, wo es sogar noch schlimmer ist, und wieder ganz von vorne anfangen müssen. Wie ging dieser Spruch noch mal? Lieber den Spatz in der Hand als die Taube auf dem Dach.

Ich habe Daniel gestern Abend noch eine SMS geschickt, um ihm zu sagen, dass ich es nicht übers Herz gebracht habe, die Sache durchzuziehen, und ihn zu warnen, dass meine Freunde planen, ihn morgen früh bei der Schulleitung anzuschwärzen – und ich nicht weiß, ob ich sie davon abhalten kann. Er hat noch nicht geantwortet. Wahrscheinlich sitzt er gerade in seinem kleinen Apartment und vernichtet die Beweise, während er hofft, dass jemand drüben in meinem anderen Universum die Geräte abschaltet, sodass mein Hirn implodiert, bevor die Rektorin ihn in ihr Büro zitieren kann.

Die Sirenen, die ich auf der Brücke gehört habe, galten übrigens nicht mir. Ich schätze, im Norden von London gibt es an einem Samstagmorgen genügend andere Notfälle. Niemand weiß, dass ich vorhatte zu springen, und wenn es nach mir geht, soll das auch so bleiben. Es wird so schon schwierig genug, Rachel, Jen und Dom zu überzeugen, dass ich geistig völlig gesund bin und weder an Depressionen leide noch einer Gehirnwäsche unterzogen wurde. Nun, da ich beschlossen habe hierzubleiben, werde ich mich wohl mehr um sie bemühen müssen. Sie haben bewiesen, wie sehr ich ihnen am Herzen liege, und mal ehrlich: So eine große Auswahl an Freunden habe ich nicht. Dabei hätten sie wahrscheinlich jemand Besseren als mich verdient.

Das hier bin ich jetzt also.

Mein Name ist Ella Samson. Ich bin siebzehn Jahre und sechs Monate alt. Ich bin Einzelkind und lebe mit meinen zerstrittenen Eltern in einem kleinen Haus im Norden Londons. Mein Freund heißt Will und meine zwei besten Freundinnen Rachel und Jen. Eine Zeit lang bin ich mit einem Typen namens Dom ausgegangen, aber das war ziemlich kompliziert und mittlerweile ist er einfach nur noch ein guter Freund. Samstags jobbe ich in einem Café und ansonsten engagiere ich mich ehrenamtlich in einem Kinderhospiz. Wenn ich mit der Schule fertig bin, würde ich gerne Architektin werden. Außerdem bin ich ein Riesenfan des Stummfilmstars Louise Brooks. Mehr gibt es eigentlich nicht zu erzählen. Ich mag Musik, Kunst und Filme. Und wie sich herausgestellt hat, leide ich an Höhenangst.

Nicht besonders aufregend, ich weiß. Aber es ist nun mal mein Leben.

Und ich werde verdammt noch mal das Beste daraus machen.

Danksagung

Danke an meine Agentin Catherine Pellegrino, an meine Lektorin Brenda Gardner und an die Teams von Piccadilly Press und Hot Key Books. Besondere Erwähnung gebührt Melissa Hyder und Shane Hegarty, deren Sciene-Fiction-Wissen und erläuternde Diagramme für mich in der Anfangsphase von unschätzbarem Wert waren (und mir jede Menge Knoten im Hirn erspart haben).

Ein erneutes Dankeschön an die Garai-Ebners, Janine und Mark, die 2013 bei der Auktion von *Authors for the Philippines* die Gelegenheit ersteigert haben, die Namen ihrer Kinder in meinem nächsten Buch zu verewigen. Deshalb heißen die beiden Protagonisten in diesem Buch Ella und Daniel.

Vielen Dank auch an Dr. Carol Cooper für ihren medizinischen Rat und an Professor Brian Cowan für die Nachhilfestunde in Quantenphysik.

Ein dickes Dankeschön für die großzügige Unterstützung geht an den *Royal Literary Fund* und an das *Arts Council England*, das mir ein lotteriefinanziertes Buying-Time-to-Write-Stipendium verliehen hat, ohne das dieses Buch niemals zustande gekommen wäre.

Riesendank schulde ich meinen Freundinnen und Autorenkolleginnen Keren David und Caroline Green, die sich als Vorableserinnen zur Verfügung gestellt und mich so sehr unterstützt und ermutigt haben. Nicht zu vergessen die wunderbaren *YA Thinkers*, die mir so sehr beim Schreiben geholfen haben (wenn sie mich nicht gerade abgelenkt haben).

Und zu guter Letzt danke ich all meinen Freunden und meiner Familie, einfach dafür, dass es euch gibt. *Et merci beaucoup et gros bisous* an meinen Partner Mickael Lorinquer für seine Liebe und Geduld und dafür, dass er sein tägliches Baguette in der Sonne geopfert hat.